世界探偵小説全集㉗

サイロの死体

The Body in the Silo

ロナルド・A・ノックス　澄木柚訳

国書刊行会

The Body in the Silo
by
Ronald A. Knox
1933

アイラニカに捧ぐ

火曜の夜

午後　九：三〇　ワースリー、客間を出る。
一〇：一〇　ワースリー、呼び鈴を鳴らす。
一〇：二〇　ハリフォード、門を開けにゆく。
一〇：三〇　ハリフォード夫人、車で門に向かう。一〇：三五頃戻る。
一一：〇〇　レース開始。
一一：一〇　トラード脱落する。
一一：四〇　フィリス・モレル、警官に呼びとめられる。
一二：一五　トラード戻る（トラードの供述による）。
一二：二五　フィリス・モレルは車とすれちがうが、トラードの車だと主張。
一二：三〇　フィリス・モレル、ラーストベリに戻る。
一二：四五　トラード戻る（フィリス・モレルの供述による）。
一二：五八　ブリードン夫妻、キングズノートンに着く。
午前　三：〇〇　レース参加者全員ラーストベリに戻る。

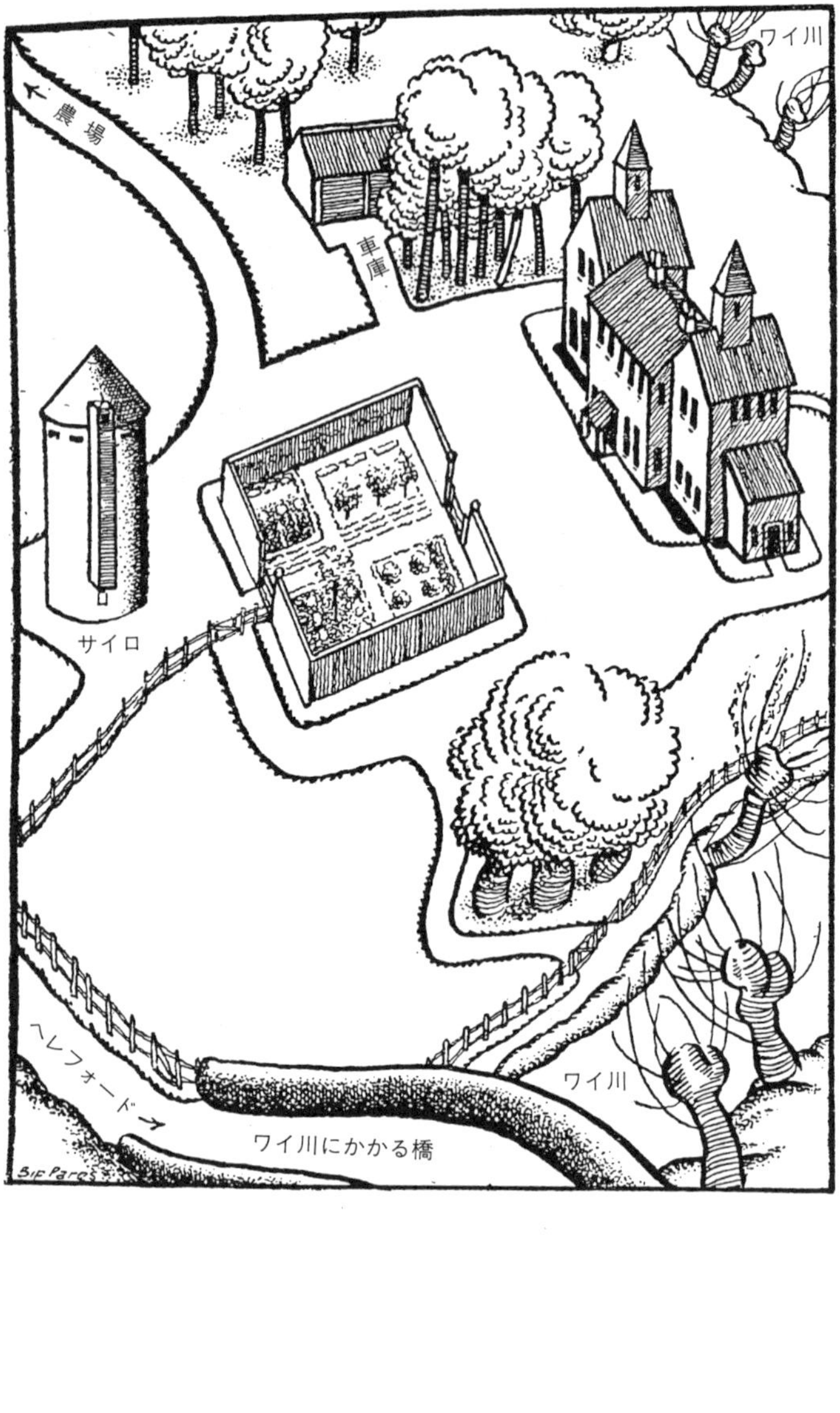

ワイ川
← 農場
車庫
サイロ
ヘレフォード →
ワイ川
ワイ川にかかる橋
Bif Paras

サイロの死体　目次

サイロの死体

主な登場人物

ウォルター・ハリフォード……ラーストベリ邸の主人。実業家
マートル・ハリフォード…………その妻
エイドリアン・トラード…………青年小説家
フィリス・モレル………………ガレージの経営者
ジョン・カーバリ………………南アフリカ帰りの男
カーバリ夫人……………………その妻
レスリー・アーノルド…………ウォルターの親戚
アーノルド夫人…………………その妻
セシル・ワースリー……………重要人物
リデル……………………………執事
マイルズ・ブリードン…………保険会社の探偵
アンジェラ・ブリードン………その妻
リーランド………………………スコットランド・ヤードの刑事

第一章　妻の意向《ラ・ファム・ディスポゼ》

「無駄だよ」マイルズ・ブリードンは言った。「男は退屈、女は疫病神とくれば、ぼくが素面であそこへ行きたいなんて言うわけがない。そのへんでやめておけよ」

　ブリードン夫妻のようにすこぶる幸せな結婚をしている夫婦にとって、二人で他の夫婦の家に招かれ、複数の夫婦と滞在することは、家庭不和のもとになりかねない。男はえてして同じ飲み物が供され、同じ本に手が届き、同じ場所にパイプ掃除具やマッチ箱や封筒がある自宅の暖炉の傍らを好むものだが、女はとかくよその家の炉辺を好む。旅行中は週刊誌を買わずにすむし、家事にまつわる数々の心配からも解放される。むろん、ブリードン家では理想的な乳母が子供部屋をとりしきると見込んでのことだ。目下言い争いの原因となっているのはつまらないことだった。要は招待を受けるのにはたしてマイルズの同意があったのかということと、すばらしく晴れ上がりそうな夏の三、四日をちょっとした知りあいの家で過ごす価値があるかということで、とどのつまりは一度受けた招待を断る、なにかよい口実がみつけられるか否かということにまで及んだ。

「わたしの記憶では、あなたはどちらかといえば乗り気だったわ。あなたが承知するのをいつでも待ってるわけにはいかないでしょ。残念なのはあの時あの場でもう一杯飲ませて酔っぱらわせ、すぐさま車に乗せて、そのままハリフォード邸に運んでしまわなかったことよ。気のきいた奥さんはいつだってご主人をゴルフバッグに入れて、田舎をカートで運びまわるものよ」

「考えてみると、そんなに酔っていたとは思えないね。旦那の方は喉仏と前歯がむやみに目立ち、細君ときたらやたら派手に飾りたて、数マイル以内にはゴルフ場一つありそうもないウェールズの片田舎のハリフォード邸へ泊りに行きたがってると思うなんて、いや、きみはぼくの言葉を誤解したに違いない」

「ハリフォード夫妻の悪口を言ってもしかたないわ。それはどうでもいいのよ。あの人たちはあなたのお友だちで、わたしのじゃないもの」

「ぼくの友だちだと？　なんてこと言うんだ！　あいつら、ショルトーを通じて無理やりぼくに近づいてきたことは、きみだってよく知ってるじゃないか。ぼくがインディスクライバブル社と関係してることをいったいぜんたい彼らがどうやって知ったのか、閉口するよ。知られちゃまずいんだ。重役連中にショルトーが社の秘密を漏らしてることを話せば、やっこさんは首だよ。『あら、ミスター・ブリードン、わたし、かねてから本物の探偵にお会いしたかったんですの』だと。いやな女め！」

無学な諸君のためにわたしは再度ペンをとってインディスクライバブル社を説明《ディスクライブ》し、ブリードンとの曰く言いがたい《インディファイナブル》関係を定義《ディファイン》しなくてはならない。インディスクライバブル社は保険会社だが、これに比較すると他の保険会社はみな古臭く見えてしまう。地震保険をかけていた南米の大ホテルが、建設中に大竜巻により崩壊したときに、単に宣伝のために保険金を全額支払ったのはインディスクライバブル社だった。アルバニアのドゥラッツオからイタリアのブリンディジへカヌーで渡るという最近企てられた冒険を引き受けたのはインディスクライバブル社だった。事の次第はついに確認されることはなかったものの、同社は好戦的なある小国がひと度戦争に突入した際に生じる損害補償金全額を支払う用意があると噂されたが、すんでのところで国際連盟が介入した。それがインディスクライバブル社だった。好んで危険を引き受け、しかも大規模に危険を引き受けるのを得意としていた。また莫大な保険料を請求するのも同社の好むところであった。

マイルズ・ブリードンは同社委託の私立探偵だった。私立探偵が絶対に必要というわけではなかった。保険金を詐取しようとする者は結局、警察によって納税者の負担で起訴されることになる。しかし警察は起訴することが常に得策とは考えず、保険会社は怪しい支払い請求者と争うのが常に得策とは考えない。従ってインディスクライバブル社は自社の立場を確認するために、調査にあたり事実を突きとめる私立探偵を雇っても引きあうのだった。この勤め口は高給で、雇われた男は退役将校で、当人が思っているよりはるかに賢かった。だがどういう訳か彼は自分の職業が卑劣なスパイの仕事だと恥じ、極力このことが人の口にのぼらないようにした。この点で会社は彼の努力を申し分なく支援していた。彼らの「代理人」ミスター・ブリードンは適当な折々には姿を現したが、企業の倹約をはかる上での彼の明確な立場を、会社は公にはしたがらなかった。

今回は秘密が漏れたようだ。非常に高額の生命保険を自身にかけるためにインディスクライバブル社の本社を訪れたミスター・ハリフォードと称する人物が、「バーテルの一件を実にうまく処理したあの賢い男、ブリードン」に会いたいと要求した。ここでバーテル氏の友人で、当のバーテルは他る暇はないが、ともかくも、ハリフォードはナイジェル・バーテルはたまたま本社におり、上で述べた理由で一方的にブリードン夫妻を高く買っていた。ブリードンはたまたま本社におり、上客に好印象を与えたかった会社のお偉方は、ブリードンにすぐに来てハリフォード氏および結婚したばかりの夫人に会うようにと申し渡した。その場にはハリフォード氏が単独で立っていたわけではなかった。ある種エキゾチックな魅力と激しやすい気性の夫人は、幾度かの結婚による多くの別名をすでに持っていた。ブリードンは一目見るなり、この女が嫌いになった。その上夫人がいやにしつこくブリードン夫妻をロンドンの彼女のフラットに晩餐に招いたときに、さらに嫌いになった。そして第三の波が迫っていた。ブリードンが陸《おか》へ避難したいというそぶりを見せたとしても、そう強く非難するにはあたらない。

だがアンジェラは容赦なかった。「ご主人が亡くなれば大金持ちになる女性のことをそんな風に言うなんて、あまり感心したことじゃないわ。いくらですって？　八万ポンド？」

「そんなところだ。だが、いいかい、インディスクライバブル社は離婚保険は引き受けないんだ。ミセス・Hはぼくたちが支払い請求に応じることになる前に、夫を何人か替えてるだろうな。本気でぼくをあの女の家に連れてくつもりかい？　お世辞にも彼女を賞めることなんかできないよ」

「もちろん、奥さんはきれいなひとよ」妻が夫にきっぱりと否定してほしいときに使う、あのよく思案した上の声音でアンジェラは言った。

「偉大な探偵はあらゆる仮面を見破らなくてはならない。だが、ぼくは偉大な探偵ではないし、ミセス・ハリフォードは……」

「常に変わらず寛大よ。さて、ともかくもあなた、行かなくちゃだめよ。ヘレフォードシャーに行ったことはないけれど、すてきな所だって聞いてるわ。たぶんどこかにゴルフ場もあるわよ。いつだってあるもの。それに他にもトレーニングの方法はたくさんあるはずよ。奥さんの手紙にはごみ集め競争ゲームのことが書いてあったわ。探偵稼業を続けたい男にとっては、幸先の良い第一歩となるに違いないわ」

「ごみ集め競争ゲームって、いったいなんのことだい？」

「マイルズ、あなた、流行遅れよ。ごみ集め競争ゲームって言うのは、車で走り回って道端にいる浮浪者をひろい、マッチ・ウエンロックでフィッシュ・アンド・チップスを奢ってやったり、サンドイッチマンの広告板とか、靴の泥落としなんかを集めるのよ。元気な若者はみんなやってるわ」

「ともかくも、ハリフォード夫妻がやりそうなことだな。ああいう連中のせいで、イギリスにうんざりする人間が出てくるのさ。石油かなんかで儲けては、田舎屋敷を買い上げる。その土地に根を下ろし、借地人とは顔なじみで、ポートワインを貯蔵して飲み、自然に根づいた暮らしをしてきたまっとうな人たちの屋敷をね。連中はクリケットの代わりにテニスをする」

「いいじゃない」

「口を挟まないでくれ、話の途中だ。テニスを嫌うわけじゃないが、クリケットのような伝統的価値はない。テニスじゃないといって、いかがわしいことはしたくないと拒んだやつなんて聞いたことあるかい？（「クリケットじゃない」なら、「フェアじゃない」という意味の慣用句となる）もちろんこうした現代っ子たちは、ともかくも拒んだりはしないだろうがね。村のグリーンで一方の端には鍛冶屋、もう一方には下っぱの従僕を配してクリケットをやる代わりに、金持ちの友人たちとテニスをするのさ。そして狩猟や寄付をするどころか、田舎を車で轟音をたてて走り回り、みんなに迷惑をかける。むろんぼくたちはボルシェビキを育ててるのさ。よその家の靴の泥落としを失敬して時間をつぶすような首の長い男のところに滞在するとなったら、ボルシェビキにならない男なんているかい？」

「まあ、あなた、クリケットに興じる古風なお金持ちだったらよかったのに。そんなスピーチができるんなら、あなた、すてきな判事さんになれたわ。『ミスター・ブリードンは被告を再拘留し、靴の泥落としを失敬する癖が昂じて地元の国防義勇軍に入隊しそこなった点に注意を促した』そしてあなたは新聞各紙に手紙を送るようになるのよ。そのときは綴りの間違いを直してあげる。でも、悔やんでも遅すぎる、くよくよしてもしかたないわ。目下の心配はアニーのおかあさんが病気なので家に帰さなくてはならないこと、そうなったらよその家のメイドにあなたのお世話を任せなくてはならないということよ。あなたはハリフォード夫妻なんてたいした階級の人間じゃないと思ってるかもしれないけど、あの人たちの招待はこのさい天の賜物だわ。明日はわたしたち、ヘレフォードシャーよ」

「なにか筋の通った口実をもうけて、逃げてくれよ。なぜ家庭内の危機のことを言わなかったんだい？　それにもしできるのなら、これに答えてくれ。いったいぜんたいハリフォード夫妻はなぜぼくたちを呼びたいんだ？　なぜぼくを会社でさがしだして、晩餐の招待状を半ダースもよこすんだ？　人種が違うよ。つきあう連中も違う。代わりのメイドを雇うより、あそこまで行くガソリン代の方が高くつくぜ。よし、よし、好きにすればいいさ。だが、憶えておいてくれ。ぼくはペイシェンス（一人トランプ）用のカードを持ってゆくぞ。今度は仕事の旅じゃないからな」

ヘレフォードシャーがどんなに美しい所か、アンジェラがなんと言って吹き込まれたにせよ、近づくにつれて、完璧な夏の一日には、たしかにそこはすばらしい土地とわかった。突如として姿を現す鬱蒼と木々に覆われた円錐形の丘、かつては山荘に至る通路だったが今は打ちすてられ草が生い茂る並木道を飾る古い灰色のアーチ、イングランドのものより古くがっしりした農家。丘に登れば、ベネチアンブラインドのように幾列にも広がるホップの畑が見渡せる。幹が白く、枝に果実をたわわに実らせた果樹園、鴨の泳ぐ池のまわりに群がり建つ煉瓦と丸木造りの小さな村落。靴の泥落とし泥棒と疑うかのように、高い生け垣の隙間からこちらを白斑のある怒り顔で睨んでいる牛――この先どんなもてなしが夫妻を待っていようとも、この昼下がりのドライブは休暇を充分満喫させてくれた。イギリス人のイングランドが近隣地域と境界を接する地方には、人里遠く離れ埋没したような風情がある。暮らし向きが不安定なため、ここには町や修道院や橋は少なく、現代の産業主義がたまたま介入しない限り、昨日と今日を区別する陸標となるものはなにもなかった。まれに城の廃墟があるだけで、ローマ人の道も古戦場もなかった。

夫妻が着いたとき、なかでもワイ川は僻地という雰囲気を漂わせていた。丘陵の多い田園地帯を横断する時はきまってそうであるように、道路は常に川の近くを走っていたが、丘にしばしば邪魔されて焦らすように垣間見えるだけだった。秘密はわたしのもの《セクレタム・メウム・ミヒ》とワイ川は言い、よそ者を近づけない。いかにも近年になって架けられたような橋は、そもそもここを渡る人や車が以前はほとんどなかったことを思いださせた。このあたりの住民にとってはつい先日まで、こちらに浅瀬一つ、あちらに渡し船一艘あれば事足りていたのだ。急斜している土堤は川と親しく交わるというより、木々が長い年月を経て鬱蒼とし、むきだしの崖が時に川の縁高く二百フィートも聳えて赤土の断崖をなし、川は急流と淵が交互に連なって、深淵では鮭が威勢のいい音をたてて跳びはねていた。これはみな、時たま見える光景だったが、近くで探険してみたいという欲求を刺激した。ロンドンを遠く離れ、村人たちが野蛮なかん高いウェールズ訛りに近い話し方をするこののんびりした田舎に、ハリフォード夫妻とその友人が突如押しかけてきて、連中の蓄音機が森の静寂を破り、モーターボートが川をふさぎ、都会的な無作法さが作男をかつてないほど自分の殻にこもらせ、雇い主からかつてないほど遠ざけるのは、堪え難いことに思えた。ブリードンは妻に向かってこういったことを容赦なく何度もぶちまけ、道に迷ったことにして村の宿屋を探し、心ゆくまで田舎を楽しもうと一度ならず提案した。

夫妻は結局道に迷ったが、それは楽天的な地図製作者のせいで、まるで不慣れな土地でマイルズが近道を行こうとしたためだった。二人がめざしていたラーストベリの名は道標から急に見えなくなり、道を尋ねた村人は土地の者にしかわからない地元の陸標をとうぜん知っているものとして教えてくれるので、二人をとまどわせた。結局夫妻はラーストベリ村よりラーストベリ邸の方がみつけやすい目標とわかった。一、二マイル以内まで近づけば見逃しようがなく、ある想像力の豊かな人間が「教会の塔のよう」と表現したサイロが、林の間に望み通りくっきりと立って見えてくるだろうと。そしてついに彼らの目的地を示す教会の円塔のような建物が見えた。電線がそちらに向かっており、このまま行けば地所へと続く農道にぶつかることはたしかなようだった。「だが」いまだ無知なブリードンは訊いた。「サイロっていったいなんだ?」

第二章　客の品定め

ラルース百科事典——これ以上役に立つものがあるだろうか——をブリードンが一冊車に積んでいたとしたら、その大半が当面の彼の目的にそうものではなかっただろうが、サイロに関する豊富な知識を仕入れることができただろう。サイロとは穀物や野菜を貯蔵するために地中に掘った溝であるとか、北アフリカの軍隊では囚人をサイロに閉じこめる罰が今なおあるとか、サイロは古代から使われ現在でもその遺構が残っており、その不透水性は今もってすばらしいとか、さらにはその名は、船や貨車に積むまでの間穀物を貯蔵しておく背の高いセメント製の貯蔵庫の拡大解釈からきているとか。そしてこうした雑多な知識の最後に、この高くそびえる（穀物や炭酸飲料用の）サイロはきわめて気密性が高く、自然の発酵を促進し、穀物を保存するものであるという知識にたどりついたことだろう。灯台のような造りの大きな建物を見て、ブリードンはあっけにとられた。高さ四十フィートで、円錐状の塔頂部に天窓がある以外窓は一つもなく、ドアもなく、ただ片側に一連の四角い飼料取出し口のハッチがまっすぐ屋根まで続いている他には開口部はまったくない。

ブリードンの知識欲は幸いうまいぐあいに満たされることになった。その建物の下にハリフォード氏が立ち、客の一人に向かって目下のお気にいりの玩具であるサイロに関して、今しも講釈をたれているところだった。相手の青年は目立つ角縁の眼鏡をかけており、ブリードンが睨んだ通り後に作家とわかった。その態度と服装から言って農業方面の説教にはあまり関心がなさそうなので、ここは車から降りて礼儀正しく関心を口にするのが、作法にかなうように思えた。「トラード君は知ってますか？　こちらはブリードン夫妻。今、トラード君にサイロのことを話してたところなんです。冬に備えてあそこにみんな貯めこんでるんですよ。その、牛の飼料をね。中で発酵し、砂糖漬の果物みたいに一年中甘くなってる。牛の大好物で、春がきてもやつらが草を目にするようになるまでは追いはらわなくてはならないほどです。まったくのところ。明日作男たちが中をいっぱいにするのが見られますよ」

「かなり臭いますね」なにか話の穂をつがなくてはと感じたトラード氏が指摘した。

「臭う？　そうだね。常にガスが出てる。中では注意しないと、過去にサイロのガスの毒気にやられた連中がいる。むろん、中で平らにする人間がいるんだ。でなければ、空洞部ができて均一に発酵せずうまくいかない。むろん、わたしが本当に先端をゆくつもりなら、適当な機械を使って積むだろうがね。まるで象の鼻のようなやつが先についているあれだよ。だがここではあそこの滑車で袋を釣り上げるんだ。とても丈夫な滑車でね。どんなに重いものでも上げる。天窓のそばの台は蝶番式になっていて、麻袋が上がってくると道をあけ、それから元の位置に戻って袋を受けとめるのさ。作男はあの梯子を登るが、むろん、やっかいだが支柱についているステップを登ることもできる。作業は終わっているから、今は見てもしょうがない。興味があるなら、明日おいでなさい。ミセス・ブリードン、車の長旅でお疲れでしょう。中にお入りなさい。お茶やなにかを用意してますから」

このあたりに数軒ある他の屋敷と同様に、ラーストベリ邸はヴィクトリア朝の繁栄に敬意を表したヴィクトリア朝風の建物だった。古い農場主の屋敷——それ以上のものではなかった——が一八六〇年代に焼け落ち、かなり大きな、といって居心地が悪いほど大きくはない邸宅《マンション》（わたしはあえてこう呼ぶのだが）に建て直されたが、様式はピュージン（英国の建築家。一八一二―五二。多くのカトリック聖堂を設計、十九世紀英国におけるゴシック・リバイバルに大きな影響を与えた）の模倣としか呼びようのないものだった。下手な積み方をした冴えない赤煉瓦の単調な壁面が四方八方へと伸び、奥行や形におかまいなくアーチ型の窓の所でとぎれていた。屋根にはスレート葺きの小尖塔が建ち、我々の子ども時代の「石の積み木」の玩具箱を思いださせた。屋敷は面積に比して丈が高すぎ、快適な部屋の間取りには狭すぎた。ヴィクトリア朝ゴシック建築の流行を追った窓はちぐはぐで、煙突は釣り合いがとれていなかったが、絶えず煙を吐きだしていた。そしてこの憂うべき近代建築は、急勾配の芝地を挟んでワイ川の美しい淵に臨んでいたが、川沿いの小径を古木が屋根のように覆い、下野草と風鈴草が縁取って、川を行く旅人を羨ましがらせた。この美しい眺望を享受するにふさわしいことをたいしてやってこなかった屋敷の代々の持ち主は、趣味の悪い鉄製のヴェランダを建て増したが、幸いにも下の部分は蔓薔薇に隠されていた。ここでブリードン夫妻は屋敷の女主人と、デッキチェアからぎごちなく立ち上がった客の一団に紹介された。

ハリフォード夫人は髪を金色に染めていたが、その女学生のような顔色はきわめて華奢な体つきには驚くほどそぐわない印象を与えた。夫人はようこそと言い、お茶とカクテルのどちらでもお好きな方をとすすめたが、しつこい雀蜂にまといつかれ、見るからに怖そうに何度も手で払いのけた。

「わたし、雀蜂、大嫌いよ。あなたもでしょう、ミセス・ブリードン？　でもおかしなことに、とても殺す気にはなれないの。いえ、フィリス、やめて。潰さないで。潰れた雀蜂なんて、見るに堪えないわ。とまるまで待って。わたしがこのカップを被せるから……そら、もう出られない。こんなすてきな昼下がりに、いやあね」

「ほっとけば、実際とまったりしないよ」ハリフォード氏が口を挟んだ。

「あなたが口紅を塗っていれば、そうは言わないでしょうよ」フィリスと呼ばれた女性が反論した。

「わたしは殺すことに大賛成よ。マートル、あなたがそんなに動物好きとは思ってもみなかったわ」

「わたしが？　いいえ、雀蜂をかわいそうなんて、少しも思わない。ただ、ぐしゃっと潰すのはぞっとすると言うだけ。いいえ、かわいいアレクシスさえ無事なら、世界中の他の動物がみな殺されようとかまわないわ。あの子ったら、今じゃ世の中に動物が多すぎると思ってるみたいな顔してるわね。アレクシス、掻くのはやめて、紹介するからここへいらっしゃいな」

開いた窓から大きな黒い猿が出てきたが、その場にいる人々の中で自分が嚙むつもりの人間を正確に選びだしているものの、前もって楽しみを漏らすつもりはないといった、あの不気味な、猿特有の雰囲気を漂わせていた。猿はアンジェラをみじめな世界の最後のやっかい者とでも言いたげに見たが、すぐにお楽しみはやめたとばかりヴェランダの柱をよじ登った。

「かわいいでしょう?」ハリフォード夫人は尋ねた。

「猿をかわいいと思ったことはありませんわ」アンジェラは答えた。「あまりに人間に似ているので、体を掻いてやったりするのは猿をばかにしているようにいつも感じるんです。そしてあの不幸そうな顔つきで騙すばかげたやり口が、しゃくにさわります。あの猿は利口ですか?」

「なんでもまねするのよ。もちろん、人が集まったところで見せびらかしたりはしないけど。でも新聞を読んだり絵の埃をはたくまねをしてるところを見たら、大笑いするわ。朝早くに召使を観察してるのよ。先日わたしたちが朝食をとりに降りてきてみると、手紙がみんな破かれてたわ。そうよね、いい子ちゃん? 主人はえらく怒ったけど、べつに大丈夫だったの。小切手は入ってなかったから」

「いつも放し飼いにしていらっしゃるんですか?」

「ええ、そうですとも。夜だけは閉じこめるけど。あの子はけっして人には手を出さないのよ。さあ、ブリッジでもしましょうか?」

ハリフォード夫人は場をしきることがなにより好きな女主人の一人とわかった。あまりにも自信たっぷりに提案されたので、断るのは無作法に思えた。もっともこの場合、みんなが夫人の誘いに耳を貸しそうにないというわけではなく、マイルズを除いた一同は、昼間の暑さとデッキチェアの許す限りすばやく立ち上がった。アンジェラは腰をおろすと、ハリフォード夫人に話しかけた。ここで読者諸氏は登場人物をめいめいの配置につかせてもっと会話を聞いてみたいとお考えになるかもしれないが、それよりもまずブリッジに興ずる人々を見守り、プレイヤーの性格をみごとにあばきたてる、あの謎めいた顔つきを見ながら、アンジェラ相手にまくしたてるハリフォード夫人自身による客の説明に耳を傾けられるがいい。夫人の表現はあまりにも率直だったので、アンジェラは友とするには危険な人物かもしれないと感じだし、自分たちがこの場にいなければ、ブリードン夫妻に関する身上調書はいかなるものになっていただろうかと危ぶんだ。

すでに登場ずみのトラード氏は、たいして宣伝することもなくあの不安定な職業でまずまずの暮らしをしている青年作家のようだった。誰ひとり彼をイギリス文壇の希望の星と賞賛したり、ゴールズワージー氏（『フォーサイト家物語』の作者）のお株を奪ったと評価する者はなかった。どこの書籍売場にも彼の本が見られるわけではないし、初版本に法外な値がつけられることもない。安定して売れる作家で、出版社は彼のせいで損をする心配はなかった。彼に着せられた、あるいはかつて着せられていた汚名というのは、変わった、より不運な性質のものだった。五年ほど前、まだ非常に若かった頃トラード氏はアメリカに渡っていて、その喧騒に満ちた生活がイギリスの日曜紙のかっこうの話題となっていた一都市で、深刻な揉め事に巻きこまれた。みんなの前で彼を破滅させてやると脅した男が射殺死体で発見され、陪審はひどく扇情的な長い裁判の果てに自殺という結論を出したが、この事件はトラード氏の顔にいくらか泥を塗り、無罪とされたものの容疑が完全に晴れたわけではなかった。この忘れっぽい国では、事件にまつわる氏の評判はしだいに忘れられていった。ハリフォード夫人は一度羊を襲ったところを捕まった犬の無実を晴らしてやるかのように、現在の彼の性格がいかに無害かを力説した。夫人が陪審と意見を異にしているのは明白だった。トラード氏は札を手にとるたびに眉間に皺をよせ、概して勝負の厳しさが要求する以上に感情をあらわにした。体つきは細く血色が悪かったが、醜いというわけではなく、剽軽な口もとが人をばかにしたような話しぶりに愛嬌を添えていた。

トラード氏のブリッジのパートナーのフィリス・モレルはハリフォード夫人の友人だったが、彼女の話となると夫人は好意に近いものを示した。英仏の混血で、両親の結婚が破綻したため、若い頃から自活を余儀なくされた彼女は、「モーター狂」だったので、持っていたわずかな財産でガレージを経営した。この商売は成功し、当初仕事場でオーバーオールを着て働くのを潔しとしていたフィリスは、今やぞくぞくするようなスピード試走に興じ、だいたいにおいて不在の経営者となっていた。少なくともハリフォード夫人と比較すれば、彼女は見たところ自然で健康そうだった。それに女性としては珍しく感情をまじえずに悪態をつく能力を持っていた。ハリフォード夫人の話からアンジェラは、フィリスとトラードのふたりが出会うようにしむけられたという印象を受けたが、なぜか、そして誰によってかは定かではなかった。

カーバリ夫妻はハリフォード氏の友人だった。ハリフォード夫人は夫妻をよく知っていると明言こそしなかったが、夫妻に関して知っている限りのことはすべて話してくれた。ジョン・カーバリは南アフリカ（彼の地でハリフォードは財産を築いた）でのハリフォードの友人だが、最近帰国したばかりで、彼自身はとても金持ちとはいえない。誰でも、ことに南アフリカの人間はダイアモンドの原石には慣れっこになっているとハリフォード夫人は言い、「でもわたし、ダイアモンドではなくて原石のままと言うのはとても残念だと思うわ。そうじゃなくって？」とつけ加えた。たしかにカーバリ氏はひと昔前の社交界であったら、このような環境の中では目立っていただろう、きわめて野卑な男だった。彼は言い訳のたぐいをまるで受け入れず、不運なパートナーのアーノルド夫人に向かって手厳しい言葉をぶつけた。夫人のブリッジの腕前は酷評されてもしかたなかったが、女性なのだから少しは考慮されてしかるべきだった。ハリフォード氏を最初に知った時、カーバリは鉱山関係の仕事に就いていたが、今はロンドンのシティの会社勤めで昇進に汲々としており、安定した収入はわずかしかなかった。カーバリは「あちらの女性」と結婚したのだが、細君はかつては正真正銘の美人だったのだろうが、アンジェラが見た通り、今や太り気味で、善良で陽気ではあったが、少々派手で品位に欠けていた。アンジェラは彼女の外見がどちらかと言えば気に入ったし、同情も感じた。カーバリ夫人が夫の社会的未熟さを意識しているのは痛いほどわかった。常に夫の失言に気をつけ、夫があわせられるように会話の程度を下げた。夫人は後に学校にいる二人の息子について話し、一座の信頼を得た。彼女は息子たちを溺愛していた。

アーノルド夫妻は比較すると、しなびたカップルだった。妻の方は絶えず不平を言いつづけ、口を開ければ周囲の注意を引かずにはおかなかった。亜麻色の髪の夫君の方は、弱々しい口と不安げな目をしていた。夫妻はハリフォード氏の親戚らしかった。そしてアーノルド夫妻の立場からするとハリフォード夫人は疫病神に他ならなかったので、二人の前では夫人はけっして心安らかではいられなかった。夫妻とハリフォードの遺産を相続する可能性との間に、夫人は割りこんできたのだ。どういうこと？　「ええ、そう、アーノルド夫人の亡くなったおかあさんがハリフォードの従姉というだけで、近しい間柄ではなかったの。でもあの人の話を聞いていると、ウォルター（ハリフォード氏のことだ）はアーノルド夫妻がとうぜんもらうべき信託財産の保管人にすぎないように思えてくるわ。で、主人は遺言にあの人たちのことを書いたのよ。気前よすぎるほどにね」アーノルド夫妻はここから遠くない所に住み、しばしばラーストベリに押しかけてきた。夫妻は失われた親密さをとりもどすためにというより、パーティーの頭数を揃えるために滞在するよう乞われていた。レスリー・アーノルドはこの州の出身で、旧家の見込み薄の分家の出で、非常にささやかながら土地を所有していた。「彼は牛のことなんかを知ってるのよ」彼がここにいる正当性をなんとか説明すべきだと感じてでもいるように、ハリフォード夫人は言った。さらによくアーノルドを知ってみると、アンジェラは同氏を学者であり、気性はどこか夢想家だとみなした。細君が始終家計を心配してばかりいるので、浮き世の人間らしき態度をとらざるを得ないでいる。「そしてこれで全部よ」ハリフォード夫人は締め括った。「もちろん、セシル・ワースリーを除けば。あら！　わたし、セシル・ワースリーがここに来ることを言わなかったかしら？　ええ、よくみえるわ。わたしの古くからの友人なの。列車で来るんだけど、そろそろ着くはずよ。あなた、きっとセシルを好きになるわ。つきあってておもしろい人ですもの」

第三章　晩餐の席の名士

　セシル・ワースリーは世界における今日のイギリスの地位を築いた人間の一人だった。彼らはまた、いったいどういった種類の人間なのか、我々が不思議に思う種族でもある。見ただけでワースリーとわかる人間はおそらく千人を越えることはないだろうが、彼は物事のまさに中心にいた。重要人物の一人とみなされていたが、同時に彼は、官庁の大半の部門よりも、そして選挙民よりもはるかに大きな影響を彼らの意見に及ぼしてきた。

　ワースリーという人物を言い表すには、くどくどと否定の言葉を列ねるしかない。彼はなに不自由なく暮らしていたが、人目をひくほどの金持ちとは言えなかった。かなりの家柄の出だが、どこから見ても貴族の血筋とは言えなかった。また昇進してゆくのに、縁故による援助はまるでなかった。たしかに頭が切れ、輝かしい学歴を誇っているが、輝かしい学歴の持ち主の九十パーセントが結局は取るに足らない人物になるのは、誰もが知るところである。財界の大物たちを支配することはなかった。新聞を発行することもなかった——つまりひとかどの人物が読むような新聞という意味だが。議員に立候補したことは一度もないし、友人を応援して壇上に立ったこともない。目下地上に天国を築くことに主として勤しんでいる公務員でも銀行家でもない。多くのお屋敷に自由に出入りを許されているが、めったにその特権を使わない。新聞紙上にガトウィックで競馬を観戦したり、リヴィエラで日光浴をしている写真が載ることもない。紳士録には彼の名が出ているが、骨董の陶器を集めていること以外なにも記述されていない。彼の著述の大半は匿名によるものだし、重要な会見のほとんどは昼食の席で行なわれた。彼が自由党か、保守党か、はたまた労働党か誰も知らないし、信仰を持つのか、無神論者なのかも知らない。セシル・ワースリーについて話す時、このような論点を持ちだすのは場違いのように思えた。

だが、彼はきわめて重要な人物だった。新聞には載らない彼のニューヨークやジュネーヴ訪問、無署名の記事、政治家への提言、空席になった役職に彼が選ぶ適切な候補等々、その影響は強調してもしすぎることはなかった。アンジェラは黙っていたが、ワースリーの名を聞いたことは実は一度もなかった。晩餐の前に着替えながら、ハリフォード夫人から聞いた話をブリードンに向かって披露したが、夫はワースリーの名を知っているのは常識だとしながらも、それ以上はあまり知らなかった。当世風とも、公式ともとうてい言い難いこのようなパーティーで彼がなにをするのか、夫婦ともども不思議に思った。翌日アンジェラが聞いた説明は単純だった。ワースリーはハリフォード夫人の旧友で、彼にとっては仕事を意味する社交界を離れて休養するために、しばしばラーストベリに出向いてくるのだ。そしてたしかに特別待遇の客よろしく、他の客にはおかまいなく起きだして部屋を出、みんなが話をしているときに本を読み、ひとりで散歩に出かけ、遅く戻って食事をするのだった。それはそれとして、彼は周囲に身を投じ、少しも恩着せがましいところは見せずに、晩餐の席の雑多な人々と親しく交わった。

「ブリッジ（夫妻の車の愛称）でお迎えに行かせたりして、ほんとうにごめんなさいね」ハリフォード夫人はワースリーに謝った。「例によってトートトー（これも車の愛称）の調子が悪くって。主人はましな車をもう一台持とうとはしないんですもの。お客さまのためにあれを使うときは本当に恥ずかしい思いをするわ。でも乗り心地はとてもいいはずよ」

「それによく走る」ワースリーは言った。「あんなにいいエンジンを使ってるとは知らなかったよ」

「脇道ではかなり揺れたでしょうね」ブリードンが口を挟んだ。「この近くに一、二箇所、ひどいでこぼこ道がありますね、ミセス・ハリフォード」

「まあ、本街道に感謝しなくてはね」ワースリーが代わりに答えた。「二、三世紀前にはこのへんの道はひどくて、冬中まったく通れなかったと思いますね。十月あたりにここへ来たとしたら、四か月は足止めを食ったことでしょう。もてなす方にとっては、やっかいなことだったに違いありませんな」

「あら、でも、それってすてきだわ」ハリフォード夫人が主張した。「ミスター・ブリードン、晩秋にもう一度いらっしゃらなくては。あなたがたをここにお引きとめするよう、わざと邸内の車道を掘り返しておきますわ。ここへの道はすぐおわかりになった？　初めていらっしゃる方は、たいてい迷うんですけど」

「ええ、たしかに迷いましたが、訊いた人はみんな、サイロを教えてくれました。このへんの海軍省の陸標といったところですね。ミセス・ハリフォード、あなたがたはラーストベリを地図に載せたようなものですよ」

「あら、それはよかった。でも、わたしは木立に囲まれて、たくさんの先祖がそこに葬られている村の教会を建てたいけど。ヴァイナ家みたいに、まわりにサットン・ヴァイナとかミルトン・ヴァイナとか名づけられたらどんなにすてきかしら。封建時代のようでしょ」

「きみょうなことに」ワースリーは言った。「イングランドとスコットランドの大きな違いの一つは、イングランドでは伝記が地理学上の謎を解く鍵となっているのに、スコットランドでは逆なんですよ」

「もう一度わかりやすく言って、セシル。理解できないわ」

「いや、簡単なことだよ。わたしはただイングランドでは主要な一族が自分たちの名前を地名としてきたことを言ってるんだ。男の名前がスミスなら、この男が住む村はマドルフォードパーヴァと区別して、マドルフォードスミスと呼ばれた。スコットランドでは、マクナブスの下の息子がストラスボーグルに小さな狩猟小屋を建てたとすると、彼の子孫たちは代々自分たちをストラスボーグルのマクナブスと呼んだ。シェイクスピアはなぜ当時のスコットランドをあんなによく知っていたんだろうか？『グラーミスは眠りを殺してしまった。だからコーダーももはや眠れない（『マクベス』中の台詞。どちらもスコットランドの城で、領主となったマクベスの呼称）』シェイクスピアはけっしてバーリー卿（ウィリアム・セシル・バーリー。エリザベス一世に仕えた政治家）をハットフィールド（イングランド、ハートフォードシャーの町。セシル一族のハットフィールドハウスが建つ）と呼んではいない」

「シェイクスピアはいつもウェールズ人を引き合いにだすわよね？」ブリードンの隣に座っていた

フィリス・モレルが口を挟んだ。「『ウインザーの陽気な女房たち』にも一人出てきたわ。先日ジェスチャーゲームをやったとき、フォールスタッフについて調べたのよ。マートル、洗濯籠にご主人を押し込むの、大変だったわよね」

「釣りはなさる？」ハリフォード夫人はブリードンに尋ねた。夫人にはふいに話題を変える癖があるな、とブリードンは思った。

「いや、あいにくと。ぼくはゴルフをやるんですよ。ぼくの考えでは二兎を追わずに、一つことに絞るべきだと思いますね。さだめしここでは鮭が釣れるんでしょうね？　淵で跳びはねてるのを見ましたよ」

「ええ、鮭釣りには絶好の場所です。でも主人は、おもしろくないって言いますけど。わたしには釣りは堪えられないわ。ゴルフもね。のろすぎるんですもの。常にスピードが欲しいの」

「きみがそう言うとはみょうだな」ワースリーが言った。「わたしは今しがたあの実に速いブリッジに乗ってきながら、その事を考えていたんだ。途中で馬に乗った男を追いぬいた。商売のために乗っていたわけだが、それにしても今日ではおそろしく時代遅れに見えた。そこで疑問に思ったのは、新しい世代そのものが違っているのか、それとも、それは自分の本分にめざめた特定の人々に限られているのか、ということだ。つまり人間はかつて神経を休めるために釣りのような、なにかのんびりしたことをしにゆくと思っていた。今や人々は神経を張りつめるようなことをしたがっているようだ――叫び声をあげずにすますために。これは我々の神経が鋭くなってきているせいなのかな？」

「わたしは神経を張りつめるためにスピードを求めるわけではないわ」モレル嬢が抗議した。「スピードのためのスピードを求めるのよ」

「スピード、スピード、神のしろしめすスピードよ、か？」ワースリーが言った。「ヘンリー（ウィリアム・アーネスト・ヘンリー、一八四九―一九〇三。イギリスの詩人。上は「スピードの歌」の一節）がどうやって神学をそこに持ちこんだのか、わたしにはとうていわからないが」

「フィリスはそういう感じよ」ハリフォード夫人は認めた。「でもわたしはただ、他の人より早く行きたいだけなの。わたし、自分の車より前を走っている車をみんな追いぬくために、いつだって全速力を出すわ。たとえロバが引く荷車でも、わたし、同じことをすると思う。つまり、他の荷車を追いぬくのよ」

「さだめしそれがごみ集め競争ゲームのおもしろさなんでしょうね」ブリードンは妻の視線を避けながら言った。妻が夫の偽善的発言にあきれた表情を見せているのは、わかっていた。ブリードンがそんなゲームなんて聞いたこともないと言ったのは、つい昨日のことではなかったか？　だが、ままよ、同席者の意には応えなくてはならない。

「まあ、わたしたちのゲームのこと、お聞きになった？　もちろん、最初は宝探しだったんですけど、ご近所の人たちにうるさく思われてしまって。バジル・フリーランドが手がかりの一つを間違って、ジャガ芋を何畝も掘りだしちゃったの。頬髭をはやして古臭い山高帽子を被った、それはやさしいお爺さんの畑だったんだけど、彼ったら、全然おもしろがらなかったわ。だから代わりにごみ集め競争ゲームにしたの」

「なにかおもしろい趣向はありました？」フィリス・モレルのすぐ奥に座っているトラードが訊いた。「ぼくが先日加わったゲームでは、牧師を集めなくてはならなかったんです」

「それは難しそうね」フィリスは言った。「あなた、どうやって集めたの？」

「ああ、ぼくは最後まで残しておいたんだ。それから修道院のそばを車を流していき、迷子になっているらしき近眼の牧師をみつけ、叫んだね。『タクシーをお探しで？』やっこさん最初は安心していたらしいが、郊外へ出るとそわそわしだし、いやがった。ただステインズに連れてっただけなんだが」

「ロンドンではなんだってできるみたいね」ハリフォード夫人は嘆いた。「ここでは、みんなとても怒りっぽいわ。先日なんか、わたしたち村の学校から黒板《ブラックボード》を集めたのよ。なかなかおもしろい着想だと思ったんだけど、気の毒に耳が遠いジェイムズ・ローソンは黒歌鳥《ブラックバード》を捕まえようとして手こずってた。あとで返すんだから、誰も気にしないかと思ったのよ。もちろん、生徒は気にしたとは思わないけど、教師連中とはひどく揉めてしまったわ。あれ以来わたしたちの評判はちょっぴり落ちたんだけど、ほんとうにやっかいなことになったのは、朝早くごみ入れを集めて回ったときなの。持ち主が苦情を言ったわけではないのよ。失敗したのはそれをみんな、公立図書館に置いてきたこと。誰がそれを使うわけでもないんだけど、警察が文句をつけたの。そこで目下のところごみ集め競争ゲームは控えてるってわけ。もちろん、駈け落ちレースならできるわ」

フィリス・モレルは拍手した。「駈け落ちレースですって！　おもしろそう。どうやるの？」

「よく知らないのよ。この前雑誌で見たんだけど、完全な説明は書いてなかったわ。わたし、一度もやったことがないの。自分たちで考えてみなくちゃね」

「明日やりましょうよ」

「天気がもてばね。でもレースをやるのはもちろん夜だから、手順を考える時間は充分あるわ」

テーブルの反対側では、アンジェラが、農夫を自任するだけの経済的余裕を持ったハリフォード氏に祝辞を述べていた。「いつも友だちの話を考えあわせて思うんですけど、農業に関する唯一の欠点は、間違いなく破産するってことですね。破産する危険を感じずに、そこら中に育つオート麦なんかに興味を持てたら、すばらしいでしょうね」

「その意気ごみでいますよ」ハリフォード氏は認めた。「ですがね、これは一種の薬なんです。薬というものは最初は苦いものです」

「薬と言うと？」

「なに、神経症になって、医者に事業をやめてもっと静かなことをやれと言われたんです。農業は次善の策かと思ったんですが、ありがたいことに静かだ」

「ミセス・ブリードン、彼の言葉を信じちゃいけないよ」アンジェラの左側に座るカーバリが口を挟んだ。「逆なんだ。彼の神経はちっともおかしくなんぞなかった。静かな生活をするまではね。南アフリカでは彼の神経はまったく正常だったよ。大金を儲け、立ちどまって考える余裕ができたときに、ここでは人は弱気になるんだ」

「わたしはあれを農業とは言わないわ」カーバリの左手からアーノルド夫人が言った。「本当の農業は明日雨が降るかどうかといったことを真剣に考えるものだわ。うちの主人のように本物の農夫なら、今雨が降ってほしいとか願うだろうけど、ウォルターがそんなこと気にすると思う？　根菜類がどうなろうと、かまやしない。そしてもちろん、サイロやトラクターやその他諸々にお金をはたいて、イギリスの農業の破滅のもととなるのは、そのような人種なのよ。本物の農夫には、政府の注意を自分に向けさせることなんかできない。『ハリフォードのような男を見たまえ』連中は言うのよ。『よくやってるじゃないか』ってね」

ここでご婦人方は立ち上がり、農業に関する大問題は幸いにも水に流された。「わたしがミスター・ハリフォードだったら、自分の好きな人や自分を好きな人たちに囲まれて過ごすことにお金を使うわ」アンジェラは部屋を出ながらつぶやいた。

第四章　ゲームの規則

ラーストベリでの暮らしは実際のところ快適とは言えなかった。アンジェラさえ自分が間違っていたのではと良妻なら感じる不安を抑えきれず、快適であるふりをすることはできなかった。どの部屋にも特別な使用目的はないようだったし、蓄音機を聴く以外の暇つぶしもできそうになかった。本はあったが、本棚に長く置かれるような威厳を持った本ではなく、テーブルに雑然と置かれるような種類の本だった。食事時間は決まっていたが、誰も気にしないようだったし、花壇はあったが、請負い仕事で植えられたかのようにロベリアがどこでも幅をきかせていた。絵画や家具や料理は感覚を満足させるというより、刺激するようにあらかじめ配慮されていた。どこへ行っても雑音が聞こえた。こちらではラジオがかすれた不明瞭な声で明日の天気を予報しているかと思うと、あちらでは蓄音機が鳴っている。誰もこれらの雑音をとめて、会話を始める気はなさそうだった。誰もが社交界の奇妙に矛盾した行動をまねた。朝早く泳ぎベッドに戻って朝食をとるか、水着で朝食をとってから厚手のツイード地の服に着替えて釣りに出る。明らかに監督の不行き届きから、召使たちは資格は優秀だったが役に立たなかった。家政の大黒柱は長年他家に忠実に奉公してきた初老の執事だったが、彼の地にいる間に破産した人間のようなうらぶれた威厳を身につけていた。「ひと昔前の文明の廃墟でのピクニック」とブリードンは呼んだ。その文明を思いおこさせたのは、セシル・ワースリーがポケットに両手をつっこみ、ふらふらと歩き回りながらそこここで本をとりあげ、評論雑誌に没頭する姿か、打って変わって恐ろしいほど急勾配の芝地でひとりしかつめらしくクロックゴルフ（一人または二人以上で、芝生でホールを中心とする円周上の十二点からパットするゴルフ）に興じる姿だった。

一番近いゴルフコースでも十マイル離れていると聞かされたブリードンは、翌朝早々にそこへ逃げこむ勇気はなかった。内心ではハリフォード夫人のことを、客を組織してなにかさせたがる女主人だと思っていたが、ブリードンは間違っていた。彼女は昼食まで姿を見せなかった。ブリードンはひとり陽射しがまだ柔らかい夏の朝靄の中をぶらぶらと行き、現在地を確かめつつ川沿いの雑草の生い茂った小径をたどって、ついには前日夫婦で通った邸内の車道のはずれに出た。ハリフォードはまだサイロ信仰に没頭しており、ブリードンにてきぱきとさらなる奥義を伝えてくれた。ブリードンにハッチを覗かせ、天窓まで達する円筒形の内壁を見せ、密閉されたソラマメやインゲンマメやオート麦のちょうどよい発酵状態を解説し、細断機が動きだして他の音すべてが聞こえづらくなると、ブリードンの耳もとで耳が聞こえなくなるほどの大声をあげ続けた。ブリードンが農場をひとわたり見せてほしいと頼んだのは、動物好きだからでも、相手に対する親切からでもなく、即刻静かな場所に行きたいためだった。それ以後昼までずっと牛乳試験器の創意に驚きの声をあげたり、開いた戸口に立ってヘレフォードシャー種の牡牛の獰猛な凝視を強いて自信ありげに睨みかえしたりした。

昼食の席では、前夜途中でやめた駆け落ちレースの話になった。「マートル、もっと詳しく話してくれなくちゃ」フィリス・モレルが催促した。「ひと晩中夢に見てたわ。ともかくも誰が誰と駆け落ちして、誰が勝つことにするの？　それって、みんなとつぜん始まるのかしら？　それとも予定行動開始時刻《ゼロ・アワー》を決めるの？　今晩なら最高よ。でもわたし、いつ出ていったらいいかまるでわからないわ。やりましょうよ」

「その記事、あまりよく読まなかったのよ」ハリフォード夫人は答えた。「でも憶えている限りでは、要は駆け落ちする男女は、男性の方が誰なのかを悟られずに家に戻ってこなくてはならないってこと。適当に『グレトナグリーン（スコットランドのイングランドとの境界に近い村。イングランドからの駆け落ち者の結婚の地として有名）』となる場所を選んでおいて、ウサギ役もイヌ役も前もって決められた道筋を通ってそこへ行き、べつの道筋を通って戻るのよ」

「男性が誰かを当てるんじゃなかったと思うわ」アーノルド夫人が遮った。「それって、あなたらしいわ、マートル。あなた、いつも話を作っちゃうじゃない。『バブラー』のその号まだ持ってる？」

「いいえ、古いのは病院に送ったのよ。でもなにかを秘密にするというのは、たしかだったわ。あなたならみんな憶えてるんじゃなくって？」

「心配事が多すぎて、『バブラー』で読んだことをいちいち憶えてられないわ。マートル、子どもがいたら、あなたにもわかるわよ。でも要は単に誰が一番スピードを出すかってこと、それは絶対にたしかよ。むろん駈け落ちする男女の名前を隠しておくことはできないわ。どうやってみんなの目の前を知られずに出てゆけるというの？」

「みんなが床に就くまで、待ったらどうかしら」

「だとしても、それぞれの夫と妻には、誰がいないかわかるわ」

「ちょっと待って」カーバリ夫人が口を挟んだ。「それをちゃんと決められないかしら？　予定行動開始時間《ゼロアワー》を指定して、女性は全員自分たちの部屋に戻り、男性は全員下で起きていることにしたらどう？　ああ、でもそうすると男性陣にはもちろん、誰がいないかわかってしまうわね」

　ブリードンも思いきって言ってみた。「車を出すときに全員が車庫で出くわさないようにしないとね。そうしないと、誰がその場にいて誰の車がすでにないか、みんなにわかってしまうでしょう」

「あら、でも少しは驚くようなことがなくては」フィリスが文句を言った。「邸内の車道に車を全部並べておいたらどう？　それならわからないと思うけど」

「それがいいわ」ハリフォード夫人は同意した。「それに、いいこと。こうするのよ。モスマン（夫妻の車の愛称）を列の先頭に置くのよ。もうじき戻ってくるから。主人とわたしはブリッジに乗るわね。誰がウサギ役になろうと、モスマンを使えるわ。子どもにもできるくらい運転しやすいから、すぐに出発できるはずよ」

「でも当てる楽しみがあればいいのに」カーバリ夫人はなおも言った。「男性全員を置いていくというのはどう？　もちろん、駈け落ちする男を除いて」

「何だって！」カーバリ氏は叫んだ。「そしてうちの嬢ちゃんにおれ抜きで田舎中を疾走させるのか？　おれにはうちの嬢ちゃんはよくわかってるさ。いや、おれも乗るよ。おまえが先頭を走れば、おれはすぐに後ろをつけてゆくさ、ねえ、おまえ」

ジョン・カーバリは冗談を言うとき、きまって気づまりな間をおいた。トラードはすばやくアンジェラのほうを見て、特殊な話題を一般的な話題に変えてその場を救った。「思うに、ヴィクトリア朝の人々なら、こういったことすべてにショックを受けたでしょうね」

「少しばかりね」アンジェラは認めた。「でも、もちろん、彼らはもういないわ。ときどきその場にいない人たちにショックを与えるために、わたしたち多くの時間を使ってるような気がしますわ」

「さてと、決めるとしよう」ハリフォード氏は提案した。「もし、本当にやりたいのならということだが。抜けたい人はいるかい？　ワースリー、きみはどうだ？　車がないだろう？」

「きみの言う通り、車がない。むろん、わたしがその幸運な男になったら、礼儀上、従順な底荷となってのっかるがね。でなければ、ここにじっと留まるのになんら異議はない。ともかくも書かなくてはならない論文があるからね」

「個人的には、ぼくは断然残っていたいですね」トラードが同意した。「こんなことまったくばかげてますよ。だが望まれれば、行きますが。ところで、ぼくが当の犠牲者となれば、ぼくの車は抜けることになります。誰も運転してくれる人がいないから」

「ああ、そうだね」ハリフォードは認めた。「だが、そうならないことを祈ろう。アーノルド、きみはどうだい？」

「わたしは実際のところ、どうしてもと頼まれるのでなければ……」

「ばかばかしい」アーノルド夫人が打ち消した。「もちろんあなたに頼むわよ。パンクしたら、誰がジャッキで持ち上げるの？　もちろん、あなたがウサギ役でなければだけど。その場合はわたし、行かなくていいことになる。ウサギはどうやって選ぶの？　籤《くじ》引きで決めるって、雑誌に書いてなかった？」

「とても思いだせないわ」ハリフォード夫人は答えた。「男性と女性の両方が籤を引くのだったか、女性だけが引いて、当たった女性が相手を自分で選ぶのか」

「あら、その方がずっとすてきよ」フィリスが支持した。「当たりを引いた女性は昼間のうちに相手の男性に、こっそり知らせることができるわ。行って、便箋をとってきましょうか？　すぐに籤引きができるわよ。ところで金額は？　いくらかお金を賭けるべきよ」

「全部で車は六台だよね？」ハリフォードが訊いた。「ウサギが逃げおおせたら、各組が五ポンドずつ払い、負けた場合は捕らえたイヌに十ポンド、というのはどうだい？」

「本当にやりたければね」ハリフォード夫人が口を挟んだ。「ミセス・ブリードン、昨日の長旅の後で、ひどく疲れてらっしゃるのでは？　みなさん、うんざりなさるようなら、こんなレースをしようとは思いませんけど」

「いいえ、わたしたち、そのつもりです」アンジェラは答えた。「テーブルの向こう側で主人があんな顔をしているときは、いつだって上機嫌な黙認を意味しているんですよ。それに二十五ポンドもらえるのは言うにおよばず、十ポンドでももらえたらこんなにすてきなことはありませんわ。わたしたち、車にはついているんですよ、ミセス・ハリフォード。よく主人に運転を任せますが、問題ありません」

「すてき！　フィリス、あそこの机から紙を一、二枚とってきて、真ん中から半分に切ってちょうだい。さてと、五枚いるわ……どうもありがとう。ところでペンはどこかしら？　この一枚にEと書くわね。駈け落ち者《エローパー》の略よ。やだ、このペン、書けやしないわ。ああ、これならいいわ。これがみなさん待望のものよ」夫人は紙片に大きく書いたEの字を見せた。紙を折りたたむと傍らにあったヴァニティ・バッグに入れ、閉めてからセシル・ワースリーに回すと、彼がバッグを振った後、女性全員がしかつめらしい顔つきで引いていった。「笑わないで、お願い」各自が籤を引くうち、ハリフォード夫人が注意した。「フィリス、あなた気をつけないと、すぐ顔に出るわよ」（アンジェラはあとでモレル嬢の顔にちょっぴり落胆の色が浮かんだと告げた。だがそれはいつもブリードンが言うように、アンジェラが空想力に富んでいることを示すにすぎなかった。）「いいこと、ここには探偵さんがいるのよ」ハリフォード夫人はインディスクライバブル社の代理人をいたずらっぽくちらっと見て、つけ加えた。

「マートルがあなたのことを探偵と呼んだのは、どういう意味ですか？」コーヒーを飲むためにヴエランダへと全員が向かったときに、ワースリーが訊いた。「実生活には素人探偵なんて存在しないものと思っていたが」ブリードンが恥ずかしそうな顔で事情を説明すると、「なるほどあれは立派な会社だ。わたしが早死にすれば、あの会社は五百ポンドくらい損することになるでしょう。だがそれくらいの損失は、どうってことはないでしょうね。ミスター・ブリードン、この中ではあなたとわたしはどうも時代遅れのようですね。だが新世代の連中が悪ふざけを実行にうつすからといって、彼らが軽薄だと誤解するのはよしましょう」そう言うとワースリーは庭へ出ていった。

コーヒーを飲みながら、夜のお楽しみの条件がようやく決められた。早めに晩餐をとること。晩餐のために着替えはしないこと。女性は十時半になったら自室にゆき、男性は通知されるまで階下のそれぞれの部屋で待つこと。邸内の車道に車を一列に並べ、先頭にはモスマンを配置して、駆け落ちする男女に献呈する。（モスマンはすでに整備済みで目下玄関の外に駐車されていた。大家族向きと思われる大きなツーリングカーで、座席は幅広く、旅行鞄を収めた後部の荷室は広く、なにやら用途のわからない小物入れは大きく、豪華な備品は凝っていた）行動開始時間は指定しない。ヒロイン役の女性は自分が選んだ駆け落ち相手の男性と打ち合せ、正面玄関から十時半以降に一緒に出てゆくこと。追跡者は客間の窓から出、庭の小径を迂回して車道まで行かなくてはならないので、すぐに追いつくことはない。「グレトナグリーン」は終夜営業しているキングズノートンのガレージとする。駆け落ちする男女が、イヌの誰にも追いつかれずに目的地に着いたら、彼らの勝ちとなる。召使たちには最後の車が出ていくまで屋敷内に留まるように指示し、最初の一周で歩行者をはねることがないよう配慮する。夫人連は車中に夫がいない場合、いないままで車を発車させること。ウスターまではレッドベリ街道とブロムヤード街道のいずれか好きな方の道を通ってよい。事故が起きた場合は、賞金は支払われないものとする。

生彩に欠けたその午後、ハリフォード夫人が隣家を少しの間訪れた以外は、誰もたいした動きを見せなかった。お茶の席でフィリス・モレルは結局翌週まで帰らなくてもよくなったと告げた。

「郵便物はもうきたかしら?」とアーノルド夫人が尋ねた。ハリフォード夫人が帰りがけに取ってきたとみえ、ホールに置いてあると言った。ハリフォード氏がまとめて取ってくると申し出て、まもなく一同はみんなの前で手紙を読むときのあの気もそぞろな会話に耽った。

「あなた、そのとっぴな黄色い郵便物はなに?」豪華な広告チラシらしき郵便物を見て眉をひそめている夫に向かって、ハリフォード夫人は訊いた。

「ただのワイン商からの売りこみさ」

「わたしももらったよ」ワースリーは言った。「ベチュアナランド・トケー（ボツワナの英領時代の名称。トケーは白葡萄酒の銘柄の一種）をおもとめになる絶好の機会です、だってさ。絶好の機会と言えば、今晩の色事を取りしきるご婦人は、すでに騎士を選んだか、まだにしても、もうじき選ぶだろうね。つらいのは待っている間だな」

「セシル、それはあなたがもう、選ばれたって意味なの?」ハリフォード夫人は尋ねた。

「はったりを言ったところで、この年齢になれば責められることもないだろうね。誰かが選ばれることになるのだから、わたしでいけないこともなかろう。実際のところ、わたしが今夜のお楽しみにあずかることになれば、あの論文をどうやって書いたものかな。だが謎のままにしておこう。探偵の鋭い眼でも、わたしの手から秘密を引っぱりだすことはできまい」

「探偵の鋭い眼がぼくのパイプをどこからか引っぱりだしてくれればいいんだが」そこら中をくまなくパイプを探しまわっていたハリフォードがこぼした。「サイロの中に忘れてきたんだろうか?

それなら今時分は上に雑穀が二束分も載っかっているだろうな」

「そんなにいらいらしないで、あなた」夫人がなだめた。「あなたの化粧室にべつのパイプがあるわ。今朝見たばかりよ。あれを取ってくればいいじゃない。アレクシス、いい子ね、ここへいらっしゃい。指の手当てをしてあげる。なにかで遊んでいて、指を切ったのね。あなた、押さえていてくれる？　むきになって嚙むんだから」

第五章　駈け落ちレース

今夜の冒険が、それに先立つ時間になんの影響も及ぼさないというふりをしても無駄だった。表向きはみな、お祭り気分だった。ハリフォード夫人はクラッカーを用意していて、中に入っている漫画を描いた紙帽子を被るよう伝え、小さな白い「蝶ネクタイ型バッジ」を配って回りながら言った。「これで溝に落ちても、誰が誰だかわかるわよ。治安判事裁判所でもね」だがこの夜、時間はなかなかたたなかった。

我々は考える機械ではなく、土塊をこねてできた人間である。そして子ども同様、おとなたちも一度ごっこ遊びの精神に身を委ねれば、自分たちの幻想に夢中になる。狐狩りがそれでなくてなんだろうか？　皮肉屋（オスカー・ワイルド）が狐狩りを評して、「とうてい食えない動物をおぞましい連中が追いかけること」と意地悪な表現をしたのはたしかに筋が通っているかもしれないが、事は運び、なにか木霊のようなもの、おそらくかつての狩猟民族の記憶が真剣に血を騒がせ、現実的な男女を興奮の坩堝《るつぼ》に陥らせるのだ。そしてブリードンが言うように、現代の娯楽が封建時代のような威厳を欠くとしても、我々の暮らしに機械が侵入して原始に帰るのを難しくしているとしても、我々は幻想をたいせつにする。ラーストベリの誰もがこれから起きる出来事はつくりものだとわかっていた。セックスのスリルの出番はなく、社会的慣習が踏みにじられることもない、まやかしの駆け落ち劇にすぎないと。彼らはまた人為的で無意味なこのゲームに、秘密やら即興的要素は少しも入りこむ余地がないことも知っていた。実際単純だった。真夜中の勝手知った道路での雑多な種類の車によるカーレース以外のなにものでもなかった。しかし、ことによると我々がけっして子どもであることをやめないように、そしてことによるとここでも民族的記憶の影響によって、野ウサギとイヌ遊び（ウサギになって紙片をまきちらしながら逃げる二人の子どもを他の大勢が猟犬になって追いかけるクロスカントリーゲーム）とめくら鬼遊びを組み合わせたゲームは、彼らをわくわくさせ、待ち時間を無性に長く感じさせた。

全員がその夜ポーカーフェイスを装うことを暗黙のうちに決めた。白紙を引いた女性たちと指名を受けなかった男性たちは――この中にマイルズとアンジェラが入っていたことを明らかにしておこう――不可解で落ち着かない表情をし、全体に人の心を惑わすような雰囲気が漂うように「努め」なくてはと感じた。たまたま誰かと視線があえば、意味深長な目つきととられるのを恐れるように、やましい様子で目を逸らした。二人の人間が一緒にいるのを見れば、内緒話《テイタテイト》と思うふりをし、一人だけのところを見れば、非難されないように後退りして部屋を出た。駆け落ちする男女の方は、誰であろうとみごとにぺてんを持続した。誰も内心の動揺を過度に見せたり、見せなかったりすることはなかった。あえて危険に手を出そうとこだわった唯一の人物は、ゲームの進行にいちばん熱のなさそうな人物、セシル・ワースリーだった。彼は絶えず当てようとしたり、皮肉を言ったり、なんとかルールの裏をかく方法を考えたりしていた。

晩餐後一時間ほどしてから、長い間子どもたちと遊んでいて急に煙草を吸わずにはいられなくなったおとなのように、ワースリーはふいに立ち上がるとそそくさと部屋を出ていった。

夜が更けるにつれ、はらはらするような緊張感は盛り上がっていった。陸地測量地図が手から手へ渡り、モールヴァン丘陵の勾配やおせっかいな警察の介入の可能性に関するメモが交換された。十時二十分になると、その場の落ち着かない雰囲気に影響されたとみえ、ハリフォード夫人が車道の門が開いているか気にしだした。閉まっていれば、駈け落ちする男女がたちまち立ち往生してしまうのは明らかだ。誰も思い出せなかったので、ハリフォード氏が車道を歩いて確かめにゆく羽目になった。「戻ってきたら、書斎に行ってね。殿方は分かれていなくてはならないのよ」ついに十時半となり、全員が正面玄関に集まって、部屋に分散する前に最後にもう一度空模様を見た。月は雲に隠れていたものの空はおおかた晴れていて、ポーチから皓々と照らす強烈な明かりで灌木の茂みが際立って見えた。他の車はそれぞれ割り当てられた場所へ動かされていたが、モスマンはまだそこにあって、巨大な影が入口をふさいでいた。一方の端にはマスコットが、もう一方の端には旅行鞄用の荷室が、向かい側の木の葉に幻想的な影を映していた。

「ちょっと車の列の先まで行ってみるわ」ハリフォード夫人は言った。「主人がなにをしているか、見えるでしょうから。もう、戻っていい頃なのに」砂利の上をタイヤがきしり、車が門から出てゆく音がした。門は明らかに開いているらしい。とまるとまた静かになった。サイロの横を通るときにそのひょろ長い姿が一瞬くっきりと照らし出された。やがて「ウォルター、ウォルター！」と夫を呼ぶ叫び声が六、七回聞こえたが、返事はなかった。車はさらに三、四十フィートばかり進み、もう一度名前を繰り返し呼ぶ声が前より小さく響いた。それから車は後退し、サイロがもう一度照らし出された。ハリフォード夫人は戻ってくるなり言った。「いいのよ。川沿いの小径を戻ったとみえるわ。じきに帰ってくるでしょう。いいこと、あの小径と奥のフランス窓はイヌが自分の車へ向かう道よ。正面玄関を通るのはウサギだけ。でなければ、逃げられないでしょう？ さあ、みなさん、持ち場についてくださいな。眠っては駄目よ。最初の男女が出てゆくのを見たら、まっすぐに車に向かってください。まだおやすみなさい《グッド・ナイト》とは言わないわ。幸運を祈ります《グッド・ハンティング》よ、みなさん」そして夫人は女性連を促し二階の各自の部屋に向かわせた。男性連は飲み物を手に、一階のそれぞれの部屋に入った。

　パーティーの人々は今や全員、屋敷の正面側からひとりで外を見ることになった。正面の窓のほとんど全部に明かりがつき、邸内の車道やそのすぐ先の芝生に明るく四角い光を投げかけていた。かくして全員が他の人々のシルエットを見ることになり、その様子は等身大の影絵芝居を見ているようだった。見る者を煙にまこうとするかのように、シルエットは時折消えたり、また現れたりした。ブリードンは玄関に近い小部屋にいたが、すぐ上の部屋では誰かの紫煙が上がっていた。口ずさむのを聞いて、それがハリフォード夫人とわかった。遠くからでもアンジェラの横顔はすぐにわかったが、その他の人たちの顔は見分けがつかず、待つ間に一人ひとりの横顔をなんとか判別しようと苦心した。玄関のすぐ先の部屋にいるのはカーバリに間違いなかった。彼はまだクラッカーから取りだした道化師帽を被っていたが、なんとばかでかく見えることか！ むろん、ワースリーは外を見てはいないだろう。というのは、いずれにせよ彼はイヌに混じって追いかけるつもりなどないだろうから……では、向こうの端に見えるのはトラードだろうか、それともアーノルドだろうか？　いずれにしてもあそこには二人いて……そう、今明かりがついた部屋には、ハリフォードが戻ってきたに違いない。これで全員揃った。二階の窓に見える影はゆがみすぎていて、当てようにも無理だ……時間はいつの間にか過ぎ、女性連が二階に上がっていったときには刻み煙草がいっぱい詰まっていたパイプを、今ブリードンはたたいて灰を落としていた。そう、駆け落ちする男女は急いではいない。おや、アンジェラの影が見えなくなった。ひょっとしてあいつが……？　えい、いまいましい！　いや、アンジェラは窓に戻ってきた。一瞬後に二つの明かりがほぼ同時に消えた。ちぇっ、ハリフォード夫妻だ！　あの手の女にしては、なんとも冒険心のない選択だな。ほら、夫妻が玄関に出てきたぞ。明かりを消してしまったが、あの二人の姿は見間違いようがない。さて、懐中電灯はどこだっけ？　庭の小径に向かって突進だ。

　ブリードンはうまく急行したと思ったが、着いたときにはアンジェラがもう運転席に座っていた。二人は先に着いた方が運転することに決めていたので、これはまずかった。大半の男性同様、ブリードンも妻の運転は犯罪と言えるほど危険だと確信していた。「ところで、ありがたいとかなんとか言ったら、どう？」ライトをつけながらアンジェラは促した。「わたしがカーバリ爺さんと田舎中を疾走して回ればいいと思ったんじゃない？　すべてがこんな風に運ぶと思ったら、大間違いよ！　誰かわたしたちの先を行くわ。誰かしら？　あら、モレルね。誰も待つ必要はなかったんだから、とうぜんね」

「ばかにしてるつもりなら、その必要はないね。ぼくはパイプに火をつけてるところだったけど、あれより早いスタートを切ったことはない。先に行かなかったのは幸運だよ。前の車の尾灯がなければ、今頃ぼくは溝に落ちているさ。それにきみもいずれね」

「やだ、ほとんど動いてないわ。本街道に出れば、まわりが見えるでしょうよ。ミセス・Hは駈け落ちの相手に見捨てられたかと思って、ちょっとの間いらいらしたに違いないわ。あちこちでウォルターって、叫びまくっていたもの」

「ああ」

「あなた、見通せる？　わたし、この程度の明かりでは見えないわ」

「あまり、よくは見えない。夫人がご主人と逃げたなんて、ちょっとみょうだと思わないか？　それがこの刺激的な夜を過ごす彼女の着想とは、考えにくいな」

「奥さんはご主人にひとりで運転させると、玉突き衝突すると思ったのかもしれないわ。ご主人によっては……」

「おしゃべりを減らして、ギアをもうちょっと早く切りかえろ。車がいかれてしまうぞ」

これはすべて「見せかけ」にすぎなかったし、ブリードンの車は以前この場所をもっとのっぴきならない事情で走ったことがあったが、真夜中のこの追いかけっこはたしかにスリルに満ちていた。干し草の山や生け垣の内側の牛の影は巨大に見え、驚いた穴兎が数ヤードばかり駆けぬけたかと思うとあっという間に丈の高い草むらに姿を消し、宵っぱりの家主連中が窓から怒った顔を突きだした。不規則にのびた村落は闇の中にだらだらと続いた。道を探すのは難しくはなかった。前を行く車の赤い尾灯はけっして離れることはなかったが、夫妻の車が追いつきそうになることもなかった。ヘレフォードに入ってまもなく前の車がとつぜんとまったので、アンジェラは慎重に車の速度を最低まで落とした。十字路で警官と揉めているフィリス・モレルの横を通りすぎるときには、独身のおばさんをちょっとドライブに連れだしているところといった顔つきをした。「これでわたしたちは安泰よ。ところでどっちに行くの、ブロムヤード、それともレッドベリ？　レッドベリ？　あなたの言う通りにするわ。前に走ったことがある道路というのは違うもの」今や車の量が増えて、油断ならなかった。きまって間の悪いときによろめくおんぼろトラックやら、思いきり飛ばす乗用車やら。アンジェラは息もつかずに後者に追いつき、モスマンとはまるで違うのを見てがっかりした。こんなに遅い時間にもモールヴァン丘陵には神秘的な明かりが点々と灯っていた（どの町も街灯の明かりのせいで四倍の広さに見えた）が、ここには追いかけっこを邪魔する警官はいないようだった。十二時をかなり過ぎた頃、夫妻はようやくセヴァーンの平原に着き、息もつかぬ速力で最後の数マイルを飛ばし、ウスターに入った。ウスターからキングズノートンまでは交通量は並みになり、速度はゆるめられた。終夜営業のガレージはすぐにみつかった。前に立っている男女でそれとわかった。「あーら、あなたがたね！」ハリフォード夫人が声をかけた。「鍛冶屋は祈禱書をしまいに、たった今入ったところよ（グレトナグリーンに駆け落ちした男女は証人の鍛冶屋の前で宣誓して婚姻の礼拝式文を読んでもらうだけの結婚をした）」

二十分以内にブロムヤードを通って遠回りをしてきたアーノルド夫妻が加わり、カーバリ夫妻も来てトラードは来ないだろうと言った。ラーストベリから一マイルほどのところで、夫妻はどうも車が故障したらしいトラードを追い抜いたと言うのだ。正直なところ帰路はあっけなかった。ブリードンが運転し、アンジェラは横でずっと眠っていた。ハリフォード夫人がモスマンを専用の車庫に入れ、屋敷に戻ってきたときには、二人は階上の部屋に上がっていた。

第六章　炭酸ガス

どんな理由にせよ夜遅くまで起きていた翌朝は、誰でもみな遅くまで寝ている権利があると感じるものだ。だからメイドが遠慮がちにたたくドアの音でブリードンがぐっすり眠っているところを起こされ、時計が六時十五分を指しているのを見て憤慨したのも無理はない。それはハリフォード氏の使いで、起こして申し訳ないが急用ができたのでできればお会いしたいという言伝だった。

ウォルター・ハリフォードは廊下にいたが、顔は引きつって青ざめ、慌てて服をはおったと見え、狼狽しきった姿だった。「誠に申し訳ないが、とても恐ろしい事態が起きたのでね。セシル・ワースリーが……」

「病気になった？」

「死んだ。サイロの中でね。なぜか皆目わからない。作男がぼくに報せに来たので、今行ってきたところだ。電話で医者を呼んでいるが、来るまでは警察には報せたくないんだ。ぼくはただ、きみならこの種の事件には慣れているだろうから、最初にちょっと見てくれないかと思ったんだ」

「いいですよ。その種のお役には立ちませんが。医者は必ず警察を呼ぶように言うでしょう。ちょっと一、二枚、なにかはおってきます。本当にお気の毒です」

召使に日常の生活の管理を任せている人間は、部屋がまだ「片づけられて」いない早朝に家の中を見ると、恐ろしいほどの孤独を感じるものだ。置いたままの場所にあるコップ、乱雑に散らかったトランプのカード、開いたままの本や新聞、ぶざまに投げだされたクッションと、昨日の体験はきみょうな具合に石化し、暖炉の火床にはマッチの燃えかすがいっぱいに散らばり、半開きのカーテンからは日光が洩れ、あたり一面に煙草のわびしい臭いがこもっている。実際には珍しく静かに夜を過ごしたのだと心の中では言い分けするかもしれないが、この見慣れぬ乱雑さはすべて自分の責任だという良心の呵責がある。このようなうすら寒い早朝に届く悲報はともかくも一日を台無しにするもので、さらに加わるわびしい雰囲気は堪え難いほどだ。思わずひとりつぶやく。「ここに昨日あの男は座っていた。クッションがまだ彼が座ったときの形のままにつぶれている」秘密の悪事をあばく前触れのように、掛け金はガタガタ音をたて、錠前の鍵はしぶしぶ回る。その日はまた、外の空気も屋内に広がる印象を裏切りはしなかった。それは、溢れんばかりの日光と時をつくる鶏の声と新鮮な土の匂いの、輝かしい朝とはまるで違っていた。暑さのせいでしとど露が降り、庭は異様な霧に包まれていた。川の反対側の土堤はぼうっとかすみ、空気は暑さのせいでよどんでいて、高潔な思考や鳥のさえずりには不都合だった。二人は魔物の世界にでも向かうかのように外へ出た。「ひどすぎる」ハリフォードは口を切った。「実にいい男で、家内の昔からの友人だったのに。家内には話したが、ひどく応えたようだ。さらに悪いことには、気の毒にあの男が自殺したのかどうか、はっきりしないんだ。政府の仕事で、なにしろ最近過労気味だったからね。ここでじっくり休養したいと言ってたんだ。ぼくら夫婦がもう少し気をつけていればこんなことにはならなかったとしたら、自分たちをけっして許すことはできないな」

「自殺ですか？」ブリードンは訊いた。「だとすると、きみょうな事件ですね。あなたはサイロ内で発生するガスは、簡単に人を殺すことができるとおっしゃいましたよね。とつぜん、それにおそらく苦痛もなく。だが、常にそうなるのは確かですか？　そしてミスター・ワースリーはそれを知っていましたか？　近くの深い川に跳びこめば、一番簡単に死ねると思いますが」

「ああ。でも、考えてみると、事故だとすれば、みょうな事故だな。巻きこまれた人間と時刻を考えると。ほら、着いた。見てくれたまえ」

　二人は車道の門に着き、沈痛な面持ちの人々がサイロをじっとみつめているのに気づいた。悲劇の現場を荒らすことを恐れて仕事にかかれないでいる作男たちは、ぼさっと突っ立ったまま、かん高いウェールズ語でこれと似た恐ろしい事件をつぎつぎに並べたてていた。

「中を見るには、これを登るのが一番簡単だ」ハリフォード氏は一対の鉄の支柱を指さした。これをよじ登れば、ハッチから覗きこむことができる。ハッチは中の貯蔵用牧草が積みあげられていくにつれ、横から空気が入らないようにつぎつぎと閉められる。従って下の三つのハッチは閉じていた。ブリードンの顔が下から四番目のハッチと同じ高さにきたとき、視界が開け、五番目にきたとき中の光景をはっきりと見ることができた。実際のところは中には靄がかかり、天窓から射すちらちらとした弱い光しかなく、その上ブリードンにはなぜかわからなかったが、ハッチ自体も今登ってきた鉄柱の後ろから突き出た木製の煙突のようなものに光をさえぎられていた。適切なたとえとは言えないだろうが、その光は大聖堂の高窓から射す光のような厳粛な印象を与えていた。だが厳粛さをつけ加える必要などここにはなかった。貯蔵中の飼料の真ん中に背中を丸くして横たわっている黒い人影が、充分それを湛えていた。

「入ってもいいですか？」ブリードンはハリフォード氏に向かって叫んだ。

「ああ、だが長くいては駄目だ。そこにはまだガスが残ってるだろうし、換気がえらく悪いからな。ちょっと見たら、戻りたまえ」

開いているハッチから入るのにはなんら問題はなかった。ワースリーのように細身だが屈強な体格の男には簡単だったろう。だが背中を丸くしているその姿はどこか不自然で、ワースリーは外の梯子を登って上にあがり、天窓から落ちたか、あるいは身を投げたのではないかという考えが浮かんだ。死体の位置はとつぜん気絶して倒れたような場所にはないし、最期の眠りにつこうとする男が横になるような場所でもなかった。飼料に半ば埋まった顔をそっと持ちあげてみると、迫りくる恐怖にかられた表情が見てとれた。だがブリードンはそういった徴候に関しては専門家ではなかったので、判断は医師に任せることにした。ワースリーは昼間のままの服装で、テニスシューズを履いていた。昨夜は誰ひとり晩餐のために正装した者はなかった。唯一だらしなく見えたのはカラー・ボタンの頭が引きちぎられ、衿が外れたか、引き裂かれていることだった。ではやはり落ちたのか、あるいは断末魔の息苦しさに衿を引きちぎったものだろうか？　右手の人差し指に小さな切傷があり、出血の跡があった。上着の右肩にはごく小さな裂け目があったが、ワースリーは服装に無頓着な男だったから、これはどこで破れたとしても不思議ではなかった……。見たところ他にはおかしな点はないようだ。ポケットの中を探るのはブリードンの仕事ではない。外に出て新鮮な空気を吸おう。おや、足にぶつかったのはなんだろう？　ブライアー・パイプだ。あったところにていねいに印をつけて、持ってゆくことにしよう。

「どこでみつけたんだい？」ブリードンが外に出ると、ハリフォード氏が尋ねた。「それはぼくのだ。昨夜さんざん探したが、みつからなかったんだ。サイロの中で落としたのかな？　むろん、昼過ぎに入ったときのことだが」

「でしょうね。ハッチから一ヤードほどのところに落ちてました。一瞬ミスター・ワースリーのかと思いました。あの方は煙草を吸いましたか？　思いだせないな」

「たまにね。それにパイプではない。釣りをしているときに煙草を吸ったり、夕食後たまに葉巻をやった。警察が来るだろうから、ポケットの中は見ないほうがいいだろう。やあ、医者が来た」

真面目な顔つきの青年が、乗ってきた小型車を降りてやってきた。危機に際したとき、医師に人間的な同情と職業的有能さのうち、いずれの表情をしてもらいたいか、誰でも決めかねるものだ。この医師は職業的有能さを前面に押し出していたが、この場にふさわしい気づかわしげな様子も見せてはいた。ワースリーの名はこの医師にとってはなんの意味もなかった。彼にとって死者は、ハウスパーティーに集まった客の一人にすぎなかった。死体を検めるためにサイロに入ったが、ブリードンと同様なやり方でそれ以上の成果はなかった。

「遺体を外に出そうとはなさらなかったんですか？」医師は訊いた。

「そうしてもしかたないと思ったんです」ハリフォード氏は説明した。「先の大戦で担架かつぎをやりましたから、人が死んでいるかどうかは見ればわかります。最初にみつけた者がなにか処置すべきでしたか?」

「無理ですね。亡くなってから長時間たっています。少なくとも真夜中には亡くなっていたでしょうね。あとで面倒が起きないように、遺体をこのままにしておいて、警察に調べさせるといいでしょう。あなたのところの雇人は何時に発見したんですか?」

「六時少し過ぎでさぁ、先生」明らかに話をしたがってうずうずしていた作男の一人が口を出した。「牧草がちょうどいい状態の時にサイロに入れなくちゃならねぇんで、この時期には朝早く作業をするんでさ。ジョン・フックウェイが梯子を上ってハッチを開けたんですが、『わぁ! ありゃなんだ!』って叫んだんで、おれはハッチから中を覗き、ハリフォードの旦那を呼びにジョンをやったんです。おれたちが踏みこんでいたら、みんなお陀仏になってまさぁ」

「昨日は何時に仕事をやめたんだね?」医師が尋ねた。

「五時でさ、先生。牧草がなくなったもんで。午後にはここには誰も近づきませんでした。旦那がたどなたも。ハリフォードの旦那以外はね」

「ふーん。ガスが発生するには充分な時間だ。ミスター・ハリフォード、作業をしていないときは、ここの鍵をかけておくべきですね。たぶんこの男性はちょっと見にきて、この場所を検分してみるつもりでいるうち、とつぜんガスにやられたのでしょう。それ以外を考える必要はないのでは――その、こうお尋ねしてよければ……」

「先生、どうしてわたしにわかりますか?」ハリフォード氏は抗議した。「今こちらのミスター・ブリードンにも話していたのですが、彼はかなり疲れていた。だが昨夜は上機嫌でした。そう思わないかい?」

「すばらしく」ブリードンは認めた。「自殺の可能性があるとしたら、衝動的な行動でしょうね。でなければ、昨夜あんなに機嫌よくふるまったりはしなかったでしょう。なにかの用事で出てゆく直前にミスター・ワースリーは、ぼくたち全員が行ってしまったら猿を誰かの寝室に閉じこめてやるつもりだと言っていました。誰の部屋とは言いませんでしたが。芝居とはとても思えませんでした」

昨夜の話が出たのをきっかけに、医師に説明がなされた。このような折には軽率な行動を恥じて、きまりの悪い思いをすることになる。医師はすぐに警察を呼ぶように強く勧めた。「屋敷に誰かいたとか、気の毒なご友人を亡くなる直前にどなたかが見かけていたというなら違っていたでしょう。だがそのように屋敷が空だったとすると、なにがあったかは答えようがありません」

「わかりました。電話します。入って、朝食でもいかがですか? 警察もあなたにいていただきたいでしょうから」

「ありがとうございます。だが病院で経過観察中のちょっと関心のある症例があるもので。戻ってくるつもりです。警察が来たと電話で連絡してくだされば、戻って正式な検屍をやります。疑わしい点があるというわけではないのですが」

「単にサイロの有毒ガスを吸ったためだと?」

「毒ガスのためとか、窒息死とか、どう言っても結構です。あそこから発生するガスは、単なる二酸化炭素、ひらたく言えば、炭酸ガスのことです。酸欠のために気の毒に、あの人は亡くなったのです。これは珍しい事例です。でもめんどうなことはなにもありません」

そういうと医師は車のエンジンをかけ、片手を振って走り去った。

第七章　朝食前の庭園

ハリフォード氏が電話をかけに戻ったとき、ブリードンはついてゆかなかった。この朝の体験とサイロの息苦しさで気分が悪くなったと弁解し、朝食前に少し歩いて新鮮な空気を吸いたいと言った。本当の理由はまったく違うものだった。地面が乾かないうちに、ひと回り見ておきたかったのだ。「なにかおかしい」と人々を確信させ、あるいはあとになってそう言いださせる説明しがたい虫の報せともいうべきものを感じたり、それに従ったりする男では、ブリードンはなかった。事故？　自殺？　たしかに、事故や自殺は毎日のように起きる。だが悲劇に至った痕跡をたどってみるぶんには——もし痕跡があればの話だが——なんの害もないし、それに……「偶然の一致はたしかに起きる」が、「あまりに多くの偶然が重なるというのは、どうもいただけない」と彼は思っていた。

ラーストベリの正面玄関からは、門とその横に立つサイロに行く道は二本あった。一本は二人が来た車道だった。だがその道は急な下り坂を避けて等高線に従い門の手前で湾曲し、苺畑やアスパラガス、胡瓜の苗床、果樹が溢れるウォールド・ガーデン（塀で囲った庭園）の端をぐるりとまわっていた。従って屋敷への近道はこの庭の中央を通る小径だったが、両端には鉄の門があり、これには鍵がかかっていることが多いので、車道を行く方が早いかもしれないと、通る者はいつも迷うのだ。だが夜遅くぶらぶらと歩く男なら、ここを散歩してもおかしくないし、この世とおさらばしようと決心した男が誰にも会わずにすむようにこっそり行ったことも考えられる。そうだ、庭の小径を行き、昨夜の一件のなにか手がかりがないか探してみよう。

「なにか痕跡が残されている見込みはほとんどないだろう」ブリードンは自分に言い聞かせた。「ここ数日、日照り気味だったところに昨夜はまったく雨が降らなかったから、小径は少しもぬかっていない。男は（たぶん）この道をよく知っていて、楽々と歩いた。愛煙家ではなく、吸ってもごくたまにだった。暗いから花壇の周囲をぶらつきたいとは思わなかっただろう。いや、彼が痕跡を残したということは、ほとんどあり得ないだろうな」ところで門は開いていた――そのこと自体、みょうではないだろうか？　これらの鉄門はたぶん庭師が行き来するので日中は時折り開いているが、常時開いているわけではない。そして時折り閉められる門なら、夜間は閉められるのではないか？　ラーストベリは人里離れているが、たぶん土地の若者の中には酸塊《すぐり》の茂みに侵入しようとする者もいるだろう。さて、ハリフォードが今朝門を開けたのなら、ブリードンと一緒にサイロに向かったときに、なぜこの道を行かなかったのか？　つい昨日レースのルールを話しあった際に、こちらの方が近道だとハリフォードは主張していた。ワースリーが昨夜開けたとは考えられないだろうか？　しかし考えてみると、たとえ鍵のありかを知っていたにせよ、彼がわざわざ取ってくるとは思えない。いや、この事実は重要な点として強調するのではなく、心のうちにしまっておくべきだ。ところで門はこのまま一インチほど開けておくことにしよう。自動的に鍵がかかるから、慎重に動かさなくては。そら、これでよしと。

振りかえると、すぐ足もとに半分吸いかけの葉巻が落ちていた。これにもまたなにか意味があるのだろうか？　昨夜ワースリーは晩餐後に葉巻を吸っただろうか？　そんなことも思いだせないなんて、子どもみたいだ。だが、もし人が重要なことも重要でないこともすべて思いだすなんてことになれば、頭がおかしくなってしまうだろう。コールリッジの詩にあるセント・ポール大聖堂の最高位に立った男のように（「ダンの詩について」。強烈な情熱と綺想で知られる十七世紀の詩人ジョン・ダンはセント・ポール大聖堂の司祭長だった）。カーバリは葉巻を吸っていたし、むろん、ハリフォード自身も。トラードは？　いや、トラードはパイプを吸っていた。詰まらせて困っていたはずだ。アーノルドとワースリーについては、まったく憶えていない。そこで自分の愚かさに気づいた。この葉巻はいずれにしても晩餐後すぐに吸ったものではない。ワースリーが真夜中近くに外に出て気分を落ち着けるために吸ったものか、昼食後ハリフォードが落としたものかもしれない。ハリフォードはよくサイロまでの道をぶらついていた。いずれにせよ、戸外に数時間放置された葉巻がいつ吸われたものか特定はできない。

葉巻から顔を上げて――手を触れてはいなかった――最高最低温度計に目をとめた。磁石がぶかっこうに取り付けられているが、もちろん、これは金属製の指標を最高値と最低値の位置から水銀柱の高さまで引き戻すためのものだ。温度計の見方を知っている人間なら、前を素通りすることはない。ブリードンは見た。現在の温度は華氏六十八度（約摂氏二十度）で、昨夜は五十九度（摂氏十五度）まで下がっていた。そして昨日の最高温度は？　昨日の最高温度の記録はなかった。指標は水銀柱の高さのところにあって上昇する用意ができていた。これはすなわち昨日の午後、暑さの盛りのあとに温度計が復度《セット》されたことを意味している。「お茶の時間」以降と言って、間違いないだろう。こういったことをするのは庭師の仕事だろうか？　磁石は触れれば指紋が残るようなタイプのものだった。持ちかえろうか？　だがここでブリードンは冷静になった。つまるところこれは自分の仕事ではない。インディスクライバブル社がワースリーの生命にかけられた五百ポンドの保険金の支払い請求を心配しだしてからでも、指紋の検査をする時間は充分にある。

「だが、連中は心配するだろうな」ブリードンは独り言を言った。「完璧主義ときてるから」今のところ、明らかになったのは誰かがお茶の時間以後、ウォールド・ガーデンを通ったということだ。だが結局それは夜遅くではなかったようだ。雲が出ていて視界はよくなかった。夜ぶらりと散歩しようと思ったとしても、翌日の気温を調べるために、片手でマッチをすり、もう一方の手で磁石を操作するようなことは、まずしないだろう。いや、ここで見た事実になにか意味があるとしても、駈け落ちレースの間、もしくは直前のワースリーの行動と結びつけるのはまだ難しい。

ブリードンは中央の小径を進みながら、花壇の柔らかい土の上に、暗闇の中で誤って踏みこんだ足跡はないかと丹念に見ていった。足跡はみつからなかったが、もっとおもしろい物をみつけた。それはクラッカーに入っていた縁のない紙帽子で、ナポレオンの好みが淡い緑色と藤色だったなら、ワーテルローで被っていたかもしれないような代物だった。こうなると明らかに探偵仕事に近かった。道の端からおよそ一、二フィート離れた所に落ちていたが、風は昨夜からほとんどなかったから、落ちた所にあったと思っていい。ワースリーは原稿書きに飽きて外に出ることにし、近くの庭の門が開いているのを見て、中央の小径をぶらぶらと行ったのだろう。半ばまで行って、闇の中でひょっとして花の香りにでも惹かれた折に、頭に載せたばかげた紙帽子が滑り落ちたが、それに気づかなかった、あるいは気にしなかったものとみえる。もう一つ、すべてを終わりにしようと決心したワースリーが、ゆっくりとサイロに向かったという場合を考えてみよう。自分の頭にのしかかる雲を払いのけるように額に手をやると、今や死にゆく者の頭に巻く細帯《フィレット》（古代ローマでは生け贄の頭部に帯を巻いた）となった不釣り合いな紙帽子に触れ、いらいらして投げ捨てる……みょうなことだが、こういう帽子を被ったまま忘れてしまうのはよくあることだ。

　さて、これでブリードンの疑いは確かなものとなった。ワースリーは明らかにこの庭を通った。検屍審問でそう証言していいだろうか？　ブリードンは再び人間の証言がひどく当てにならないことに思いをはせた。ワースリーが前夜紙帽子を被っていたことは知っているが、形や色までは憶えていない。いきなり訊かれたら、ピンク色の部分があったと言うかもしれない。カーバリの庇《ひさし》のある帽子は憶えている。芝生に影が映ったときに、やたら異様に見えたから。自分が被った縁なし帽とアンジェラによく似合っていた水色の王冠は記憶しているが、あとはとても思いだせない。人間の数よりクラッカーの数、つまり帽子の数の方が多かった。ハリフォード夫人は夫に帽子を取りかえてと言い張っていた。それしかわからない。まあ、朝早くぶらついたことはまったく無駄ではなかった。朝食に間にあうよう、もう戻らなくては。庭の反対側の門も開いているように見えた。

　そしてむろん断定はできないが、もう一つ問題がある。ワースリーがちょっと散歩に出ただけだとしたら、紙帽子を花壇の中にだらしなく捨てたりせず、丸めてポケットに入れたのではないだろうか？　ここは、暗い物思いに割りこんできた場違いなおふざけとして、紙帽子を腹立たしげに投げ捨てたと考える方が自然ではなかろうか？　もっともこれは当て推量にすぎない。ともかくワースリーはこの庭にいたに違いない。それともこれらのものにはもっと深い意味があるのだろうか？「おいおい、ぼくは探偵になりかけてる！」ブリードンは思った。さあ、朝食の時間だ、頭を悩ませるのはやめにしよう。とどのつまり人間がまずしなくてはならないのは、消化作用だ。

昨夜みせかけの興奮状態で食卓についた人々は遅い朝食をとっていたが、口がきけない人の一団のようだった。ラーストベリ邸は完全に混乱に陥っていたので、女主人をのぞいては誰もベッドで朝食をとりたいと要求する度胸のある者はなかった。でなければ、こんなにきまりの悪い思いをしてまで一堂に会することはなかったろう。ばか正直でうわべだけの礼儀正しさに我慢できないカーバリ夫人だけが、容赦なく全員の心中にある話題を取りあげて、会話らしきものを続けていた。彼女はハリフォード氏に向かって言った。「とてもお気の毒だわ。奥さんはもっとお辛いでしょうね。でもお願いよ、そのことを話しましょうよ。でないと、みんな気がへんになってしまう。それに一緒にいる間にこの件について理性的に話しあっておかないと、知らず知らずのうちにめいめいが警察に違った嘘をつくことになるわ」

「そうよ」フィリスが言った。「なんだかごまかすみたいだけど、昨夜ヘレフォードで警官に詰問されてから気持ちが落ちこんでるの。気をつけないと自制心をなくしてしまいそう。誰か、お願い、あのお気の毒なミスター・ワースリーが部屋を出た時刻を思いだしてくれない。九時のニュースのあとだってことはわかってるの。ミスター・ワースリーはそれを話題にしていたから。正確な時刻を言える人はいない？」

「言えますわ」アンジェラが答えた。「給仕がウイスキーを持ってきたとき、ミスター・ワースリーかと思ったことを憶えているんです。だからあの方はそれよりしばらく前に出ていかれたんです」

「よかった」カーバリ夫人は言った。「ウォルター、ウイスキーが運ばれてきたのは何時だったかしら？」

「十時だよ。リデルはけっして遅れない」

「では、九時十五分から四十五分の間ということになるわ。その間とそしてレースの開始時刻まで、わたしたちはみな客間にいて、屋敷の川に面する側から外を見ていた。つまり彼が二階で論文を書いているとわたしたちが思っていた時間に、いつでもミスター・ワースリーは車道に出られたというわけよ。その後であれば、玄関から出たら必ず姿を見たはずだわ。川沿いの小径を行ったのなら、見逃したかもしれないけど。十一時頃だったと思うけど、わたしたち全員が出ていってからは、ここには彼しかいなかった」

「しっ、きみ」カーバリがすばやく口を挟んだ。「誰かが車でやってきたが、どうも警察らしいぞ」

第八章　誰がカードを押しつけたか？

「こんな人ってないわ」アンジェラがこぼした。「最初はここに来ることをかたくなにいやがっておいて、いざ来てみると、仲間の客がそこら中で死にだしてもまだ出ていこうとしないんだから」

朝食は終わり、夫婦者は当面の問題を話しあうためにそれぞれこっそりと出ていった。検屍審問がきっとあり、ほぼ確実に証言させられるというときに、不慮の死により喪中となった屋敷を出てゆくべきだろうか、それとも留まるべきだろうか？　アンジェラは邸内の犬猫ほどにしか二人とも証言できないし、常識的な礼儀から言っても荷造りした方がよいと主張した。ハリフォード氏は警官と一緒におり、夫人の方はまだ姿を見せないので、今はこのような討論には好都合だった。

「いや、正直なところ」マイルズは答えた。「きみは帰宅したいならそうするといい。だがぼくはなんらかの口実がある限り、ここに少しばかり留まらなくてはならない。そして検屍審問は充分な口実となるからね。一つにはばかばかしいほどの少額だが、ワースリーは保険をかけていた。そしてきみ、インディスクライバブル社が数ペンスの支払いにだって難色を示すのを知ってるだろう？

ぼくが社の代理人としてこの絶好の機会を手放してしまったら、連中はけっして許してはくれないだろうな。それにもう一つ、いいかい、ぼくは今度の事件がどうも気に入らないのさ」

「気に入らないですって？　どういう意味なの？　誰だって、気に入ってなんかいないと思うけど」

「つまり昨夜の道具立て全体はできすぎていて、本当とは思えないってことさ。警察に喋るようなことがあるわけではないんだ。証拠は一つもない。だが、どこかでなにか不正なことが企まれていたように感じるんだ。要はそういうことさ」

「ふーん、マイルズ、あなたは根拠のないものはまず相手にしないものね。あなたの職業的本能が目覚めたとは思わなかった。単に病的な好奇心かと思ったのよ。わかった。じゃあ、やりましょう。わたしの貴重な手助けが得られるのも、これが最後の機会かもしれないわよ。なにを心配してるの？」

「なにって、このいやな事件全体さ。いいかい、きみはこれが本当に事故だったと思うかい？　暗い夜だった。庭に散歩に出る者は懐中電灯なんか持ってゆかない。それにワースリーはそんなに煙草を吸うわけではないから、マッチも持っていかなかったろう。さて、いつだって好きなときに行けたのに、真っ暗闇にサイロの中を探険しに行ったのはなぜか？　よじ登って入ったのだとすれば、なぜそうしたのか？　仮に落ちたのだとすれば、なぜまっすぐに横のハッチまで歩いていって、ガスにやられる前に外へ出なかったんだろう？　単に一人の男を自殺という汚名から守ろうというのなら、そういった次元の話で陪審には充分だろう。だがまぎれもない真実をつかもうとするなら、ただの可能性ではなく、もっと確実なことが必要なんだ。ごくふつうの人間的な動機が」

「ええ、そうね。もちろん、あの気の毒な方はちょっとばかり子どもっぽいところがあったけれど、ああいう独身男性って多いものよ。でもひとりのときにサイロをよじ登ろうとするほどじゃあなかったと思うわ。あの人の若々しさはいくぶんかは見せかけだったと思うけど、サイロではそれを見せつける相手なんて、いなかったはずですものね。あの中にただおもしろ半分とか、単なる事故で入ったとは思えないな。で、どうなの？」

「自殺について論じるのは難しいな。判断しようにも個人的な経験がないからね。それに人がしばしばおかしな方法で自殺をやらかすのは事実だ。だが、いいかい、これは大事な点なんだが、通常自殺するときには、自分がなにをするつもりなのか、どうやってするかを考える時間があるものだ。法の裁きや大衆の嘲笑から逃がれようという場合はむろんべつで、ただ憂鬱な気分に捉われ、これ以上生きていたくないといった場合の自殺のときの話だけどね。さてワースリーは好人物で、どこから見ても紳士だった。そしてハリフォード夫妻は彼の友人だ。ああした男がさよならも言わずに、友人のサイロを借りて自殺をすると思うかい？　しないだろうね」

「とつぜんそういう気分になったのでなければね」

「その場合は十中八、九、川に身を投げただろうね。崖っぷちから見下ろしてみれば、ああいう深いきれいな川は自殺志願者にとっては拒否しがたい誘惑だ。サイロは違う。それにもう一点、ともかくも自殺を考えていたのなら、なにが起ころうと屋敷に残るとなぜ言わなかったんだろうか？　彼は選ばれたらウサギになると承知したんだよ」

「同じ理屈よ。時と場所がそろうなんてそうあるもんじゃない、ってこと。ほんの少し前までぎっしり人で埋まっていた屋敷から急にみんないなくなったら、どんなにか淋しさを感じることでしょうね。憂鬱な気分が深まるかもしれないわ」

「ああ、そうだね。だが、それにしてもサイロとは！　ワースリーがサイロに一度でも関心を持ったとは思えないね。彼はガスが命取りになることを知っていただろうか？　それに畜生、どうしてそれが確実なものだと思えたんだろう？　たしかにそれは時に命取りになるが、正確にいつ、そしてなぜそうなるかは誰にもわかりはしない。自殺者はどんな手段をとるにしても、確実に死にたいと思うものだ。カラスノエンドウなんかの山の中で目を覚まして、ちょっと頭痛がするだけだったとしたら、ばかみたいに見えるじゃないか」

「それこそ大失敗ね。わたしは他の点より、その考えに大いに賛成するけど。でも、あなた、そうなると、両方の可能性を否定してしまうことにならない？　殺人があったとわたしを納得させたいんでしょう？　自殺志願者が目的を確実になしとげたいと望むというなら、殺人者はもっと切実にそう望むわよ。犠牲者が軽い頭痛くらいで目を覚ましてほしくはないでしょう？　あなたの説明では、気の毒なワースリーがそうならないという確信は殺人者には持てなかったんじゃない？」

「でも、いいかい、きみはそうやってはっきりした説明を迫るけど、ぼくにはなにが起きたかわからないし、わかっているふりをする気もない。彼はどこか他で窒息死して、死体は便宜上サイロ内に置かれたのかもしれない。あるいは冗談か、賭けか、誘拐の目的でサイロに閉じこめられ、不慮の死に見舞われたのかもしれない。さらに言えば、彼は飼料の下で窒息死し、あとで掘りだされたのかもしれない。ただぼくに言えるのは、誰か他の人間の手がそこに関与しているということ、独演会ではあり得ないということ、そしてその誰かはまだなんら尻尾を摑まれていないということだ。それがぼくには気がかりなのさ。だから追いだされるまでここにいようと思うんだ」

「それは考えてもみなかったわ。ワースリーはサイロに閉じこめられ、単に這い出ることができなかったので、ついには窒息死してしまったというのね？」

「ああ。だが、卑劣な行為があったと仮定した場合に限るんだが。ハッチが開いていれば、よじ登ってサイロから出ることはできる。自然に梯子のような形になっているからね。それに飼料が積まれた高さより上のハッチは、全部ふつうに開いているんだ。だが誰かをサイロ内に閉じこめようと思うなら、単に上まで全部ハッチを閉めればいいのさ。となると、内側のあの枠組みだけでは突きでた部分が少なすぎて手も足もかけられないから、よじ登ることはできない」

「でも、マイルズ、全部否定形なのね。あなたは誰も疑っていない。起きたことをどうやって説明したらいいかもわからない。その……暴力の結果、という以外はね」

「いや、ぼくは疑っているよ」

「誰を？」

「それがわかればいいんだが。未知の人物、あるいは複数の人物。いいかい、お世辞を言う気はないが、以前からきみは頭の悪くない女だと思ってきた。セシル・ワースリーの死が、彼の滞在していた屋敷の人間どもが、ばかげた駈け落ちレースに興じてこのあたり一帯に散らばっていった、まさにそのときに起きたのはただの偶然だと思うかい？　ぼくはずっと、あの駈け落ちレースはうさんくさいと感じていた。どこか非現実的だと。明らかにぼくたちの目をくらませるつもりだったんだ。あのとき立ち上がって、そう言えばよかった。だが人はそんなことはけっしてしないものだ。そのまま続けておいて、先にいって事がもっとはっきりすればいいと思うのさ」

「でも駈け落ちレースにはべつにへんなところはないでしょ？　あの人たち、『バブラー』の古い号でみつけたのよ」

「うん、そうとも。まさに愚行以外のなにものでもないが、現在横行しているものよりひどいというわけでもない。それは本当だが、結果が悲劇となると、きまって人はあとになってから、やり方になにかおかしいところがずっとあったと思うものさ。だが正直に言って、手品師がカードを押しつけるように、あの駈け落ちレースは強引にぼくたちに押しつけられたようには感じなかったかい？」

「わたしが？　あなたからそう聞いてしまってからでは、なんとも言えないわね。ただわたしが変だと思ったのは、ウサギ役の選び方よ。わたしたち、ヒロインの籤を引いて、当たった人が相手役を選んだでしょ。結局、屋敷のご主人とその奥さんが逃げて、客のわたしたちがてんでにあとを追いかけることになった。でもそれはまったくの偶然には思えなかったわ」

「ふーん、そうかな？　ミセス・ハリフォードが籤を引きあてたのは、べつにそんなにおかしなことではないさ。二十パーセントの確率があったからね。夫人がご主人を選んだのも実際そう不思議ではない。それで二十五ポンドがまるまるあの夫婦のものになるんだ。ところであの五ポンドを支払わなくてはな。いや、考えてみると、ゲームでいかさまをした疑いがあるのは、ウサギではなくイヌの方だ。ウサギは『始め』の合図とともに、あたり一帯を駆けずり回らなくてはならなかった。イヌの方は、このイヌやあのイヌがそのときどこにいたかとか、本当に屋敷を出たのかとか、いつ出たのかとか、言える立場にある者は誰もいなかった」

「ええ、それは当たってるわ。でもどこから手をつけたらいいの？」

「まず問題にしなくてはならないのは、あのばかげたレースを誰がやろうと言い出したか、だ。あるいはとにかくそれにご執心だったのは誰か、ということだ」

「ぎくりとするわね。マイルズ、間違いなくあなたが言い出したのよ。わたし、この耳で聞いたもの。ワースリーが前回の掛け金を滞納していたものだから、インディスクライバブル社があなたをお金で雇って、保険金の支払い義務が生じる前に殺させたのかしら？」

「おい、ふざけるなよ。真剣なんだ。いいや、ぼくはごみ集め競争ゲームのことを持ちだして、その話題に糸口を与えはしたがね。だが最初に駆け落ちレースのことを切りだしたのはミセス・ハリフォードさ。だが一方、夫人がこれにご執心だったかどうかはわからない。ぜひやらなくてはと言いつづけたのは、ミス・モレルじゃなかったかい？」

「ええ、たしかにあの人よ。それにわたしの記憶に間違いなければ、彼女は最後の瞬間まで相手方が誰なのかわからないようにしたがってた。それが重要なの？　犯人の立場からみて、あのレースがなぜ好都合だったのか、どうもわからないわ」

「それははっきりしてるさ。あのレースは非現実的な状況を作りだした。三十分間ぼくたち全員が屋敷の正面を見張り、誰が屋敷を出るか注意していた。一方で他の場所から出た人間は気づかれないようになっていた。それから十分ばかりというもの、ぼくたちはばらばらに駆けだして、隣人がなにをしているか誰も気づかなかった。それから三時間近くもてんでに田舎中に散らばっていたから、途中まで行って引き返し家に戻りたいと思った者は、誰にも見られずにそうすることができた。こうしたことはすべて、こっそりと仕事を片づけ、その上でアリバイをでっちあげようとする犯人にとっては、実に幸運な状況だ。いや、ぼくは偶然とは思わないね。本当だとしたら、できすぎだ」

「今思うと、ミセス・カーバリは誰が駆け落ち者か当てる楽しみがあるといい、と言っていたわね。でも、むろんあの奥さんよりフィリス・モレルの方が、あのレースに入れこんでいたけど」

「入れこむ理由と言うと？」

「まあ、フィリス・モレルがトラードにぞっこんで、トラードの方ではフィリスを好きかどうか定かではないのは、子どもにでもわかるわね。女の子ならね。男はけっして気づかないのよ。もちろん、フィリスが籤を引きあてていたのなら、トラードを駆け落ち相手に選んで、この機会に……」

「アンジェラ、きみたち女ときたらまったく。もうたくさんだよ。だがきみの言う通り、ミセス・カーバリは駆け落ちの男女が誰か、前もってわからないようにすべきだと主張していたね。ミセス・アーノルドは違ったが」

「ミセス・アーノルドがそうしたことに乗り気だったかどうかはわからない。ご主人の方が気乗り薄だったのはたしかよ。でも本気でレースそのものを拒みたがっていた唯一の人物は、ミスター・トラードだったわ」

「まあ、こういう問題を議論しているときに、実際にカードを押しつけたのは誰かを思いだすことは難しいものさ。だが、ぼくはこれだけは確信してるが……」

ドアをノックする音が彼の話をさえぎると、「ヘレフォードからいらした紳士方」がブリードン様にお目にかかりたいとおっしゃっていると、召使が伝えた。召使部屋の用語は緊急事態のためには作られていないので、「警察」という語に適切な同義語はなかったのである。

第九章　マイルズ・ブリードンの証言

ヘレフォードからいらした紳士方は、こんなに大勢の金持ち階級と思われる人間から事情聴取しなくてはならないとあって明らかに当惑しており、すべては形式的手続きにすぎず、目的は単に念には念を入れることにあると、しつこいくらいに繰り返して、その場の人々を安心させようとした。ブリードンは最初の方に呼ばれたが、単に発見直後に死体を見た人間の一人だからだった。亡くなった紳士がすぐに誰かわかったが、古くからの知人ではなく、実のところつい二日前に紹介されたばかりだったこと、親密な間柄だったとはとても言えない（官僚主義に相対したとたん、すべてを黒と白に替えてしまう紋切型の話し方を自分もしてしまうのはおかしなものだ）ことをブリードンは説明した。

「それで、ミスター・ブリードン、あなたは今朝早く起こされたのですね――何時でしたか？」

「ちょうど六時十五分でした。時計を見たんです」

「それで、すぐにミスター・ハリフォードと出て行かれたんですね？」

「はい、手近な服を着てからですが。もちろん、すぐ行きました」

「まっすぐにサイロに行ったんですか？」

「はい、邸内の車道を通って」

「ひとりで中に入って、遺体を検めたのですね？」

「はい」

「それで、すぐに亡くなっているとわかったんですか？　外へ運びだして、息を吹きかえさせようとは提案されなかったんですね？　さて、ミスター・ブリードン、それはなぜですか？」

「亡くなっているのはたしかでした。顔が土気色になり、心臓はまったく動いていませんでした。ミスター・ハリフォードがすでに見ていて、同じ意見でした。ですから警察が見るまで、遺体をそのままにしておくほうがよいと思ったのです」

「では、遺体をまったく動かさなかったんですね？」

「顔を見るために、ちょっと持ちあげただけです。カラーがすでにはずれていました」

「頭を持ちあげたときに、はずれたのではありませんか？」

「とてもそんなことは考えられません。努めて慎重に持ちあげましたから」

「ミスター・ハリフォードがカラーをはずしたと思われましたか？」

「いいえ。息をひきとる前に、ミスター・ワースリーがはずしたのだと思いました。ミスター・ハリフォードがしたのなら、はずしやすいように遺体を仰向けにしていたでしょうから」

「ほう、それはもっともですね。中に入られたとき、遺体のまわりになにかありませんでしたか、たとえば帽子とか？」

「いいえ、帽子はありませんでした。パイプをみつけましたが、ミスター・ハリフォードの物でした。前日の日中にサイロに入っていて、落としたんです」（ハリフォードが落としたのなら、まあ、パイプのことを言っておいたほうがいいだろう。警察がパイプに関してあれこれ仮説をたてはじめたりしないように！）

「ミスター・ブリードン、ありがとうございます。ところで昨夜のことですが、ミスター・ワースリーにはいつもと変わったところはみられませんでしたか？」

「とにかく上機嫌でした。とても陽気だったと思います」

「はしゃぐような陽気さでしたか？　元気に見せていたということはなかったですか？」

「まるで違います。全体の雰囲気に自然に溶けこんだという風で、非常にくつろいで、淡々としていましたよ」

「それで、最後に生前のミスター・ワースリーを見られたのはいつでしたか、ミスター・ブリードン？」

「彼が出ていったのは、たぶん九時半頃だったと思います。十分くらいの誤差はあったかもしれませんが」

「その後あなたご自身はどこにいらっしゃいましたか？　こうお訊きすることをお許しください。ですが、ミスター・ワースリーがどこにいたかを明らかにするために、それをお訊きしてあなたの証言で空白を埋めていくことが重要なのです」

「わかります。ぼくは十時半まで他の連中と一緒に、川に臨む客間にいました。それからちょっとの間みんな、玄関に出ました。その後ぼくはひとりで、この窓から三十分ばかり外を見ていました。そのうちハリフォード夫妻が屋敷を出てゆくのを見て……」

「そのことを宣誓できますか？　こうお訊きするのは、むろん夜の闇の中だったでしょうからね」

「夫妻に間違いありません。こちら側の窓全部から明かりが外を照らしていましたし、とうていミスター・ワースリーを、たとえばミスター・ハリフォードと見間違えようがありません。それから取り決めた通り客間のフランス窓から出て小径を通って川辺まで行き、そのまま川に沿って進み、門の近くで車道に出たんです。まっすぐに車に乗りこむと、走らせました」

「途中でどなたにも会いませんでしたか？」

「客間でミセス・アーノルドとすれ違いました。夫人は客間に忘れた地図を探してたんです。他には誰も近くで見た人はいません。ただミス・モレルが自分の車に乗って、わたしたちの前を飛ばしてゆきました。車を見て、彼女とわかったんです」

「ところでミスター・ブリードン、必要になった場合に備えてお訊きするんですが、この間ずっとパーティーの他の方々をどの程度観察なさっていましたか？」

「ミスター・ワースリー以外は全員客間にいましたが、十時二十分くらいにミスター・ハリフォードが車道の門を開けに出てゆきました。十時半には残りの全員が玄関ホールにいましたが、ミセス・ハリフォードが門の先まで車で行き、二、三分ほど、ご主人に乗るように大声で呼びかけていました。夫人は車道に配置した車の列の先頭に車をとめると、すぐに戻ってきました。五分ほどたってから、車道に映った影からわかったんですが、全員が持ち場につきました。もちろん、ミスター・ワースリーを除いて」

「影を相手に宣誓するのは、あまり易しい仕事とはいえませんね、ミスター・ブリードン。その間ずっとみなさんを観察していましたか？」

「もちろん、違います。ぼくの部屋のすぐ上の窓のミセス・ハリフォードと、反対側の窓のミスター・カーバリについてはたしかです。二人とも、そう、五分も窓から離れたら、気がついたでしょう。レースが始まってからは、ぼくたちは夫婦二人で車に乗っていたので、自分と家内、それにミス・モレルについてしか言えません。しかし、彼女の動きに関しては記録がおありでしょう？　キングズノートンのガレージには十二時五十八分に着きましたが、ハリフォード夫妻がすでにいました。十五分ほどしてアーノルド夫妻がやってきて、数分後にカーバリ夫妻も来ました」

「それでは不運な紳士が亡くなったのはいつか、なにか心当たりがおありですか？」

「ぼくたちが出ていってすぐではないかと思いますね。つまり、自殺だとしての話ですが。人目がなくなるまで、きっと待ったに違いありません」

「まあ、それは一つの意見にすぎませんね。みなさんがたが客間にいらっしゃる間に、玄関から出ていったかもしれませんし、あるいはみなさんが屋敷の玄関にいらっしゃる間に川沿いの小径を行ったかもしれません」

（さて、ウォールド・ガーデンでみつけた物のことを彼は警察に話しただろうか？　結論を言えば、答えは否、だった。みつけたければ、自分たちで捜しに行けばいいのだ）「もちろん、そうですね。

だが十時半より前に出ていけば、ぼくたちに気づかれる心配があったはずです。そして十時半以降には、川沿いの小径に大勢の人間が殺到するところに出くわしかねなかったのです。ぼくに言えるのは、自分だったら、レースが始まるまで待っただろうということです」

「ありがとうございます。ところで、ミスター・ハリフォードは十時二十分頃、車道の門を開けるために屋敷を出ていき、ミセス・ハリフォードは十時半から数分間、ご主人の名を呼んでいたとおっしゃいましたね。奥さんはなぜご主人が門から戻るのを待っていなかったのか、その間彼はなにをしていたのか、心当たりがおありですか？　十時四十分頃まではたとえ彼の影ですら見たとは言えないはずですし、十一時まではその姿を見たとはおっしゃれないはずですよ。わたしが不愉快なことを申し上げようとしているとは考えないでください。だが、みなさんの行動を明確に把握しなければ、はっきりしたことがわかりません。その間ミスター・ハリフォードの影も形も見かけなかったのですね？」

「見てません。一番いいのは、彼自身に訊いてみることじゃありませんか？　あのときぼくが想像したのは、ミスター・ハリフォードは車道の門から川へ続く小径を行って、同じ道を戻ってきたのではということです。むろん、ウォールド・ガーデンを通る近道を来たかもしれません。だがそれなら戻ってきたときに、姿を見たはずです」

「川沿いの小径を回っていくのは、自然なことでしょうか？　遠回りなんじゃありませんか？」

「ええ、急いでいたら、その道は通らないでしょう。でも彼は急いではいなかったし、川堤の道は散歩にはもってこいです。坂の下にある小門を閉めたかったのかもしれませんね。そうすれば、ぼくたちが車まで行くのに時間がよけいかかりますから」

「なるほど。それでは九時以降、十一時にキングズノートンに車で出発するまで、ミセス・ハリフォードはずっとあなたの目の届くところにいたと言えますか？」

「実際に目にしていたとは言えません。奥さんが車に乗りこんでご主人を呼びにいったとき、声の届く距離にはいましたが、姿は見えませんでした。呼び声は聞きましたが、あれだけ離れていてあの暗さでは、姿は見えませんでした」

「どのくらい時間がかかったんですか、だいたい？」

「十分以内です、たしかに。五分よりそんなに長くはなかった」

「ありがとうございます！　あなたがたご夫妻がキングズノートンに向かって出発したとき、サイロの周辺で誰かを見かけてはいませんか？　レースに参加されたみなさんという意味ではありません。みなさんの説明はついています。ですがお屋敷にはたくさんの召使がいますから、そのうちの誰かが外に出ていたかもしれません。たしかに誰も見ていませんか？」

「たしかです。それにいいですか、誰かがあの辺にいたら、気づいていたと思います。レースのために好調なスタートを切りたかったので、事故の恐れがないよう、召使には邸内の車道に近づかないように注意しておいたのです」

「なるほど、そうですか」（ヘレフォードの警官がブリードン同様、駈け落ちレースに感心していないのは明らかだった）「ではもう、一つだけ」警部は椅子の上で向きを変えたが、声の調子はまったく変えずにつけ加えた。「十時四十五分に誰かが、あなたを邸内の車道で見かけたと思うと言ったとしたら、驚かれますか？」

「少しも。スコットランド・ヤードに友人がいて、警察の尋問方法に関しては始終討議していますから、驚きませんよ。あるものについては、ぼくたちの見解は一致をみていません」

「なるほど、これは一本とられました。ミスター・ブリードン、どうぞお許しを。我々は最善を尽くします。それに我々の中ではこのミスター・ワースリーはひじょうな有名人で、ロンドンには今度の事件のことでうるさく言ってくる連中がいるのです。いろいろとお話しくださってありがとうございます。ところでスコットランド・ヤードのご友人のお名前をお訊きしてもかまいませんか？」

「むろんです。リーランドという男で、終戦まで同じ連隊にいました。彼ならぼくのことを悪くは言わないはずです」

かくしてブリードンは釈放されたが、公衆の平和を守る人種のまるで想像力に欠ける徹底ぶりにあらためて呆れていた。

第十章　朝食後の庭園

警察にとっては長い朝だった。ハウスパーティーの参加者の大半はブリードン同様質問攻めにあったようだったが、見たところ落ち着いた様子で出てきた。ただフィリス・モレルだけは入っていくなり警部についてきた警官が上司の肘をつついてなにか囁いたので、自分の思うようにはとうてい話せなかった（そう彼女は説明した）。自分が昨日のスピード違反者と見破られたことがピンときたのだ。「まったく！　あいつら、今にも手錠をかけそうな顔つきでわたしをずっと睨んでた。まるで『放蕩息子一代記』（W・ホガースの風俗画）みたいに感じたわ。真夜中にヘレフォードを時速五十マイル近くで飛ばした女を出してくれれば、それより一時間前に赤の他人をサイロにほうりこんだ女を見せてやる、ってなぐあいよ。前科があったら、正直そうな顔をしても無駄よ。警察はわたしが言ったこと、ひと言も信じなかったわ」トラードは彼自身の説明によれば、最も厳しい事情聴取を受けたようだった。屋敷からわずか一マイルほど行ったところで、彼の車は原因不明の故障でとまってしまった。カーバリ夫妻の車は全速力で通りすぎてしまったし、再び走ることができたのは、運よく通りかかったトラックに助けられてのことだった。そのときにはレースに加わるにはもう遅すぎたので、十二時十五分過ぎにラーストベリに戻った。召使は一人も見かけずパーティーの面々もいなかったので、誰も彼の行動を裏づけられる者はいなかった。

その間に召使に対する事情聴取が行われていた。このいい加減に組織された世帯では、召使は通常最低限の照会により短期間の条件で雇われていた。彼らの出入りはあまり管理されておらず、パーティーに集まった全員がおもしろ半分のドライブに出かけたと思われた夜はことさらだった。この事情聴取がだらだらと続く間に、ハリフォード夫人はふいにマイルズ・ブリードンのところに押しかけてきて、内密の話があると言ってウォールド・ガーデンに誘いだした。「あそこなら邪魔されないわ。どうしても、少しお話ししたいことがあるんですの」ブリードンは相手がなにを言い出すのかとぎょっとした。最上の状況にあってさえブリードンはハリフォード夫人が苦手だったし、今や取り乱した女性の役を演じている夫人は恐るべき魔女にもなりかねない。だが、致し方なかった。アンジェラはあいにくと、双眼鏡片手に屋上に登ると宣言していた。

「あなたはセシルが自殺したとお思いでしょう?」ハリフォード夫人は切り出した。彼女は「動じていない」ようだった。不本意ながら本心を打ち明けているといった風だったが、それは同情を求めてのことではなく、自尊心が強すぎて、どんなに心配しているかを隠しておくことができないためだった。

外界の事物に関心がある人間と、注意が内界にすべて向いている人間では、散歩の相手としてこれ以上悪い組みあわせはない。春の田舎道を個人的な問題や野心を論じる男と散策することになったら、相手が草花の蕾が顔を出し生け垣の低木が芽吹いているのに気づきもしないことにうんざりするだろうし、また逆も真である。と言うのも人間の内向性と外向性は順ぐりに表れるものだから。この場合、表面上はブリードンが関心を外界に向けなくてはならない理由はなかった。夏のウォールド・ガーデンほど美しいものはないが、ラーストベリの庭は花より野菜の方が自分にとって有益と考えた庭師の気まぐれから、無計画に生い茂っていた。スイートピーがはびこるアスパラガスに対抗してわずかばかり咲いている。石竹とパンジーはてんでに伸びたラズベリーの新枝から目を逸らさせるためのおとりにすぎなかった。しかし背後で門が閉まったとたん、ブリードンは花や野菜よりもはるかに興味深いものに目をとめた。中央の小径の端近くにあった紙帽子がなくなっていた。なぜなくなったのか訝りながら、茂みを丹念に探しつつ、機械的な礼儀正しさで会話を続けた。

「ぼくにはよくわかりません。それを推測する立場にはありませんからね。ぼくたちは実際お互いの悩みをあまり知りませんから、どんな場合も自殺ではないかと疑う心の準備はできているように思います。親友が心のうちで人生を堪えられないと思っているかどうかなんて、どうしてわかりますか?」これはもっともな意見だった。夫人はそういったことを誰かに言ってほしかったのだろう。ところで、あの紙帽子はいったいどこへいってしまったんだろう？　落ちたままにしておせっかいな庭師に片づけさせずに、あの時失敬しておけばよかったんだ。

「その点は違うと思いますわ」女主人は答えた。「ともかくも他人の悩みはわからないという点は正しいでしょう。でもわたし、セシルのことは本当によく知っていたつもりです。大半の自殺には自分勝手なところがあるけれど、セシルはその種の自分勝手はできない人でした。多くの他人の生活が彼にかかっており、それを知っていました。あの人は友人のために献身的に生きてきて、どんなに公務の心配事で意気消沈していたにせよ、あんな不当な逃げ方はしないと思います。まず友人のことを考える人でした。もちろん、わたし、なんとおっしゃりたいかはわかります。誰だって真夜中によじ登ってまでサイロに入ろうとするはずがない、というのでしょう。でも、それもまた彼のすばらしく他人思いなところだったとしても、ちっとも驚かないわ。昨日の午後主人がパイプをなくして、サイロの中に忘れてきたんだろうかと言っていたの、ご存じでしょう？　あれ、サイロの中にあったんです。だからセシルが探しに出ていって、みつけたときには恐ろしいガスにやられていたのではないかと思わずにいられないんです。あの人はまさにそういう人でしたから。友人のためにおよそくだらないことをやって、時間を無駄にしてしまうんです。でもあなたはそんなこと、ありそうもないとお思いなんでしょう？」

「いや、それは充分あり得ますね」そう、帽子が落ちていたところをすでに二人が通りすぎたことはたしかだった。そしてブリードン以外、今や誰もそこに帽子があったことを証言する者はいない。きちょうめんなやつらめ！　こんな調子では葉巻の吸い差しも片づけられてしまったかもしれない。

「たしかに、ミスター・ワースリーは懐中電灯は持っていなかった。少なくとも遺体にはありませんでした。だがマッチをすったかもしれないし、葉茎の間に落ちてしまえば、わかりません。実際のところ家内に今しがた言っていたんですが、ぼくには自殺とは思えません。こういう場合のガスの作用はとても当てにはなりません。ガスが有毒であることを彼が知っていたかさえ、あやしいものです」

「それなら、事実知っていたわ。最初にサイロを建てたときに、話したことを憶えてますもの。彼は例の博識ぶりで農業のことをよく知っていて、わたしにガスのことを注意してくれたのを思い出すわ。ねえ、ミスター・ブリードン、お願いがあるのよ。あなたがとてもお忙しいことはわかってますし、奥さんは早くお宅に帰りたいと思っていらっしゃるでしょうね。それにここはあの事件の後では、誰にとっても悲しい場所となることでしょう。でも、わたし、検屍審問のあとも何日か、あなたになんとかいていただけたらと思いますの。わたしのためというよりは、主人のために」

「それはご親切にどうも。ぼくでよければ、喜んで留まります」いやはや、なんと運が悪いんだろう！　二人は小径のはずれまで来ていたが、葉巻の吸い差しはなかった！　その朝、廃棄物汚染防止規制同盟の年一回の総会があると知っていたら、朝食前に始末しておいたのに。こうなったら、より目立たない他の証拠物件がないか目を見張っているしかない。「ただ、むろんぼくは会社の命令で動かざるを得ないのでして、いつなんどき呼び戻されるかわかりません。しかし……なにかご主人をお助けできる特別な方法でも？」

「いいえ、特別な方法などありません。でも主人のそばにどなたかお友だちにいていただきたいの。こんなことを申してはなんですが、主人は他の方はどなたもまるで好きではないんです。主人を慰めるつもりでお呼びしたんですが、あの連中は神経に触るって言うんです。ミスター・ブリードン、主人はあなたを気に入ってますし、あなたならあの人のためになってくださると思います。仕事上の心配やらなにやらで、あの人はひどく参ってますの。もちろんそんなときにはひとりで塞ぎこんでしまうものですけど、それはよくないことでしょう？　それにこのひどいショックで、もっと参ってしまうんじゃないかと心配なんです。セシルは主人のかけがえのない友人でしたからね。わたし、実は鬱病を恐れているんです。ですからあなたがここにしばらくいらして、農場に関心を示したり、川へご一緒するようしむけてくださって、主人の気を紛らせてくだされば、本当にありがたいですわ。あら！　ミスター・ブリードン、お会いして間もないのに、ずいぶんと厚かましいとお思いでしょうね？」

「いや、光栄ですよ。お願いなどなさるにはおよびません」また、百に一つの偶然があった！　結局見落としていた証拠が一つあったのだ。最初に通ったとき、たぶんそれは紙帽子の下にあったのだろう。昨夜の晩餐時に全員がつけていた白い蝶ネクタイ型のバッジだ。そしてむろんそれは帽子とまったく同じ重要性を持っている。それはパーティーの参加者の一人が晩餐の後、庭の小径を通ったことを意味する。いや、帽子より重要だ。庭の小径を通ったのが、ワースリーだと証明するようなものだから。というのも白いバッジは競争の間中みんながつけることになっていた。だとすれば捨てそうな人間は誰だろう？　ウサギに選ばれなかったことを知っており、車の運転はしないからイヌにはなれないと知っていた男だけだ。遺体からはバッジはみつからなかった。すばらしい。だが、おせっかいな野郎がこれも片づけないという保障はない。それとも夫人の注意をこれに向けてみたほうがいいだろうか？　この道をまた通ることになれば、そうしよう。「ここはほんとうにきれいな所ですね。もうすぐ立ち去らなくてはならないのは、残念だと思ってました」

二人は屋敷に近い方の門に着いたが、ハリフォード夫人はまだ感謝と不安の言葉を言い続けてブリードンを自分のそばから離さず、向きを変えて来た径を引きかえした。小径の中程に来たとき、幸運にも彼女はちょっと口をつぐんだので、ブリードンはこの機会を逃さなかった。「ミセス・ハリフォード、ぼくはお宅の客の一人にすぎません。警察はぼくからおよそ聞けるだけのことを聞きだしました。わざわざ彼らを助けてやるつもりはありませんが、連中の喜びそうなことをあなたにお知らせしたいと思います。それをどうするかはあなたにお任せします。辛い記憶をよみがえらせることになって申し訳ないが……これをご覧なさい！」ブリードンは小径に沿ったボーダー・ガーデン（歩道を縁取る花壇）の端に落ちている証拠の白いバッジを指差した。

ハリフォード夫人はぼうぜんとしたように見下ろし、次に背筋を伸ばした。「わかります。たしかに彼のバッジです。彼が自殺するためにこの小径を行きながら、絶望にかられたように投げ捨てたと、警察は考えるかもしれません。あの人たちがそう思うなら、どうしようもないわ。できる限り警察には協力しなくてはと、わたしは思います。でもそんなに思いやりがおありだなんて、ご立派だし、あなたらしいですわ。わたし、行って、伝えてきます」夫人はなおも感謝の言葉を浴びせながら、門のところでブリードンと別れていった。彼は時間を無駄にはしなかった。警官がこの場に来て彼の介入を差し出がましいと思いはじめる前に、一つやっておくことがある。ずっと先にある温度計に関する自分の考えを確認しておこう。数歩大股で戻ると、姿を消した葉巻の吸い差しの方向にもう一度虚しい視線を投げ、それから注意を温度計に向けた。陽射しが強くなり霧が晴れて気温は上がり、目下華氏七十度（約摂氏二十一度）になっていた。最低温度計の指標は夜の最低気温五十九度（摂氏十五度）をまだ示していた。だが、一、二時間前に水銀柱とともに六十八度（摂氏二十度）を示していた最高温度計の指標は、今や七十二度（約摂氏二十二度）を示している。この状態では彼のとつぜんの叫びも許されるかもしれない。「畜生！」

第十一章　川べりの野営

「いや、これは役に立たないどころではない」ブリードンはつぶやいた。「まだ、意味をなしてはいないが。ともかくも昨夜か、昨日の午後遅く誰かがウォールド・ガーデンを通り、最高最低温度計をいじり、両方の指標を引き戻して水銀にあわせておいた。夜のうちに気温は華氏五十九度に下がり、最低温度計の指標は五十九度まで押されてそこでとまった。ここまでは問題ない。朝八時頃気温は六十八度に上がり、最高温度計の指標を押しあげた。正午頃水銀は七十度まで上がったが、最高温度計の指標は七十二度を指している。これはあり得ない。ということは今朝の八時から正午までの間に、誰かが結局昨夜温度計はいじられなかったことにしたほうがいいと考えたのだ。その人間が最初にいじった人間と同一人物なら、ワースリーではない。死んだ人間に温度計を調節することはできない。そしてあの帽子や葉巻の吸い差しを持ち去ったのも、やたらきれい好きの庭師ではなく、どうもこの人物のように思えてきた。帽子の下か近くにあった白い蝶ネクタイ型のバッジは見落としたらしいが。つまり誰かが朝八時以降に、誰かの痕跡を消そうとしたのだ。だがあの警官のところに行って、それを言ったところでなんになる？ リーランドのような真の警官なら、すっかり教えてやるのも意味があるだろうが、あのヘレフォードの連中ときたら絶望的だ。たぶん、やつらは紙帽子がサイズ七だったか、八だったか、知りたがることだろう。ああ、ここでぼくになんらかの資格があれば、おもしろいことになっただろうに」

その日はきわめて不快な日だった。近くに住み、地元では知られた存在であるアーノルド夫妻は車で帰宅し、パーティーの残りの面々は検屍審問まで屋敷に留まるように、丁重に、だがきっぱりと要請された。このようなときに、明らかに自分の楽しみのために屋敷を離れるのは薄情に思えた。だが邸内では、または敷地の中でさえ、みんな単なる邪魔者でしかなかった。疲れてはいたが冷静に職務をまっとうする警察は、昨夜の冒険によって土埃の中に残された無数の轍《わだち》を測っており、記者たちは玄関から勢いよく追い出され、ビリヤード室では医師が検屍を行なっていた。電話は鳴りっぱなしで、故人の縁者からの問い合わせやら、友人からの弔慰の言葉やらを伝えた。いやらしい猿は尾をぴんと立てたまま、部屋から部屋へとわたり歩き、人間らしい感情のかけらも見せずに一種の人間らしい関心を示して見せたかと思うと、車道の真ん中に座って、警官がテープを使って計測する動作をみっともなくまねした。ウォルター・ハリフォードは顔は青ざめていたもののみごとに冷静で、この悪夢のような状況をすべてひとりでさばいていた。誰も彼を助けることはできなかったが、誰も彼を避けているように見られたくはなかった。上機嫌な太陽は一軒の家の私的な悲しみなど嘲笑うかのように、公平なその光で容赦なく照りつけた。そして今や死体が飼料の中から取り除かれたので仕事に精を出せるようになったサイロのエンジンの轟音が、暑い大気の中を絶えず響いてきた。人は移り変わろうとも、獣には食糧となり人間には毒となる細断した牧草をその陰気な穴蔵にせっせと貯えて、この巨人の腹を満たしてやらなくてはならないのだ。

ブリードン夫妻は気まずい雰囲気に堪えきれず、昼食後まもなく川上でひと泳ぎしようとカヌーで出かけた。伝染する悲しみの衝撃や、無駄に脳みそを絞った虚しさを、おいしい空気と運動ほど癒してくれるものはないし、その日、空気の方はあまり理想的ではなかったとしても、ワイ川は充分運動させてくれそうだった。ワイはご婦人向きの川ではなかった。ひと度ボートの舳先を川上に向けたら、その急流に逆らって激しく漕ぎ続けなければならなかった。二人が夕方近くなってから悠々と川を下っていると、誰もいないように見えた土堤からとつぜん大声で呼びとめられた。見ると、驚いたことにほとんど半ズボン一枚の姿のキャンパーが彼方の土堤から手招きしている。カヌーをとめ、向きを変え、流れを渡ってゆくのはおおごとだった。カヌーの操作で二人はあたりを見回すどころではなく、近づいて初めてマイルズは相手に気づいた。「リーランドじゃないか！　いったいここでなにをしてるんだ？」カヌーを岸へと進めながら訊いた。「おとり警官かい？　ハイカーの醜聞を捜査中、ってところかな？　なぜぼくたちって、わかったんだい？」

リーランドはカヌーを支えて二人を出してやると、岸辺に繋いだ。「きみたちを探してたから、わかったのさ。内々で問い合せた結果、きみたちが川を上ったことを知ったんだ。ぼくはここに内密《インコニティッシモ》に来てるってことを忘れないでくれ。知らないだろうが、この生け垣がまさしくラーストベリ地所との境界だ。ぼくはラーストベリを訪ねる立場にはないから、できるだけ近くにテントを張ったのさ。しめた。どうやって連絡をとろうかと困っていたんだ」

「ねえ」アンジェラはあたりを見回しながら囁いた。「本当にこんなこと、できるの？　二本の棒をこすりあわせて火をおこして、鰻を焼くといった、ボーイスカウトがやるようなこと、みんな？でも、あなたがたまたまここにいたなんて、幸運だわ」

「たまたま来たわけじゃないよ、奥さん。送りこまれてきたんだ。そして、ぼくがここに送りこまれてきたのは、実はきみたちがいるからだ」

「ほうら、マイルズ。遅かれ早かれ、きっとあなた、あとをつけられると思ったわ」

「いいや、今回はそうじゃないんだ。どうやってかは知らないが、向こうの連中がきみたちがここにいて、しかもぼくの友人だとわかったのさ。そこで、連中としてはぼくにここで公的な立場を与えるわけにはいかないので、きみたちを隠れ蓑として使うしかないんだ。もし、そうしてくれれば、ってことだがね」

「だが、おい、リーランド」ブリードンは抗議した。「公的な立場にないのに、きみはなぜここにいるんだ？　スコットランド・ヤードに要請があったのかい？　地元の警官連中はまだかなり忙しそうだよ」

「誤解するなよ。スコットランド・ヤードはこれには関わっていないし、今後も関わらないだろう。地元の警察がこの事件を受け持つことになるが、検屍審問ではありきたりの自殺の一つとされるだろうな。だが、いや、これ以上は言うべきことじゃなさそうだ。ともかく、ぼくはここにいるってことさ」

「もうちょっと教えてちょうだい」アンジェラが頼んだ。「わたしたち、とても口が堅いのは、知ってるでしょ」

「その、正直に言うと、ぼくはあまり知らないんだ。それにぼくにわかるはずのことも、とても少ない。だが大ざっぱに言うと、こうだ。上層部の人間が、このところの銀行家やその他、重要人物の自殺のことを心配しだし、誰かが実際には自殺ではないのかもしれないと思いついたらしい」

「なんだって？　暗殺団のようなものかい？」マイルズは尋ねた。

「そんなところさ。個人的には、彼らはまったく見当違いをしてると思うがね。たとえば連中は外国からの指示によるものと証明しようとしている。しかし、この芝居には外国人は一人も出てこないだろう？」

「マイルズ、この人、わたしたちに鎌をかけているのよ。フィリス・モレルのことを喋ると思ってるんだわ。おあいにくさま、ミスター・リーランド、彼女は実際のところ、まるでフランス人じゃないわ。フランスにどんな種類の家も持ってないし、手紙を書くような親戚もいないという意味でよ。少なくとも、そう聞いてるわ」

「いや、ぼくは本当のところ情報を探りだそうとしてるわけじゃない。きみたちに徹底的に任せるつもりで来たんだ。どれだけぼくに教えてくれるかは、きみらの好きなようにしてくれ。ただ、なにか不正が横行しているのなら、ぼくに要点を伝えて司法の——文明のと考える者もいるが——目的のために力を貸してもらいたい」

「むろん、いいとも」ブリードンは言った。「だが、正確に言うとぼくはなにをしたらいいんだい？　いや、わかってるさ。スパイとしての仕事を始めて以来、紳士と認められる資格はすべてなくしている。だが、畜生、自分が参加しているハウスパーティーの印象を言うことと、主人夫妻を苦境にたたせるかもしれない情報を警察に流すこととはべつだ」

「いや、あの夫妻は除外しても大丈夫さ」リーランドは説明した。「彼らはまるで物の数に入っていない。あの二人ほどワースリーに死んでほしくなかった人間はいないからね。えっ、知らなかったのか？　まあ、どうも秘密にしてるんだろうな。ハリフォードは破産しかけてる。彼の事業は過去何年も赤字経営で、唯一立ち直るとすれば、ある取引契約を成立させるしかない。その、詳しい話はしないがね。ともかく、要はワースリーがこの契約を全力を尽くして締結させようとしていたことだ。かなりの部分夫妻を助けるためだったろう。彼が亡くなってしまった今となっては、とても実現しそうにないね。いや、この世にワースリーを真綿にしっかりくるんでおきたいと考える二人の人間がいたとすれば、それはハリフォード夫妻さ」

「知らなかったよ」ブリードンは認めた。「だが、あの屋敷でぼくたちと一緒に滞在している人間が他にもいる。そうだ、こうしよう。ぼくがすでに知っていることは、きみにみんな話そう。スパイをしたり質問をしてわかったわけではなく、単に向こうから飛びこんできたことだからね。だがこれから調べることについては、きみに伝えるかもしれないし、伝えないかもしれない。どう感じるかによって決める。リーランド、きみがここにいてくれてありがたいよ。あそこの雰囲気は気まずいんだ。それは……アンジェラ、きみはどう思う？」

「あなたの言うこと、わかるわ。それになぜあなたがそう感じるのかも。それはつまり、ハリフォード夫妻が友人を歓迎してないからよ。あの人たちは言ってみれば、ただの安物の大量仕入れ品なんだわ。あるいは、わたしたちの方が大量仕入れ品なのかも。考えてみると、わたしたち夫婦が一番安物なのかもしれないわ」

「ともかく」リーランドは答えた。「検屍審問が終わるまで、あるいはもう少し、ぼくはここにいるよ。会いたいときは、いつでもただ口笛を吹いてくれ。ぼくが見るところでは、川沿いの小径はまっすぐこの生け垣まできてる。ぼくは屋敷からたったの十分歩いたところにいるってわけだ。ぼくと話しているところを見られるとまずいから、この野原を横切って反対側の森に入るといいだろう。だいたいこの近くにいるから、ぼくの方から行くよ。だが明日の密会の約束をしておいたほうがいいな。正午はどうだい？　その頃までには警察の報告が届いてるだろうからね。この種の仕事ではそのくらいは手配できるのさ。きみは自分が適当と思ったことだけを、ぼくに話してくれればいいさ。強いるつもりはないよ」

「わかった」ブリードンは答えた。「だが、一つだけ、今言っておくことがある。このハリフォードという男だが、奥さんの説明だとやたらいらいらしてるらしい。この事件が起きる前から、神経過敏になっていたんだ。まあ、今度のことはひどいショックを与えたに違いないから、奥さんはなにか起きはしないかと心配してる。だからきみがこの川岸で待機しているなら、見張っていて、あの男がこっそり飛びこまないようにしてくれ。きみたちが人命救助のためにうろついているのでないことはわかってるが、できればこれ以上自殺を増やしたくはないからな」

「あなた」アンジェラが口を挟んだ。「ミスター・リーランドは目下ボーイスカウトだってこと忘れてるわ。それも彼の仕事のうちよ。ではお休みなさい、ミスター・リーランド。牛虻《うしあぶ》に刺されないようにね。ここに泊まるのが、わたしじゃなくてよかった」

第十二章　空っぽの屋敷

　翌朝もなんとか天気はもったが、霧は昨日より深くなり、晴れそうになかった。検屍審問は午後開かれる予定で、ブリードンは検屍官に自分の発見したことを言うべきかどうかを決める前に、警察の代表とそのことを話すことができて、ほっとしていた。リーランドはすでに森へと通じる柵の踏みこし段に座っており、手には供述調書の分厚い束を持っていた。

「関係者がこれほどみごとに揃って現場にいなかったという事件は初めてだよ」リーランドは説明した。「なにが起きたか知るのに、警察はいやというほど召使連中に質問しなくてはならなかった。彼らがどうしたかわかるかい？　なんと十一時半に全員モーターボートで繰りだしたのさ。蓄音機をしっかり載せてね。執事を除いた全員だ。彼は番小屋で寝起きしてる。ご主人方の計画を召使連中がかなりよく知っていた証拠だよ」

　ブリードンは眉をひそめた。「だろうね。しかし、きみは気づいていないようだが、それをくつがえす事実が一つある。ワースリーが屋敷にいるかどうかはっきりしないというのに、連中は厚かましくも出かけたのだろうか。そんなことを考えられたのだろうか？　いいかい、彼は駈け落ち相手に選ばれなければ、レースに参加するつもりはなかったんだ。連中は彼が床に就いたとでも思ったのかな？」

「そのことは訊いてないみたいだ。おそらくミセス・ハリフォードが相手役にワースリーを選んだと思ったのではないかな。二人はかなり親密だったからね。とにかく、これによって、十一時半から十二時半の間に彼が死んだとすると、まず殺人ではなかったことになる。あの場所には人っ子一人いなかったようだから」

「なぜ十二時半と？」

「ミス・モレルが帰った時刻なんだ。ともかく、彼女はそう言ってる。それよりうんと早いはずはない。むろんヘレフォードの警察はモレルの時速を計っていたからね」

ブリードンは含み笑いをしながら言った。「アリバイ工作としては、立ち番勤務の巡査と揉め事を起こすのは、実にうまい考えだな。だが、彼女に不利な証言はなにもないんだろう？」

「誰に不利な証言もないよ。たぶん、このトラードって男を除いては。彼の言う時間はみんな違ってるみたいだ。彼はきみたち追っ手の連中と同時に出発したに違いない。なぜならカーバリ夫妻が道路で彼を追い越したということは、彼が二人より前を行っていたってことだろう？　それでトラードは門から一マイルほど行ったところで、エンジンが故障したと言うのさ。ありそうなことかな？　つまり、ふつうならレースの前に注意深く点検しておくんじゃないのかな？」

「家内はたしかにそうしたね。それにトラードは車を修理すると言っていたよ。忘れたんだろうな」

「ともかく、誰かがじきに通りかかるだろうから、歩いて屋敷に戻るのはばかげてると思ったと言うんだ。その時本街道近くにいたからね。ミス・モレルの前、十二時十五分頃に戻ったということだ。彼女の方ではそれより後、二十五分過ぎぐらいに、道路上でとまっているトラードの車を追い越したと言っている」

「なぜモレルはとまらなかったんだ？　彼は合図しなかったのかな？」

「ああ、だが、彼女はけっしてとまらないと言ってる。車めあての強盗が多いから、とね。たしかに筋は通っている。だが彼女はあとになって、それがトラードだったに違いないと認めた。一つには彼の車が故障したという場所に正確に一致したためで、一つには彼女が屋敷に戻ってから十五分後くらい、十二時四十五分かそれより少しあとに戻ってきたトラードの車の音を聞いたからだ」

「トラードが嘘をついてると思うかい？」

「かもしれないな。だが、あまり上手な嘘じゃない。つまり、彼が今度の事件に少しでも関わっているのなら、おそらくそこに車を置いてラーストベリまで歩いていき、それからまた車に歩いて戻ったんだろう。そうしたとしても彼が車を戻したと主張する時刻、十二時十五分とは矛盾しない。どうして十一時四十五分と言わなかったんだろう。それなら歩く時間の余裕はなかったことになったのに。あるいは十二時四十五分にすれば、ともかくも自分の行動を証言してくれる目撃者を一人確保できたのにな」

「ああ、だが十一時四十五分と言ったとしても、ワースリーが死ぬ前だったかもしれない。では十二時四十五分と言ったとしたら——あきれた、なぜ彼は十二時四十五分と言わなかったんだろう？　彼を追い越したと言ったのはフィリス・モレルの嘘のように思えるが、なぜ嘘をついたんだろう？」

「いずれにしろ、どちらにもはっきりしたアリバイはない。ワースリーが死んだのはもっと後、一時きっかりだったかもしれない。医者はそう言ってる。だが、二人が事件とどう結びつくのかわからない。いまいましいな、動機はなんだ？」

「そのことなら、ぼくの知る限り誰にも動機はない。今日びの多くの青年のように、トラードはむろん革命について話しはするが、彼が暗殺者とは思えない」

「彼に好意を持ってるのかい？」

「いや、だが、ぼくは彼を暗殺者とは思わない。ああ、なるほど、きみは古い話のこともみんな知ってるんだな。だが、あれは違う。ともかく、ぼくの印象を言葉にすれば、トラードはサイロ内で殺しをやるような男には見えない。相手が軽量級だろうと、死んでいようと、サイロに放りこむには力がいる。生きているうちなら、もっと体力がいる。むろん、騙して連れこんだのでなければ、だがね。どうやって誘うんだ？　ネズミ狩りをしに来ないかとでも？」

「ベッドの中で窒息させたのかも」

「そうしておいてサイロに運んだというのかい？　そうしたとは思えないな。彼は小柄な男だ。滑車を使ったとしても、すごい重さだったろう。あの滑車は簡単には動かせないよ。試してみたんだ」

「まあ、ともかくやつから目を離さないでおくよ。ところで二、三話してくれることがあったんだろう？」

　ブリードンはまだ伝えていなかった話、人々の印象やハリフォード夫人が語る客たちの経歴、駈け落ちレースをやろうという提案が徐々に浸透していった正確な経緯、そして最後にウォールド・ガーデンで彼がみつけた物とみつけられなかった物について、できるだけ詳細に語った。庭園でのみつけ物の話になると、リーランドの目は輝き、ふいにポンと腿をたたいた。

「だが、それは実に重要じゃないか――つまりその温度計のことだよ。きみは温度計がいじられていたことを葉巻と紙の帽子がなくなったことに結びつけたから、その意味がわからないんだ。だが誰だってそんな物は片づけるよ。ひょっとすると庭師は、家人が朝食後に散歩する場合に備えて、毎朝小径を回って落ちている物を片づけるのかもしれない。これと分けて考えると、温度計がいじられたこととその意味はたしかにはっきりしている。誰もきみがそれを見ていたことを知らなかった。誰かがたぶん朝食後に、わざと示度を変えた。実際あの晩はこのところの夜に比べて、かなり気温が下がった。どうもあの晩が実際より寒くなかったことにしたい、と誰かが思ったようだ。殺人に関わっている人間にとって、それがどんな意味を持つか？　可能な答えはただ一つ、予期せぬ寒さは犠牲者の死体が冷たくなるのを早め、実際より前に死んだように見せるってこと。ということは、その誰かというのは殺人犯か殺人の共犯者で、あの夜かなり早い時間に凶行におよんだが、深夜に殺したように見せかけたかったということだ」

「そいつはすばらしくよく出来た話だな。ただ難点は、きみは事実を誤認してる。きみの言う犯人は、自身の目的のためには最低温度の指標を変えたかったはずだ。彼はそうせずに最高温度をいじった。前夜の寒さを人為的に隠すかわりに、前日の暑さを人為的に示したんだ――日陰で華氏七十二度とね」

「うーん、そうだな。だが、いいかい、犯人がなにをしたか言おう。前日の日中の暑さをあえて誇張したのさ。なぜか？　そのくらい気温が高くなれば――実際は七十度くらいにすぎなかったが――一日中牧草を積み上げているためにふだんひんやりとしたサイロも暖まってしまう。そんな温度の中では、死体はすぐには冷たくならない。だから犯人があの夜サイロが非常に暑かったとぼくたちに思いこませることができれば、実際は一時半以降に殺したのに、十一時半以降と思いこませることができる」

「医者が温度計を調べるだろうというのは、ずいぶんとまた大胆な仮定だね。しかもあの温度計を」

「専門家なら、そうしていただろう。田舎の開業医ときたらなんでも経験第一主義だからな」

「リーランド、それがきみのいつものやり方だね。きみは頭の中で事件の中心に誰かをすえ、出てきた証拠の一つ一つを常にぴたりとあてはめる。さあ、白状したまえ。手錠をトラードにかける気かい？」

「ぼくは偏見は持たないようにしている。だがトラードがあまり屈強な男じゃないという点以外に、きみがなぜ彼を犯人ではないと確信しているのかわからないな」

「なぜ考慮に入れないかというと、彼が駈け落ちゲームに気がすすまなかったのは明らかだからだ。

なにか企みがあれば、レースをやることに関心を持ったに違いないんだ。だが彼に関する限り、なんとかやめさせようとしていた」

「それはきみの固定観念だよ。きみは駈け落ちレースが単なる偶然とは思っていない。殺人に至る練りあげられた計画の一部と考えている。逆も真なり、と言えないかな。練りあげられた計画によって殺人が起きたが、迷惑にも偶然に駈け落ちレースが割って入り、それが実際に事件の進路を変え、複雑にしてしまったとは？　もしレースをしようなどという考えが持ちだされることがなければ――トラードはどこで寝ていたのかな？」

「独身者用宿舎と呼ばれる一角さ。屋敷の西側にある」

「そしてワースリーは？」

「彼ももちろん、そこで寝た」

「そこだ。トラードは単に部屋に入り、シーツを使って片をつければよかった。きみたち夫婦ものには少しも知られずに、だ。駈け落ちレースなどをどうして彼が望むだろう。しかし、駈け落ちレースをすることになり、ワースリーが屋敷に残ることになれば、トラードにとって最善の策は、架空の故障を装い屋敷に誰もいない間に仕事を片づけることだ。いや、それが実際に起きたことだと言うつもりはない。ぼくはただ、嫌疑をかけるとしたら、その行動の説明がつかない連中から始めたいね」

「検屍陪審も同じだろうね」

「そうは言えないさ。検屍審問では誰にも問題はおきないだろう。この事件になにかうさんくさいことがあったとしても、公にはされない。これは法と秩序ではなく、政治の問題なんだ」

第十三章　ガスはいかに発生したか？

　検屍審問に関するリーランドの予測は、大いに当たった。検屍官はなにを求められているのかを知っており、ワースリーの死は犯罪か自殺によるものではないかというい かなる示唆も即座に退けた。召使連中は非常に慎重に尋問に応じたので、彼らが真夜中に川下りに繰りだしたことはひと言も口にされなかった。みんな十一時半には床に就いたものと、公衆は信じこまされた。トラードはたくみに導かれて、十二時十五分か、「それより少しあとかもしれない」時刻に帰宅したと言った。フィリス・モレルは十二時二十五分には屋敷に戻っていなかったとはっきりと宣誓することはできず、道路ですれちがった車は別人の車だったかもしれず、本街道を走る無関係な車の騒音を、トラードが戻った音と聞き間違えたかもしれないと認めた。なくしたパイプをワースリーが取りにサイロに入ったのではというハリフォード自身が唱えた説は、自明の事実のように扱われ、彼がマッチや懐中電灯を使わずにどうやって見つけようとしたのかは、体よく棚上げされた。扇情的な新聞にかっこうの話題を提供しかねなかった駈け落ちレースは、その町が不夜城のメッカであるかのように「キングズノートンへの真夜中のドライブ」に変えられた。ブリードンが召喚されたとき、その職業を述べるよう指示されなかったのは、たぶん注目に値することだろう。

関心の中心を逸らそうとするかのように、検屍官はサイロの構造、換気、危険性、効用などのさまざまな疑問点に触れた。大半が農場主である陪審員に向かって、近くの大学から専門家が参考人として呼ばれ、サイロに関して持つ限りの知識を披瀝した。謎を追求し、それについて自説をたてて警察に通報したい(報奨をもらうことなど考えもせずに)と常に待ち構えている忍耐強い新聞の読者たちは、長たらしい農業技術の話にうんざりした。牧草は正確に言うと、どの程度乾燥しているべきか？　どの程度押しつぶしたらいいか？　特定の状況下では、発酵の程度と質はいかなるものか？　参考人はこのような状況を常態と呼ぶか？　炭酸ガス以外のガスの発生が測定されたか？だとすれば、このようなガスは可燃性か？　こういったことがつぎからつぎへと質問された。検屍官はまた締め括りに、すべてのサイロはその有効性を損なわない程度に最大限換気されるべきだとか、積みあげられた牧草が一夜のうちに危険なガスを発生させていないか確認するまで、朝、作業員はサイロに入るべきではない、などと勧めるのを忘れはしなかった。換言すれば、サイロが非常に扱いにくいものであると思わせたので、ある三流紙は大見出しに「サイロの脅威」と書きたてた。だがもっと人間的な疑問、なぜ公人が夜中にそんな所に行きたがったのか、は一度も問われなかったので、一度も答えられることはなかった。

亡くなった紳士の身元に関しては、新聞の編集長たちはあまり控え目とは言えなかった。『タイムズ』紙の死亡記事は、その長さと目立ち具合からして、新聞の編集長は出入りするが読者は出入りしない世界から偉大な人物が去ったことを、はっきりと読者に印象づけた。だが読んでみても、この長大な賛辞を浴びるような、なにをセシル・ワースリーがしたのか、彼は何者だったのか、よくわからなかった。彼には個人的な友情を培うたぐい稀な才能があり、その古代陶器の収集がどうやらかけがえのないものであることはわかった。ゴシップ欄の記者たちは、十九世紀のサロンで有名だった彼の大伯母の奇行と、ドーセットシャーに住む彼の従兄の一人が育てたすばらしいシーリアムテリア犬について長い欄を割いた。哀悼の意は『リーパー・アンド・バインダー』（農業専門紙）にまで至るあらゆるところで表明されたが、同紙はサイロの取り扱いを易しくするのは不可能なことを暗に書いた。

この揃って行儀よくという申しあわせに、一つ嘆かわしい例外があった。時々世間をあっといわせる記事と同様、たいした理由もなく、一紙がこの機に乗じて外国人や無政府主義者や一般的に好ましくない人物に対して抗議の声をあげた。第一面にでかでかと掲載されたその記事は、現代のジャーナリストが精通するあの巧妙な手法で書かれていた。つまりその記事がすぐ隣の欄で取りあげられている「ラーストベリ事件」のことを言っているのは、よほど頭の悪い人間にもわかった。だが事実そうだという根拠はまったくなく、従って検屍官の認定した事実から早まった判断を下す悪名高き試みによって同紙が咎められることはなかった。同紙は金融界や政界の大立者が撃たれたり溺死体でみつかった事件を五、六件列挙し、偶然の力がこれらすべてにおよんだものかとの疑問を投げかけていた。ある筋によれば（便利な言葉だが）、すべてはこの大きな試練のときにヨーロッパの平和を破壊するためにめぐらされた謀略の一部だとほのめかされた。自国の公人がその愛国的な活動によって受けるあの憎悪から充分保護されているのか、人々は自問しだした（これも便利な言葉だ）。ヨーロッパの某国の著名な警察高官は、秘密の暗殺作戦を組織している黒手団（二十世紀初頭にニューヨークで活動したイタリアの秘密犯罪結社）について謎めいた話をした。ヨーロッパのある首都で、世界市場の秩序を乱そうとする勢力が動いていることを暴露して、公表されれば大きな動揺を招くはずの文書が最近明るみに出ていた。ソ連邦の新聞に載った資本主義者が街灯柱から縛り首になって吊り下げられている風刺漫画が、これにも載っていた。そして同じ調子で多くのことが書かれていたが、立証できる事実や異議を唱えるに足る明確な主張は何一つなく、なによりもラーストベリのことは一つも書いてなかった。この特別に世間を騒がせた記事は知っての通り小児病のような経過をたどり、続く二、三号で「主役」を演じ、つぎに後ろの頁や読者通信欄に移り、やがて出てきたときと同様ふいに消えていったが、結果としてなにも果たさず、なにも試みられることもなかった。議会で取りあげられるという「噂」は、すぐにいんちきとわかった。この記事にふさわしく避けがたい終局として、警察がその威信をかけてなにをしているかが問われた。

検屍審問から出てきたブリードンは、リーランドが陰気な様子でこの記事を読んでいるのをみつけた。二人はしばらく橋から身を乗り出すように立っていたが、リーランドは用心深く地元の漁業組合から得ていた漁業権を行使しているふりをしていた。「ばかばかしいと笑ってもかまわないさ」リーランドは言った。「それにむろん、ぼくだってきみ同様そいつがただの戯言《たわごと》だと知っている。どこかのばかが聞くべきでないことを偶然に聞いて、思いつきで間違ったシナリオを書いたのさ。なに、やつは名前も正確にわかってない。ぼくは恐れることはないと思う。なにも恐れることはない。だが一方でそいつは役人たちをぎょっとさせるだろう。というのも、連中はいつも自分らの昇進に汲々としてるからね。かくしてイーストエンド（ロンドン東部の下層民街）の無政府主義者の哀れな狂人たちが苦しむことになっても、我々は活を入れられ結果を出すように命じられることになる」

「まあ、甲の損は乙の得だよ。あの記事のおかげでラーストベリは将来地図に載ることになるさ。三流紙の読者さえ、見聞きしたことを考えあわせて推測することができる。それはつまり、インディスクライブバブル社は事件と関わりを持とうとしないだろう、ってことだ。その、事件に挑戦するというやり方ではね。だからぼくは手を引けという命令を受け、ここに空気のように自由に滞在し、好きなときに離れることができるだろう」

「事件がすっかり行き詰まっているときに、手を引きたいと言うつもりじゃないだろうね？　きみはもう少し好奇心旺盛だと思ったが」

「よく言うじゃないか、菓子屋の店員は最初好きなだけ菓子を食べさせてもらえるが、二週間かそこらで少しも欲しくなくなるって。ぼくがスパイの仕事をするようになってからも、同じことが言える。生来の好奇心を失ってしまったから、人だかりがしていても、なにが起きているのか見にいこうとせずに通りすぎることになる。こんなふうに事件に直面したときは、最初の一日はぼくはとても熱心なんだ。その後はまだ事件が解決してなくても、昨日のクロスワードパズルみたいに気が乗らなくなる。検屍官は事故だと考えている。彼に反論しようなんて、ぼくは何様のつもりだ？　なんて男だ！　いっぱしの農学者気取りか！」

「ちぇっ、本気でそう思ってはいないくせに。ここに捜査結果に関する警察の調書があるが、読むと事件全体がもっときみょうに思えてくるよ。ポケットに入れて、あとで読んでみろよ。気をつけろ。誰か来るぞ」

書類をポケットに入れながら、ブリードンはトラードがぶらぶらとこちらへやって来るのを見た。リーランドと二人でいるところに来るなんて、間が悪いといったらない。

「やあ！」彼はリーランドに声をかけた。「森の中でキャンプしてるでしょう？　昨日土堤にいるのをみかけましたよ」そしてそれ以上の紹介は無用とばかりに、彼は疑いもせずにいきなり検屍審問に関する批評を始めた。

「いい人ですよね、あの検屍官は。いまいましいお巡りのように、人を脅かしたりしなかった。こんなにあっさり終わったのは、オックスフォード大学の聖書試験の口頭試問以来のことですよ。『いや、ミスター・トラード、ガリレオは《使徒行伝》には登場しませんよ』と連中は言ったっけ。『そうですか、ぼくにはどちらでもいいことです』とぼくは答えた。それで試験を通してくれた。だがこの男は一枚上手でした。ああいうことがもう少し増えれば、資本主義のシステムがうまくゆくことを信じだすようになりますよ。彼は終始ぼくになにか言わせようとしていたみたいだ。ぼくが十二時十五分までに戻っていたと言っても、まるで信じなかった。よーし、ぼくは心の中で言いました。『好きなように思うがいい。だがぼくはいたのさ。あの大時計が鳴るのを聞いたんだから』と」

ブリードンはきまり悪さに当惑した。トラードが紹介されてもいない他人に秘密を漏らして回るとは、一に彼自身が悪いのだと言ってもよかろう。だがなぜかブリードンはこの自称キャンパーの善意《ボウナ・ファイディーズ》の保証人を務めているように感じた。しかもリーランドは薄情にも自分を囮として使いながら、トラードの一言一句に注目し検討しているのはわかっていた。どちらに対しても、なんと言ったものだろう？　会話を釣りの世界のおきまりの話題に向けようとしたが、無駄だった。トラードは自分の頭を占めている話題にすぐ戻ってしまい、スコットランド・ヤードの密偵からの励ましは必要としなかった。

「たとえたくみに導かれて言わされたにしても、それが実際には偽証だったとしたら？　だがぼくはそんなことはあまり気にしませんね。考えてみると、それが客間では口にできないことのように、偽証について今でもぎょっとしたように話すなんて、異常ですよね。偽証を人が認めない唯一の理由は、かつて雷に打たれて死ぬと信じられていたからです。宗教を信じるのをやめたときに、偽証を気にすることも実際やめるべきだったんだ。だがスティーヴンソンの鉄の輪の寓話のように、いつものことなんです。人は神に訴え続けるのがばかばかしいと感じるようになると、実際のところかなり空想的な『名誉』と呼ばれるものに訴えだす。そして人々に名誉とはなにかと問うと、彼らは紳士について語りだすが、要するに五百ポンド以上の年収のある人間のことです。よく考えれば、みんな見えすいている」

リーランドは考えこみながら、リールを巻いた。「しかし、それは実際的な便宜というものですよ。たとえば先夜のような事件で、証人全員が思いつくままになんでも言っていたとしたら、なにが起きたか真実をつかむのはとても難しいと、彼らは思ったのでしょうね」

「ああ、それはたしかです。だが、真実をつかむことが、そんなに重要かな？　さっきまであのむっとする部屋で、我々みんながみつけようとしていたのはなんだったのかな？　なあに、単に貯蔵した草が有毒ガスを発生することをワースリーが愚かにも知らなかったのか、あるいは生きてゆくのがいやになった教養のある男が自ら炭酸ガスでやられたものか、ということでしょう？　陪審は偶発事故による死と言わなければ、心神耗弱状態による自殺と言ったでしょうが、誰が気にしますか？　二種類の奇禍のうち一つを選ぶにすぎない」

「だが」リーランドは抗議した。「検屍審問というものがなければ、事故の要因がないところに、その種の突然死が増えることになるでしょう」

「犯罪行為という意味ですか？　ええ、むろん、その疑いが少しでもあれば……だが、それにしてもそのことを騒ぎたてるのはどうかな？　考えてみると、ワースリーはどちらかと言うと暗殺の標的にされやすい人物だった。いつも他人の仕事に介入し、揉め事を起こしていましたから。アメリカではこういうことをもっとうまくやるだろうな。一度あちらで証言しなくてはならなかったんですが……おや、あなたは戻るんですか、ミスター・ブリードン？　それならぼくも一緒に行きますよ。では、失礼するとして、幸運を祈ります」相手に聞こえない所まで来ると、トラードは続けた。

「あの男はどういう類の人物かな？　休暇中の教師といったところですか？」

「そんなところだろうね」ブリードンはみじめな気持ちで答えた。

第十四章　名士はいかに服を脱ぐか?

お茶の時間の前にブリードンが目を通した調書は、全部が全部興味深いわけではなかった。リーランドが渡してくれたのは、ヘレフォードシャーの警官が苦心して集めた情報を、ほぼ聞いた通りにまとめたものだった。その大半がブリードンの関心をひくものではなく、従って読者にとってもおもしろいものではない。ここではブリードンが頭を整理するために順を追って記した要点と、それについての彼の所見のみをあげておこう。

ワースリーは客間を出て論文の執筆のために図書室に戻ったのかもしれないが、後に寝室に行ったことははっきりしている。世話をした従僕は、晩餐時と死亡時の彼の服装と、部屋そのものの正確な違いを宣誓証言することができた。まずポケットの中身については以下の通りだった。後に化粧テーブルの上にあったつぎの品々は、晩餐時にはワースリーのズボンのポケットにあった。全部で六シリング九ペンスの銀貨、イェール錠の鍵（ラーストベリのどの錠にもあわない）、八本の蠟マッチを入れた銀製の箱。遺体が身につけていた上着のポケットの中身は出されなかったようで、中には一ペニー青銅貨が二枚、半ペニー銅貨一枚、切手帳（ほとんど空だった）、小型の櫛が入っていた。さらに胸ポケットには法定紙幣三枚と、五シリング分の郵便為替が入った札入れがあった。

ここは思案のしどころだった。よくよく考えてみる必要があった。ワースリーが床に就こうとしていて、急に散歩に出たいという衝動にかられたとしたら、ポケットの中身を全部出していかなかったのはみょうである。そこそこの価値があり、服をたたむときに気づかずに落としがちなので、ひょっとすると銀貨だけを出す習慣（なぜ警察は従僕に訊かなかったのだろう？）があったのだろうか？ でなければ、床に就く日課を妨げた、あとからの思いつきは急なものだったと推測しなければならない。ブリードンの考えでは、大半の人間は手に近い上着のポケットから片づけだす。だがこの場合は個人的な癖かもしれない。やっかいなパズルだった。それに関しては結論を出せるような要素は一つもなく、ただ理解に苦しむきみょうな細々とした品物があるだけだった。加えて小型の櫛！ ワースリーは櫛を「いわゆる携帯品として」身につけてはいなかったと従僕は証言した。彼はたしかに自分の外見に細かく気を配るような男ではなかった。櫛についての疑問はなぜ彼がそれを脇ポケットから取りださなかったかではなく、そもそもなぜポケットに入れたのかということだ。真夜中に庭をぶらつくのにも、干し草の上で格闘でもする気ならべつだがサイロに行くのにも、小型の櫛は必要ない。そしてサイロについて言えば、散歩に出かけたときには、パイプを探すつもりはまったくなかったことが今やはっきりした。照明なしにパイプを探すのは至難の業だ。散歩に行く前にあえて化粧テーブルの上にマッチ箱を置いたとしたら、あきれるほどぼんやりしていたことになろう。いや、ワースリーはマッチではなく櫛を必要とするどこかに行こうとしており、ズボンから銀貨を落とすかもしれないが、上着から札入れを落とす心配はない、なにかをするつもりだった。このややこしい細部から学ぶことがあるとすれば、この点だった。

化粧テーブルの上にあったもう一つの物は、黒い絹の紐をつけたモノクルだった。従僕はワースリーが時々モノクルを置き忘れることを認めたが、晩餐時にそこになかったと証言することはできなかった。ワースリーはラーストベリをしばしば訪れており、彼の習慣がよく知られているのは幸運だった。さて、モノクルはなんの役目をしたのだろうか？　ワースリーが晩餐時にモノクルをつけていたのは間違いない。紙帽子とモノクルをつけたワースリーの見間違いようもない姿が、ちらっと記憶によみがえる。あとで外出したときに不要な物として置いたものか、床に就こうとしたときに最初にのけた物の一つだったのかもしれない。彼は単なる虚栄心から眼鏡をかけるような男ではなかったから、純粋に視力を補うものだったのだろう。本当になくなったパイプを探しに行ったのなら、なぜ持ってゆかずに置いていったのだろうか？　男は床に就こうとしていたが、そうしようとしたときにふいに新たな事態が起きたという結論に再度達する。

さらに化粧テーブルの上には銀製の腕時計があった。ネジは巻かれてなかった。従僕によれば、ふだん夜間はベッド脇の小机上に置かれていた。これは難問だった。時計はまず最初にはずすものの一つだが、夜間見られるところに置き、ほとんど本能的にネジを巻いておくものだ。化粧テーブルの上にネジを巻かずに置くとしたら、非常に急いでいるか、まだ床に就くつもりはないがそれまで安全な場所に置いておきたいと思う人間の行動であろう。これまで集まったデータを整理してみよう。こういう作業を意味あるものにするためには、仮説をたててみることだ。

（一）ワースリーは床に就こうとしていて、眼鏡をはずし、ズボンのポケットの中身をあけたが、他のポケットには（なんらかの理由で）まだ手をつけなかった。腕時計をはずしたときになにか予期せぬ急用ができ、寝るのをやめて、小型の櫛だけを持って暗闇へと出かけていった。

または（二）ワースリーはまだ床に就く気はなかったが、外出する前に余計な物をいくつかポケットから出すために寝室へ行った。それは腕時計や眼鏡など壊れる危険のある物と、ズボンのポケットの中身のように落とす恐れのある物だった。（単に価値のある物というわけではなかった。でなければ札入れをそのままポケットに入れておいたのはなぜか？）同時に用意がよいことに小型の櫛を持っていった。はてさて！　おかしな点はまだ他にもある。

死体が発見されたとき、故人は上顎に義歯をつけていた。よく考えてみると、このことに特に意味があるとは思えない。予期せぬ出来事が起きたのはワースリーがまだベッドに入る前だったという、それはたいして重要ではない証拠にすぎなかった。

ズボン吊りをはずし、履いていたゴルフシューズをゴム底のテニスシューズに履き替えた。太い鋲を打ったゴルフシューズは化粧テーブルの下にあり、ズボン吊りは椅子の背にかけてあった。晩餐の後で部屋を片づけにきたときには、靴もズボン吊りもそこにはなかったことを従僕は確信していた。そう、ブリードンはサイロの中でテニスシューズを見ていたが、ワースリーが晩餐の席でそれを履いていたかどうかは覚えていなかった。これはワースリーがサイロのまわりをうろつくつもりで出ていった可能性を示す、最初のささやかな印だった。鉄のステップをよじ登るとき、鋲を打った靴ではやっかいだが、ゴム靴は便利だ。しかし、むろん他にもゴム靴を履く動機はある。たとえば静かなことだ。それにサイロ以外にも人間が登りたいと思うものはある。だが靴を替える動機はたくさんあるとしても、なんらかの激しい運動でもするつもりでなければ、ズボン吊りをはずして、おそらくベルトをきつく締めてズボンを引き上げる動機はなんだろうか？　よじ登るとき楽なようにはずしたのかもしれないが、とても充分な理由とは言えない。そして考えてみると、再度頭をかしげるのは、どこか古風な服装をしていたワースリーはいつも糊のきいたカラーをつけていたが、死体がつけていたのもそれで、なにか予期せぬ力に引っぱられたようにカラーボタンがちぎれていたことだ。外出するときに、ズボン吊りが邪魔なほど肉体を使う作業を予期していたのなら、なぜもっと窮屈な、糊のきいたカラーをつけたままにしていたのだろうか？

先の従僕はパーティーの連中の耳には届かなかったきわめて重要な証言を一つしていたが、リーランド自身の要求により（奇妙な司法操作によって）検屍審問では伏せられたようである。「あの夜、十時十分過ぎ頃、図書室の呼び鈴が鳴ったので部屋にまいりますと、ワースリー様が書き物をなさっていました。どんな服装をされていたか（たとえば靴は）は定かに憶えておりません。翌朝十時頃にベッドで朝食をとると、おっしゃいました。毎朝きまって早く起きられ、九時には朝食に下りてこられるのを習慣とされていましたから、これは珍しいことでした」ここは一つじっくりと考えてみなくては。まず限られた範囲ではあるが、死亡時刻を決めるのにこの証言（信頼できるなら）は役立った。これまではワースリーの姿が最後に見られたのは九時半頃とされてきたが、今やそれより約四十分後には生きていたことがはっきりした。この間みんなはまだ客間におり、ハリフォードが門を確かめに出ていったのはそのあとだった。リーランドはなぜこの情報を知らせたくなかったのか？　おそらくまだいくらか明るいうち、サイロの中でなくなったパイプを探すことが物理的に可能な間に死亡したものと、法廷の人々に思わせたかったのかもしれない。ともかくもそういう次第だった。ところで、ワースリーの部屋はどちらの方角を向いていたか？　たしかにそれは川に臨んでいた。だからレース開始直前、他の部屋の明かりが玄関から見えたときにも、彼の部屋の明かりは見えなかったはずだ。

だが従僕の発言から、別の問題点がもちあがった。ワースリーはなんらかの理由で、あの夜特に遅くまで起きているつもりだった。だからといって、どうということはない。床に就く前にどうしても例の論文を書き上げたかったのかもしれない。駈け落ちした男女が帰るのを待って、一緒にサンドイッチを食べようと決めていたのかもしれない。だがどうもワースリーには自分で決めた計画があったようで、その計画とはいつもの散歩（または登攀）ではなく、かなりの探険行だったと思える。そのような探険行を想像するのは難しかった。日頃綿密な計画に則って、規則正しい暮らしをする男がいた。男は低級な刺激を好んだわけでも、心から刺激を欲していたわけでもなかった。屋敷にひとりになるとわかった夜に、このような謎の行動をとることをなぜ考えたのか？　または、逆に彼に自殺をする意図があったとすれば、朝、従僕が訪れる時刻を遅らすことにより、なにか利点があるのか？　サイロで自殺するつもりでいたとすれば、たしかになにもない。夜が明ければ、じきに死体が見つかるのははっきりしている。ブリードンはここで壁につきあたった。ハリフォード夫人に相談してみようか？　無理だ。リーランドから渡されたのは秘密書類で、伝えるとしてもアンジェラまでだ。

後からさらに、まったく消極的なものではあるが、ワースリーの行動に関する証言が得られた。自分が駈け落ちレースのヒロインとなることを知っていたので、ハリフォード夫人は他の人々ほどレースに興奮してはいなかったが、全員が部屋に入ってからレース開始までの三十分間を最大限利用しようと決めていた。そこで夫人はメイドを呼び、出かける瞬間まで衣装の支度で共に忙しくしていた。メイドが十一時十分頃階下に下りていくと、駈け落ちレースの参加者はみないなくなっており、図書室の前を通ったときにドアは開き、部屋は暗かったという。十時十分から十一時十分までの間に、ワースリーは図書室を離れた。追跡開始の叫び声が上がった時に寝室にいたとも考えられるが、そこに長くいたとは思えない。あらゆる点からみて、実際的ななにかの用事で少しだけ部屋に入ったようだ。それから、彼はおそらく駈け落ちレース開始前か、開始後まもなく屋敷を出たのだろう。この情報は検屍審問でもたらされたが、その意味は一般大衆には不明で、検屍官も強調しなかった。

最後に不運な紳士が人生の最後の夜に書いていた論文がある。それは南アフリカの原住民の立場に関するものだったが、その話題に関しては、当日の昼間に当人がカーバリと言いあっていたのをブリードンは覚えていた。カーバリはろくに口もきけないほど怒っていた。ワースリーは一文の最後で筆をとめているが、段落の最後でないのははっきりしていて、最後の数語はインクが自然に乾く前に吸取り紙を使っていた。これは言わば一つのこと、一つのことのみを意味する。つまりワースリーはペンを置いたが、すぐに床に就くつもりはなく、なにか他のことをする時間になったと思ったからだった。実際に呼ばれて大急ぎで出ていったわけではない。それなら、吸取り紙は使ってなかっただろう。だがそれで終わりではなかった。床に就く前に、時間が許せばその段落を書き終えるつもりだったのだ。

第十五章　上つ方の意見

ブリードンがまだ寝室の書き物机に向かい、矛盾を含む手書きの文書をにらんでいると、アンジェラが入ってきた。「さんざん探したのよ。サイロをしらみつぶしに調査でもしていたの？　ショルトーから電話があったわ」

ショルトーとはすなわちインディスクライバブル社のことだった。「今さっきぼくはリーランドになんと言ったと思う？　事件に広告効果があると見たとたんに本社の連中は成り行きまかせにし、秘密の報告なんかほしがらなくなる。よーし、これで好きな時に家に帰れるぞ。こんな泥沼状態にはうんざりだ」

本当のところ彼の心は二つに割れていた。人間の本能としての好奇心を失ったわけではなく、我々の大半同様、問題を未解決のままにしておきたくはなかった。だが、他に生計をたてる手立てがないために不承不承「スパイ」という職業についただけといった態度をとっていた彼は——その態度は彼の性質の一つになりかかっていた——事件にそれ以上関わらないようにと言われると、ほっとした態度をあえてしてみせるのが自分の義務と感じていた。今回の場合、ブリードンは早とちりした。

「お気の毒さま、そういうことじゃないのよ。あなたにあちらへ行って、誰かと会ってほしいんですって。すごい大物だそうだけど、誰とは言わないのよ。幸い、男性よ。ショルトーにそれを聞いて、あなたを行かせることにしたわ。でもその人は明日会いたいんですって」

「ではここに来させれば、会ってやるさ」

「そう思ったけど、まるでそういった人物ではないのよ。彼がイギリスのあちこちへ行って人と会いだすと、勲章なんかがみんな落っこちてしまうんでしょう。彼に会うには、向こうに行くしかないのよ」

「そいつの勲章なんてクソくらえだ。車の調子はどうだい？」

「キングズノートンへの楽しいドライブ以来、あまりよくないわね。点検してもらおうと思ってたの。でも十時十分発のロンドン行き列車に乗れば、三時に先方と会えるわ。それでいいって向こうで言ってるから。そして四時四十五分発の列車で戻ればいいのよ。朝のうちにあなたを車で送り、つぎにガレージでざっと整備してもらい、それから大聖堂を見に行き、軽食堂で昼食をとろうと思ったのよ——なぜ大聖堂のある町には、軽食堂がたくさんあるのかしらね——そして夕方にはあなたを連れて帰るつもり」

「従わざるを得ないようだね。そのこと、ハリフォード夫妻に言ったかい？」

「ええ、大丈夫よ。わたしたち二人とも出てゆくつもりなのかと思って、誰が気の毒なウォルターの世話をやくのかと、奥さんは最初とても心配していたわ。気の毒なウォルターとはね、まったく。あなたに目をつけてるわよ、あの女。でもあなたが戻ってくると聞いたとたん、満面に笑みを浮かべたわ。ああ、いったいどういうわけであなたが呼びだされたのか、すっかりわかったらいいのに」

ブリードンは内心では謎の会見はすでに着手している問題に関するもので、新しい問題の提起ではないと確信していた。その問題はロンドンへの退屈な旅の間も、ずっと心を占めていた。明るい芝生には茶卓が置かれ、段丘に咲き乱れる花々は川へと続いている。邸内の車道には車のライトの輝きが連なっている。早朝の灰色の光が遠景の幻想的なサイロに静かに注がれ、やがてその下、濃厚な香りに包まれた家庭菜園の小径へと移っていく。なにか新発見はないかと、彼はそこの石を綿密に調べたのだ。こういった光景が彼の頭を占め、列車の単調な長方形の窓に浮かんだ。車窓に飛ぶように現われてはつぎつぎに消えてゆくペルショアの果樹や、イヴンロードの水路べりの草叢、オックスフォードに広がる陰気な煉瓦造りの建物のパノラマ、ドーチェスターの小森や丘陵、秘密の小島を浮かべたテムズ河、そしてこの飽き飽きした旅行者にビスケットとミルクのことしか思い出させない、陰気な旅の最終段階の景色もブリードンの目には入っていなかった。見たとしてもそれは意味のない背景でしかなかった。

他の場所でインディスクライバブル社の建物について書いたことがあるが、当代のイギリスの建築物をみごとに代表したもので、その主な目的は累進付加税を支払わずにすますことにあった。職員であるブリードンは、ヤシを植えた広大な中庭で金持ち相手の座興に時間を浪費する必要も、めかしこんだ顧客係にこそこそ名前を言い触らされる必要もなかった。見慣れた廊下を通り、知人とそこここで挨拶を交わした上で、本社の最重要人物五名のうちの一人と礼儀正しい謎の未知の人物が待つ部屋に入ったとき、大時計（人間の生命の不確かさを思い起こさせるために、ヘーラクレースの十二の功業が描かれている）の針は三時半を指したところだった。「やあ、ブリードン君、だね？　紹介しよう……」見知らぬ男は手をあげて、これをとめた。「できれば、名前はおっしゃらないでください。来てくださってよかった、ミスター・ブリードン」そして二人きりになると、「ご親切にありがとう。本当にご親切に」この人物は陸軍の人間だった。平服だったが、探偵でなくともそれはわかった。先の大戦中にこの手の軍人を多数知る経験のあったブリードンは、高級将校だと直感した。しかし、我々が好んで軍人の重要な要素とみなす直截さや単純さは、もっと微妙で巧妙なものに覆われていた。男はわざと悪ぶって見せようとしているかに思われた。人によっては矛盾語法と考えるかもしれないが、我々が「陸軍諜報部《ミリタリー・インテリジェンス》」と呼ぶ、あのきみょうな雑種の人間だった。

「ミスター・ブリードン、あなたについては、旧友ガレット大佐から色々聞いています。大佐の下で軍務につかれていたんでしたね？　立派な軍人だったとか。彼はよく、あなたに軍服を着せておけなかったのは残念だと言ってました。だが、今聞いたところによれば、あなたはご自分の才能をインディスクライバブル社のために使っていらっしゃるとか。利口な会社だな。目下ラーストベリで代理人を務めておられるんですね？」

「ちょっとお待ちください。その点をはっきりさせたほうがいいと思います。ぼくは要請によって、会社の代理を務めます。つまり、会社はいつでもぼくを使う権利を持つのです。だが今回はなんの命令も受けていません。単にラーストベリの夫妻のもとに友人として滞在中に、起きた事件なのです」

「友人としてですって、おやおや！　では事はやっかいになりますね。しかしながら、我々には市民として権利と同等《タンタマウント》の義務があると思われませんか？　泥棒を捕らえるのを手伝えと警官に言われれば、手伝わなくてはならない。それが法というものでしょう？　この場合状況はあまり違いません。つまりわたしが言いたいのは、ミスター・ブリードン、このすこぶる微妙な状況の下であなたのご協力を仰ぎたいのです。先刻ご承知の通り、我々は検屍官の評決に満足しているわけではありません。あれはご存じのように、単に大衆を満足させるためのものです。だが我々は満足していない。と申しましても、我々とは誰を指すのかは、訊かないでほしいのです。政府機構には目に見える以上のものがあるのです。むろん、ご存じでしょう。よくわかっていらっしゃる。さて、わたしが言わんとするのは、我々はあなたを当てにしていいか、ということです」

ブリードンは我々の大半がよく経験する状況に立たされていることに気づいた。欲しかったのは二つの異なる注意力、一つは相手の言うことを胸に刻み、それに答える力と、もう一つはあとで隠し芸よろしくまねるためにこの会見のすばらしい思い出を記憶しておく力だった。疑いなくこの男はその値打ちのある人間だ。この手の人間の一タイプとして、大いに研究に値する。その一方で、同時に感銘を受けたように見せ、呼びかけに丁重に応じる努力を少しばかりしなければなるまい。同時にブリードンはかねてより感じてきた疑問が、また頭をもたげてくるのを感じた。スパイの務めと紳士のそれは、どの程度まで一致させることができるのだろうか？

「法を守るためなら、いつでもお役にたちたいと思っています」ブリードンは用心深く答えた。

「つまり、逮捕するとか、その種の問題でしたら。だが……なにをお考えか、もう少しはっきりとお話しくださいませんか？」

「よろしい。お互い率直に話すにこしたことはありません。率直にしてまずかったことなどありませんからね。こう言ってみましょう。あなたはこの男、ワースリーが死んだのは事故だったと思いますか？」

「あの種の事故を引きおこすような状況は、どうやっても考えてみることはできませんね。それに検屍官の言うことも、あまり助けにはなりませんでした。つまり――」

「よろしい。それ以上言わなくても結構。あなたはあれを事故とは思っていない、それははっきりしている。ではこの点はどうですか？　気の毒にあの男は自殺したと思いますか？　自分の命を絶ったと？」

「その質問に答えるのはさらに難しいですね。以前には一度もミスター・ワースリーに会ったことがありませんでしたから。その人物を知らずに、自殺の問題を云々するのは難しい。だが、直前の彼の態度に、そんな様子はまるで見られませんでした。それにぼくにはあれが人が自殺するのに自然な方法には思えません。死亡の可能性はあまりに当てになりませんから」

「わかります、たしかに。あなたが言葉に気をつけていらっしゃるのは、もっともです。だがあなたは、彼が自殺したのではないと思っているようですね。よろしい。ではどこから始めましょう？

ここに一人の公人がいます。彼を失うことは、どんな立場をとりますか、ミスター・ブリードン？ここに一人の公人がいます。彼を失うことは多大な損失となることでしょう。それが最上層部の人間にとっても大きな痛手となるのは、ミスター・ブリードン、わたしは確言します。彼に対して個人的な不満を持つ者は誰もおりません。女性と取り沙汰されたこともありません。誰も彼から遺産相続する見込みはないし、彼の存在が誰かの成功を危うくすることもない。そうしたところに――」謎の訪問客は指をふいにパチッと鳴らし、このたたみかけるような長広舌に終止符を打った。

「ではあなたは、彼が他の方法で死んだとは考えられない以上、殺人に違いないとおっしゃるのですね？　そして他に動機は考えられない以上、政治的暗殺に違いないと。ずいぶんとまた、『違いない』がでてきますね。つまりこの種の政治的暗殺を危惧するような、なにか特別な理由があったのですか？　たとえば、殺すと脅迫されていたとか？」

「よろしいかな、ミスター・ブリードン、こういった政治的暗殺をやってのけるだけの頭をもった人間は、特別な理由などないときにそれを実行にうつすくらいの知恵は持っているのです。脅迫状がくるまで待っていたら――いや、危ない、実に危険です」まるでブリードンが詭弁を弄して明白な事実から逃がれたがっているかのように、相手は言った。

「ぼくはただ――いや、固執するつもりはありません。だが、今、あなたは一連の『こういった政治的暗殺』があったかのようにおっしゃる。この殺人は――殺人、それも政治的暗殺だとするなら――どの集団によるものか、伺ってもよろしいですか？　他の同様な事件と比較して、なにが起きたかを検討することはできますか？」

「ミスター・ブリードン、こういった政治的暗殺をやってのけるだけの頭をもった連中は、毎回違った方法でそれを行うだけの頭をもっていると思って間違いないのです。もう一つ言えば、新聞で読むことすべてを信じてはいけません。新聞社の連中というものは……いや、害はありませんが、読むものすべてを信じてはいけません。今回はまったく単独の事件として調べなくてはなりません。まったく単独で、ね」

「それなら、こう言った方がいいかもしれません。ぼくはなにか不正があったような気がしているが、ラーストベリ滞在中にその印象が固まれば、ひろく司法のためにこの問題を追求するべく全力を尽くす。背後に政治的動機があるかどうかは、ぼくには関係ない。あったとしても、ぼくの調査には役立ちそうもない。こう言う説明ではいかがですか？」

「ああ、しかし、失礼だが、政治的動機は本件でははっきりとした意味を持つかもしれない。個人的見解という要素が入ってくるでしょう？　たとえば、外国人は、この種の事件では英本国人より疑ってしかるべきです。社会主義者は――ミスター・ブリードン、わたしは率直に言うが――その土地に根ざしている人間よりも疑ってしかるべきです。だからわたしは、あなたとこうしてちょっとばかりお喋りをして、あなたが見過ごしたかもしれない調査の方向を一つ、二つ示しておきたいと思ったのです。では、我々のためにひと肌脱いでいただけますか？」

「その表現は少し強すぎますね。殺人が犯され、犯人が罪を逃れようとしているという結論に達すれば、ぼくは法を守るのを助けるつもりです。しかし屋敷の主人夫妻に客として滞在していると思わせておきながら、誰かを代表して動くことはできません。つまり礼儀から言って……」

「まあまあ、ミスター・ブリードン。いや、しばらくそれは考えないでください。むろんあなたは状況に最適と思われるやり方で動いていただいて結構です。我々の立場をはっきりさせておきたかっただけなのです。そして我々の立場から言うと、今回お話しすることができてとても満足です、とてもよかった。我々の疑いを正しい方向に向けるのを助けてくだされば、ご協力を忘れることはありません。そう、汽車の時間ですね。もう、お引きとめしません。来てくださって、本当にありがとう」

「あのひどい汽車に八時間も乗って」ブリードンはひとりごちた。「単にあのばかに午後のひと仕事をしたと思いこませてやったわけだ。やっこさん、えらくごたいそうな言葉を使ってたぞ。そう、同等《タンタマウント》の、だとさ。それで少しは行った甲斐があるってもんだ」

第十六章　下つ方の意見

　しかし、その日汽車の座席に座っているよりも、つまらない過ごし方があった。うだるような暑さとなった一昨日や、息苦しいほど蒸し暑かった昨日と、朝方こそ変わらなかった。だがこの日は時間がたつにつれ霧が晴れるどころか、迫ってきて、濃くなった。まもなくそれはウェールズの境界地方に特有の雨、豪雨に変わり、あたりは号泣する雨の荒野と化した。ラーストベリのやや上流に張ったお粗末なテントで野営していたリーランドは、まともに豪雨にたたられた。このような情け容赦もない雨天に備えて、本物のキャンパーならなにか秘策があっただろう。でなければ嵐に対抗する強固な精神を持ちあわせていただろうが、目下ここでは単なる詐称者でしかないリーランドは、方策を断たれた。どんなにしっかりとキャンバス地の枠組みをつかんでも、新たな穴やしわができるばかりで、そこからいつの間にかザーザーと雨が流れ落ちてきた。あえてハリフォードの土地に侵入して、近くのボート小屋に行ってみた。しかしここの屋根にも多数の穴があいており、といってモーターボートにかけた大きなタール塗りの防水布の下にもぐりこめば早晩みつかってしまうことを恐れ、絶望的になって野を横切って村の方向へと進み、日頃必需品を調達に行く小さなパブをめざした。

ラーストベリにくっついた村は、どうやってそこにできたのかわからなかった。というのは明らかに橋より古かったからで、どちらの方角に行っても二マイル以内に渡ることができる浅瀬はなかったから、川の向こう岸のもっと人口の多い村ともあまり交渉はなかったようだ。だが二、三のコテージが点在していて、朽ちかけ苔蒸した草ぶき屋根や、川べりまで乱雑に広がった立葵《たちあおい》や金蓮花が咲き誇る小さな庭が見えた。折々の不作の年に役立ち、おそらくかつて教区全体に説教と生きる糧を与えるために建てられた小さな教会があり、もっとさし迫った目的のためにより重要な、蔦《つた》のからまる低くて今にも倒れそうな葡萄亭という名のパブがあって、つねにがらんとして打ち捨てられた様子ながらも、なんとかその認可書を維持していた。酒場と個室を兼ねたパブの特別室で、リーランドのために暖炉に火が入れられた時でさえ、彼はたいして慰められはしなかった。田舎の小さな宿屋のこうした部屋には、壊れそうな階段や石鹼の匂う石の廊下に通じる、たくさんの謎めいたドアがつきものだが、そのドアを通じて湿った外気が忍びこみ血管を冷やした。それに部屋の装飾から知的な楽しみがたいして得られるわけでもなかった。マントルピースの上の枯れた蒲の束を抱えた二人の羊飼い女の像や、幼い半裸の子どもたちを乗せたまま、山羊の引く車が駆け出すさまを描いたドイツ製の数枚の石版画や、古代水牛結社（秘密結社の一つ）の証明書や、鳴らないオルゴールなどが見られはしたが。

だがテントよりはましだった。そして昼が近づくにつれ、さらに二つの慰めがもたらされた。酒を注文した上で、同じく生まれながらの本能から、飲み仲間として、またできれば情報を得るために、男性を一人か二人部屋に招きいれることにした。どんな証言の出所も見くびらず、酒場にいつまでもねばっているのは警官にとって時間の浪費にはならないというのが、リーランドのお気に入りの主義——仲間は「お気楽主義」と呼んだが——だった。ブリードンが指摘したとおり、ハリフォード夫妻はこの土地に根を下ろした人種ではなく、その流儀も習慣も土地の人間はあまり知らなかった。だが少なくとも夫妻の質朴な隣人たちは、二人の特性をいくらか捉えているだろう。ことによると屋敷に雇われている人間、いやサイロで働く作男が今ここにいるかもしれない。地元の事件に関する地元の意見は常に貴重である。人々の動きに関して、地元の情報をつかめるかもしれない。これまでのところ、殺人だとすれば屋敷に住んでいる人間の仕業だというのが、誰もが推測するところだった。それは大いにあり得た。こんな辺鄙な土地では、わずか一宿の客が敵に出くわすとは思えなかった。だが思い出さなくてはならないのは、ワースリーがこの土地を以前にも訪ねていることで、田舎風の血の復讐《ヴェンデッタ》の可能性はあった。いずれにしろ悲劇の夜か、その前日によそ者を見たものはないか、調べても害はなかろう。

まもなくパブの常連が二人、加わった。一人はパン屋の店員で、馬に乗ってゆっくりと巡回しながらパンの行商をしていた。もう一人は彼の推測では溝掘り人か石割り工で、大半の時間を人生について思いめぐらしているが、世間の耳目を驚かせるような結論には達していない男。二人ともリーランドをどこか疑うように見た。どんなに粗末な服装をしていても、休暇中の人間は紳士としての地位を占める時代は過ぎ去り、この半分濡れ鼠の半ズボン姿の男の身分を推し量るのは難しかった。しかし、リーランドは形式的な丁重さで二人に挨拶し、あえて話をしようとはしなかった。まもなく二人はかん高いヘレフォードシャー訛りで、彼の頭ごしに話しだした。二人の話しぶりに耳慣れると、すぐにラーストベリ事件のことを話しているとわかった。

検屍審問の事実認定は、地元ではなんら説得力を持たないようだった。あれほど多くの出来事があり、多数の自動車が行き来した夜には、事故死はむろん、自殺などというふがいないものは（田舎者の知恵が言うところでは）起きそうになかった。疑いもなく殺人が起きたのであり、陪審がそうでないと評決したとすれば、ハリフォードの仲間のような連中は、法に触れないようなやり方を知っていたからだと言った。法の眼から見ると、自家用馬車族が悪事をすることはあり得ず、トムやディックやハリーのようにヘレフォードの牢に入れられ絞首刑に処せられることはないという、おそらくこの地方の何世紀にも及ぶ伝統的な考えかたにリーランドは首をかしげた。同時にこれらのパブの評論家は、イギリスにもたらされた変化、貴族政治から寡頭政治へ、自家用馬車族から自家用自動車族への変化をしっかりと認識していた。その「芳しからぬふるまい」からして、ハリフォード夫妻が映画で見るような華やかな世界に属していることを彼らは知っていた。カクテルが供され、朝食をベッドでとるような屋敷には、卑劣な陰謀があるに違いないと、とうぜんのように思っていた。

またミスター・ジャクソン（溝掘り人か石割り工）はためらいもなく犯人の正体を胸に描いていた。ハリフォード夫妻が客の一人を片づけたということは、簡単にわかるじゃないか？　他の誰も窒息死させるために人間をサイロに閉じこめることなど思いつかなかったろうし、他の誰も警察の力を抑えられるほど強力ではなかったろう。動機についてはミスター・ジャクソンの説ははっきりしているが、印刷するには向かないものだ。彼の疑いは実に確固たるものだったので、胸ポケットの中の証拠がなければ、リーランドは自分もこの仮説にもう少しで夢中になったことだろうと思った。その証拠とは、ワースリーの死がハリフォード夫妻にとっては経済的災禍となり、夫妻ともに前もってそれを知っていたということだ。だが、今この二人に報せるわけにはゆかない。彼がミスター・ジャクソンを感心したように見やって、時折「ほう！」と繰り返してみせると、それを聞いてパン屋の店員は仲間の考えの深さを認めた。

ある一点についてリーランドはうやうやしく演説者を脱線させることができた。あの夜外部からラーストベリに侵入することができた人間がいたとして、その人間を捕らえれば、なにが起きたかをはるかに詳しく教えてくれるだろうか？　これは単に当てずっぽうで訊いたのではなかった。トラードの話が事実なら、あの夜、見知らぬ人間が屋敷の近くを通ったはずだった。というのもトラードの車の故障は、ラーストベリ橋の方向にのみ通じる道路上で起きたのだった。トラードの説明によると、車のガソリンをいったん空にし、ヘレフォードの方角から来た通りがかりの車から新たに供給してもらわなければならなかったという。それともトラックと言ったかな？　ともかくその乗り物の運転者は、この後トラードより少し前に車を出し、橋を渡り、ラーストベリ邸の門から数百ヤードの地点に向かって丘を登ったに違いない。ミスター・ジャクソンはこの意見に同意しなかった。ラーストベリ邸に向かう以外に、車が夜遅くその道を通ることはほとんどないし、トラックについてはこの橋は重い車両が通れるほど強固な造りではなく、トラックを走らせた場合の罰金に関する掲示板があり、リーランドもその気になれば、いつでもそれを見ることができると言うのだった。

十二時半に外のドアが勢いよく開き、新たに一人の男が入ってきて挨拶した。ジョージはどこかと訊かれて、男はジョージは医者に行き、胃炎だと言われたと告げた。新参者はサイロの作男であったのみならず、死体の第一発見者のジョン・フックウェイその人とわかった。この事実によって彼の存在がどんなにこの場をおもしろくさせたか、リーランドが警官としての本能から詰問したい気持ちをどんなに抑え、この場の英雄にそのだらだらとした調子で話をさせたかは、想像に難くない。男はすでにみんなにおなじみの事実を長々と話した。死体を見た瞬間の自分の反応を表す様々なたとえを言いかけては、まだ充分ではないと退けたりで、さらに多くの時間を費やした。だがリーランドが男に奢った酒代は無駄だったと諦めかけた時、ミスター・フックウェイは彼の干し草用三叉の異常な動きに関して、新たに補足的な話を語り始めた。

作業が終わると、三叉はサイロに残しておかずに農場へ持ちかえることになっていたようだ。置いておくと冷えてしまうことを恐れた親方、ミスター・スタート（冗談めかした非難がなされた）の命令による処置だった。殺人が犯される前夜には、それ以上運ぶ牧草がなくなったので、いつもより早く作業を切り上げたことは知っての通りである。そしてミスター・フックウェイはなにか秘密の仕事があったとみえ、農場と反対の方角、実際には橋の向こう側まで出かけていった。その仕事の性質というのは、方言によるほのめかしとリーランドの方をちらちらと見る不安気な視線から、おそらく川岸での密漁の探険行のたぐいと思われた。いずれにせよ、三叉はサイロの外壁に立てかけておいたという。ハッチのすぐ外ではなく、半周ばかり離れたところだった。フックウェイは川から戻ったときにそれを取って、帰宅途中にある農場に持ってゆくつもりだった。だがサイロに戻ってみると、それはなくなっていた。最初彼はミスター・スタートが自分で農場に持ち帰ったのだろうと思い、やっかいなことになると思った。だが驚いたことに、そんなに遠くにはいってなかった。サイロ内の壁の、ハッチから二フィートほど離れたところに立てかけてあるのをみつけた。誰か屋敷の人間、おそらくミスター・ハリフォードが盗まれるのを恐れて、サイロの中にしまったのだろうと結論づけた。というのも、夜、同氏はよくここへ来たからだ。ミスター・フックウェイはこのとき重い荷物を抱えていた。なにをとは言わなかったが、リーランドは鮭をこっそり懐に隠していたのだろうと推測した。フックウェイはハッチをよじ登るのも気がすすまなかったし、農場をすみずみまで調べまわりたいと、ことさら思うこともなかった。あれやこれやの理由から、そのまま三叉を置いておくことにした。翌朝ミスター・スタートより先に行って、気づかれる前にサイロから取りだしておけば、事はすむだろう。

ここまではよかった。だが翌朝フックウェイがその場に最初に行ってみると、彼は再度たとえることのできない感情を味わうことになった。三叉は前日の夕方五時に立てかけた、まさにその場所にあって、前夜八時にあったサイロの中には影も形もなかった。その時その場でハッチをよじ登って確かめなかったのは、きわどいところだった。もしそうしていたら、彼の言うことには、すぐ近くから死体を目にして、気を失い、おそらくステップを踏みはずしていただろう。そうせずに彼はそれ以上疑うことなく三叉を取りあげた。そしてあとでハッチを開けに登ったとき初めて、一番上からサイロの中の死体を見た。そしてこれを機にミスター・フックウェイはふりだしに戻り、もう一度最初から話を繰り返した。

葡萄亭でのシンポジウムがこの新たな謎を大いに解き明かしたとは言えない。未知の人間、もしくは人間たちが三叉の先でワースリーをサイロの中に「追いこみ」、閉じこめたのだというパン屋の店員の説は、概して一同の賛同を得たようだった。リーランドはこの件をはっきりさせるには、もっとよく考えてみなければと思い、同時に豪雨がおさまって小降りとなったのに気づき、自分の寝ぐらに戻った。その昼下り、霊柩車がセシル・ワースリーの遺体を乗せて、火葬場へと時速十五マイルという行儀のよい速度でラーストベリ橋を渡ったときには、空はすっかり晴れあがっていた。

第十七章　ミスター・トラードのアリバイ

三叉の件はブリードンと話す機会がくるまで、お預けにすることにリーランドは決めた。出来事全体がブリードンがウォールド・ガーデンで経験した、きみょうに物が現れたり消えたりした現象と、どことなく一致しているように思えた。それに問題はあまりに理論上のことで、あまりに薄弱な手がかりなので、リーランドの好みにはあわなかった。彼は荒っぽい探偵仕事の方が好きだった。さらにもう一つ調べなくてはならない線――トラードのアリバイ全体――があった。たしかに警察での彼の宣誓証言は、立証する価値があった。彼の説明によれば、殺人の夜、門からわずか一マイルほど行ったところで、車のエンジンが故障した。修理の腕には自信があったので、手を尽くして直そうとしたが、ついにガソリンタンクに水がいくらか入ったに違いないと思いあたった。ラーストベリではポンプではなく、缶から給油しており、以前に穴が開いて水が混入した缶の話を聞いたことがあった。レースを抜けて車庫に車を戻そうと決め、タンクを空にした。予備のガソリンはなかった。誰かがたまたま通りかかって助けてくれない限り、レースの他の参加者の帰りを待たなくてはならない。そこまでは彼の話はもっともだった。その点以降については（ヘロドトス（前五世紀、ギリシアの歴史の父と称される）なら言うだろうが）説明はとうてい納得できるものではなかった。

彼の説明によれば、一台のトラック——それはトラックだった——が真夜中少し過ぎにやってきた。幸運にもガソリンを積んでいたので、男から買い、かくして十二時十五分過ぎ頃にラーストベリに戻ることができた。フィリス・モレルの話によれば、十二時二十五分頃に通りかかったときにトラードはまだそこにおり、合図してきたが、彼女は車強盗ではないかと恐れ、速度を落とすのを拒否した。とすると善きサマリア人は、それが誰であろうと二十五分よりあとでなければトラードを追い越せなかったはずになる。そしてフィリスが彼が車庫に車を入れる音を聞いた、あるいは聞いたと思ったのは、十二時四十五分のことだった。この証言の食い違いによりすでにぐらついている話は、内在的証拠によりさらに疑わしくなった。ミスター・ジャクソンは間違っていなかった。橋に目をやってみて、リーランドはトラックの通行を禁止する、よく目につく掲示を見た。ひょっとすると、この地域に不慣れな運転者が知らずに通ったのかもしれない。だがトラードの話全体が作りごとのように思えた。レースから脱落してからの彼の行動に関しては、十二時二十五分過ぎ頃にラーストベリから一マイル離れた道路上に、車とともにいたというフィリス・モレルの証言——彼は強く否定したが——以外には、たしかなことはなにもなかった。

彼の話の真偽をいかに検証したらいいかは、すぐには考えつかなかった。ハリフォードは運転手を雇ってなかった。車庫の掃除が必要になると、屋敷の臨時雇いの男がやった。そして他の連中同様、彼もあの夜モーターボートの探険行に繰り出していた。おそらくは架空のトラック運転手に名乗りでてほしいと広告を出しても、なんら実ある結果は出そうになかった。話を再現するために、トラードのガソリンタンクに水を注いでおいた上で、車に乗せてくれるように頼み、同じトラブルが起きたらどうするかを見るべきだろうか？　いや、それは駄目だ。トラードに偶然紹介されたことを、そんな風に無駄に使うのはもったいない。ヘレフォードから応援の警官を一人頼み、その男にトラック運転手のふりをさせてトラードに会わせ、ガソリン代として支払われた中に偽シリング貨があったと、丁寧に、しかしきっぱりと苦情を言わせたらどうだろうか？　協力者と偽シリング貨を入手するのは簡単だろうが、そのような手段をとれば、トラードが有罪の場合、目をつけられていると彼に警告することになってしまう。無罪なら、ぺてんにかけられたと、騒ぎを起こすかもしれない。問題の深夜走っていた車に関して、地元の警察に訊くことはできるだろう。駈け落ちレースで轍がすべてめちゃくちゃになった川のヘレフォード側ではなく、ラーストベリの先の道路についてだけだ。トラードが本当に通りすがりのトラックからガソリンを分けてもらったのなら、そのトラックは跡を追えるはずだ……。

考えてみると、これらすべてにはべつの側面がある。トラードが真実を語っているならば、あの夜、ラーストベリの近辺を一台ではなく二台のよそ者の車が通ったことになる。トラードを助けたトラックか乗用車の他に、約十分後にフィリス・モレルが通りかかったときに呼びかけた人物の車があった。そしてその車はラーストベリか、その近くで停車したに違いないと思われる。でなければフィリスは、十二時四十五分にトラードが車庫に車を入れる音を聞いたと思うはずがない。トラードがなにをしていたかをはっきりさせるためだけでなく、結局ラーストベリへの見知らぬ訪問者はいなかったということを確認するために、トラードのアリバイを調べなくてはならない。解決を諦めて、リーランドは夕方近くにトラードの言う車が故障した場所へと巡礼の旅に出かけた。「場所の配置」を知っておいた方がいい。あのカーレースの夜、どこか近隣のコテージの住人が目を覚ましていてそれを記憶しているといった、外部からの情報が得られる見込みはある。この最後の望みは失望に終わった。「森のはずれの大きな干し草の山の近くの曲がり角」は間違いなくみつかったが、ここで警笛を鳴らしても聞こえる範囲にコテージはなかった。日中でもとても静かなのだから、この場所が夜間どんなに寂しい所かは疑問の余地がなかった。深い森の中で動くものも、広い車道をさすらうものも、なにひとついないようだった。牧草地で働いている人間も、まわりの小道をとぼとぼと行く人間も一人も見られなかった。ただ木の葉から落ちる露のしずくの音と、道路脇の小川のせせらぎが静けさを破っているようだった。そう、自身の目的のために真夜中のレースから脱落し、思いがけない故障を仕組みたいのなら、選びそうな場所だった。そして同じ時刻に車で通れば、公道に出る強盗が潜むような場所と容易に思うことだろう。一人の男が道路に立ち、相棒があの生い茂る生け垣の後ろに身を隠すのは簡単だ。それとも生け垣の後ろには盗品の隠し場所でもあったのか？　ごく細かい点に対する自分の好奇心を満たすうちに、リーランドはそこまで歩いた努力に充分報いる発見をした。刺草の厚い床に、道路から生け垣ごしに投げられたに違いないガソリンの空缶が転がっており、まだ色は鮮やかで錆びも出ていなかった。大量生産のきちょうめんな慣習に祝福を！　缶の底には登録番号が記されていた。番号を手帳に慎重に控えると、ヘレフォードの本街道との交差点にある一番近い電話ボックスをめざした。それが警官であることの利点だった。百万個のガソリン缶の中から一缶を追い、最初にどこで注油されたかを調べ、どのように持ち主が変わり、どこのガソリンスタンドが誰に売ったかをみつけだす、限りなく勤勉な組織が背後に控えている。ブリードンにはとうてい、そんな芸当はできない。

てくてくと野営地に戻りながら、リーランドは自分を悩ませている疑念の行方をとっくりと考えてみた。警察の尋問でトラードが嘘を言っていたのなら、そしてそれがトラードが殺人を犯しているため、もしくは少なくともひそかに関与していたためだとしたら、彼の行動をどのように再構成したらいいだろうか？　車の故障は明らかに単なるみせかけだった。金が懸かっているレースに参加したときに、アーノルド夫妻やカーバリ夫妻が手を貸そうと申しでて、トラードを当惑させる心配はほとんどなかった。パーティーの残りの連中は数時間は戻らないと見こんだに違いない。フィリス・モレルが早く戻ってくるとは、思いも及ばなかったろう。しかし、しなくてはならないことはすぐにする方が安全だった。思いがけない出来事が起きる可能性は考えておかねばならなかった。そこで追跡に繰り出した人々の車が消えるとすぐに、トラードは車の向きを変えて、まっすぐに邸内の車道のはずれまで走らせ、おそらくそこからは召使の眠りを妨げないようにと歩いたのだろう。それはおよそ十一時半頃だったはずだ。早寝の習慣のワースリーが、すでに床に就いていると思ったのかもしれない。実際は寝室で服を脱ぎはじめていたところとみる方が、証拠にはあう。同じ証拠によれば、寝室で乱闘があったとはとても考えられない。ワースリーはなんらかの口実で散歩に出ないかと誘われたか、あるいはなにか架空の手に負えない車の故障を直すために、手を貸してほしいと頼まれたに違いなかった。いずれにしても、ちょっと来てほしいという話だったのだろう。

ワースリーは腕時計や眼鏡さえ持って出ようとしなかった。二人は車へと向かった。おそらくワースリーは屈んでなにかを調べてほしいと頼まれたのだろう。そうしておそらくクロロホルムをしみこませた脱脂綿がまず取りだされる。もみあううちに被害者はカラーボタンを引きちぎり、服を少し破り、攻撃者を撃退しそこなう。つぎに犯人は車のクッションか手近にあるなにかを使って窒息死させておいてから、慎重に死体を処分する。ハッチから放りこまれたのかもしれないし、ひょっとすると簡単には動かないが滑車が使われ、死体はいったん天窓のそばの台の上に引きあげられてから、柔らかい牧草の上に落とされたのかもしれない。これらすべてをやるのに、そんなに長くはかからなかったろう。戸外で三十分ほど。どんなに遅くなっても、十二時には終わる。

つぎに彼はどうするだろうか？　もちろん、できるだけしっかりしたアリバイをつくろうとする。そしてここになにか大きな間違いがあるに違いない、とリーランドは認めざるをえなかった。十二時二十五分にフィリス・モレルを見かけたことを認めれば、トラードにはアリバイがなくなってしまう。十二時十五分までに屋敷に帰っていたと主張すれば、なおさらだ。けっして名乗りでようとはしないトラック運転手と称する人物以外には、故障でどのくらい手間取ったかを証明する者は誰もいない。駈け落ちした男女が帰るのを待って、自分の行動に対するある種の裏付けを得るつもりだったのかもしれない。だがその場合には時間がかかりすぎて、道端でずっと待っているわけにはいかなかったはずだ。こういう風に考えたらどうだろうか？　トラードは交通がとだえることを計算に入れず、真夜中を少し過ぎれば通りかかる車をとめて、自分がラーストベリから一マイル離れたところにいたという証言を得られると考えていた。時間はどんどんたったが、誰も通らなかった。

そのうち十二時二十五分に、フィリス・モレルの車のライトを見た。彼はラーストベリのパーティーの仲間が誰にしろ、この時間に戻ってくるとは予期しなかった。だからよそ者の車と思って、運転者に向かって手を振った。だが車は単に速度を上げ、走り去った。証人として使えなかったので、彼はがっかりして屋敷に戻り、自分のありのままの話以外、証拠として提出できないことを悟って、戻った時間を十二時十五分とした。貧弱なアリバイではあったが、彼が十一時十分から十二時十分まで車をいじくり回していたと主張し続ける限り、陪審は証拠不充分により無罪とみなすだろう。

警察の尋問が迅速に行われたのは幸運だった。パーティーの参加者たちは共謀して話をでっちあげる時間がなかった。道路で追い越していったのがフィリス・モレルと気づかなかったトラードは、自分の行動の時刻を偽った。そしてフィリスははからずも彼の嘘をあばいてしまった。リーランドは再度、アリバイ工作の不充分さに首をかしげた。長時間車の修理にかかっていたという印象を与えるために、トラードは実際にガソリンタンクを空にし、携行していた缶から給油した。その点は明日には警察本部の情報により、すっかり明らかになるだろう。だがもしリーランドが、トラードを殺人に結びつける確固たる痕跡をみつけだしさえすれば、みえすいた口実などはざっと調べただけで吹きとんでしまうだろう……やれやれ、犯人が百パーセントの天才でなくて、助かった。

背後から車が一台やってくると、速度をゆるめ、彼のためにドアが開けられた。ヘレフォードから戻ってきたブリードン夫妻だった。ブリードンから謎の会見の話を詳しく聞いて、リーランドは大いににやにやし、警察の幹部連中はありがたいことに大衆が思うよりは賢いものの、ひと度諜報機関と接触すれば、なにが起きるか覚悟しなくてはならないと認めた。お返しにリーランドは自分の一日を報告したが、ヘレフォードシャーの気候や、キャンプを娯楽の一つとみなす人種の知恵や、赤い煉瓦造りの屋敷に滞在し朝早くから召使がお茶を運んでくる人種の幸運について、辛口の批評をつけ加えた。彼はまた地元のゴシップの受け売りをしたが、トラックが通行禁止となっている道路上で、トラックからガソリンを譲り受けたと主張する男をまったく疑わないか、とブリードンに尋ねた。生け垣でその後発見したものについては話さなかった。証拠と認める前に、調査結果を確認しておきたかった。だが彼は三叉の物語をし、大いに受けた。ブリードンは非常に難しい顔をし、当惑に眉をひそめた。「畜生、あの三叉か！　とうていあり得ないことがつぎつぎと起きているかのように見えるのは、いやなものだな。そしてぼくにはこれがまるであり得ないこととは、けっして思えないんだ。むろん、本当に興味を感じているわけではないが、それでもきみに調書を借りてよかったよ」

第十八章　ご婦人方の意見

ブリードンが大物と密談中で、リーランドが心の広い人々と親しく酒を酌み交わしている間に、アンジェラも事情聴取を行い、知人の一人と親密になった。大聖堂を見てまわるようなとき、単に急いで回ろうとするときには時間はまるで足りなくなるが、待ち時間を埋めようとするときみょうなことにあり余る。アンジェラは十時少し過ぎにマイルズを見送った。十一時半になる頃には目をつぶっていても大聖堂がわかるという気がし、時代遅れの町のあまり数多くない他の施設に退却するしかなかった。軽食堂をみつけ昼食をとりはじめた頃には、誰でもよいから話し相手が欲しい気分になっていた。そして運が向き、フィリス・モレルが向かいの席に座ることになったが、彼女は速度違反の罰金を支払うためへレフォードに来たらしかった。

軽罪判事により課された罰金は、なんら矯正効果をあげなかったようだ。率直に言って彼女は法廷の見解に納得していなかった。「くだらないったらないわ、今日のわたしの簡易裁判とラーストベリの検屍審問を比較するとね。全部の週刊紙にその肖像写真が載った男の死は、心配し大騒ぎすべき性質のものだけど、それと比較すればモレルという女が車を走らせた速度なんて些細な事だと思わない？　それなのに！　ラーストベリでは連中は証人の言葉にはひと言も耳を貸さず、あのばかな検屍官ときたら、こんなことは再び起きてはならないといった態度をとるだけだった。まるでまた起きそうだというようにね！　わたしの方はと言えば、スピード違反をきっとまたやるわ。そのうち、きっと。でも連中はそんなことは気にしてないの。気にしてるのは、モレルという女に対する復讐だけ。たくさん罰金を払わせて苦しめてやれ、とね。でもまぬけな新聞がほのめかしているように、殺し屋の一団が気の毒なセシル・ワースリーを殺したんだとしても、うまく逃げおおせるでしょうよ。そうじゃない？　まあ、なんておいしいコーヒーなの！」

「うちの人もいつもそう言ってるわ」アンジェラは同意した。「今日びの警察は正義にも道徳にもなんの関心もなく、一糸まとわずにピカディリー通りを歩いたって、単に交通妨害で拘留されるだけだろう、ってね。大衆を躾けるには、自動車の衝突事故より殺人の揉み消しの方が害が少ないと、警察は思ってるみたい。でもね、あの検屍審問が典型的な審問とは思わないわ。こうしたショーは何度か見てきてるけど、検屍官はたいてい自分の宣伝効果があがるので殺人事件を望んでいるような印象を受けたわ」

「それにむろん、それによって彼の存在が正当化されるものね。保険会社が請求額を支払うのと同じことよ。保険会社は保険金を喜んで払うといつも聞かされてるけど、いざとなると連中はけっして喜びを顔には出さないわよ。あら、うっかりした。こんなことは言うべきじゃなかったわね」

「まあまあ、うちの人にもわたしにも会社に対する義理はないわ。好きに言ったらいいのよ。実際インディスクライバブル社は憎らしいほど金持ちだから、本当に支払うのが好きなんじゃないかと思うほどよ。おじさんが学校に行ってる甥に小遣いをやるようにね。会社が一万ポンドしぶしぶ払うときには、自らの気前のよさにご満悦、って感じよ。けれどやたらにおせっかいな人間を除いて、自分の存在を正当化することが、大半の人間が大半の事をする理由だと思うわ。あの記事にはなにか意味深長なことが書かれてたと思う？　殺し屋に関して、だけど？」

「とんでもない。単に身の毛がよだつ思いをさせようとしてるのよ。他のことはかなり冷静に受けとめるようになっているのに、いまだに殺人という言葉にその効果があるのはおかしなものよね。なぜ殺人がそんなに悪いの？　わたしたちはみな死ななくてはならないし、人類に殺人以上に幸福をもたらす犯罪はそう多くはないわ。むろん、思慮深くやった場合のことだけど」

「そこが要点なのよ、確かに。難問を解決するのに暴力を使うのはいかさまよ。たとえば大戦や自動車事故で人を殺した人間は、誰でもたくさん知ってるわ。でも殺人はべつよ。卑怯なやり方で状況を利用するもの。殺人者は自ら失格者となるのよ。そう感じるわ」

「あなた、ほんとにそう感じるの？　ねえ、確実ではないけれどある人間が人殺しをした可能性がかなりあるとき、その人のことをどう思う？　たとえば、その人と結婚する気になる？」

アンジェラの頭は一瞬くらくらした。次に彼女は思いだした。(一) リーランド以外誰もこれまでトラードを殺人と結びつけた者はおらず、(二) トラードは昔殺人事件の裁判に巻きこまれたことがあり、(三) アンジェラがこのことを知っているのをフィリス・モレルは知らないだろうし、(四) フィリスはトラードを殺人犯とはまったく思っていないだろうこと。だがフィリスがほんのわずかだが顔色を変えたのをアンジェラは見てとり、この場はうまくつくろわなくては、と思った。

「なにか以前にもこんな風に感じたような気がするのよ。ワーズワースの詩『霊魂不滅を思う』みたいに。これまでの自分の人生で、殺人犯と結婚する気になるかと訊かれたことがあったろうか、なかったろうか?……ええ、わかったわ。かつてわたしにちょっとばかり惚れているようなそぶりを見せた若い男に、彼を殺人犯と思うか、思うなら、そこに座って彼と話すのはいやか、訊かれたことがあるの。本当のところいやだった。彼が殺人犯と思ったからじゃなく、ひどいオックスフォード訛りだったから。思いだせるのは、その人が殺人を犯すような人種とは思わないと言って、彼をいらだたせたことだけ。でもあなたの質問については、どうかしら。すべては容疑をかける根拠次第だと思うけど。つまりあらゆる外的状況がその男が凶器の持ち主であると指し示しているようにみえるために殺人犯と疑われているのなら、心配しないと思うわ——その男が人を殺すような人種でなければね。でもその性格や素性から殺人犯と疑われているのに、なんらかの法的問題からそれが立証できないために有罪とされないのなら、そのときはもちろん、考え直すな。つぎはわたしの番かもしれないと思いながら、床に就きたくないもの」

フィリス・モレルはコーヒースプーンの先を長いことじっと見つめていた。「でも誰が殺人犯で誰がそうじゃないなんて、そんなに簡単にはわからないわよ。雰囲気の問題と言えるかもね。けれど具体的にいうと、カーバリのおっさんは殺人を犯すような人種かなあ?」

「ともかくも結婚したいと思う男ではないわね」アンジェラが言った。「つまり、あの人のぞっとするほどがさつな態度には、いつもわたし、悲鳴をあげたくなるの。概して積極的な人だと思うけど。あまりわたし、寛大とは言えないわね？　でもこれ、あなたが言いだしたのよ。彼は男らしい男、行動の人だと思うわ。それに人生の価値について、なんの幻想も持ってない。南アフリカの原住民について気の毒なミスター・ワースリーとえらく口論してたの、聞いてたでしょ？　それにわたし、彼はあまりものを深く考えないから、心に恨みを抱くと、いつまでもいつまでも持ちつづけ、ついにはひどいことをしでかすように思うの。でも彼に会ったのはつい数日前のことだから、案外俗人の恰好をした聖人だったりして」

「あなたは人間を見る目を持ってるわ」

「信じちゃだめよ。はったり上手の探偵夫人ってところよ。ところで、あなたの番よ、ウォルター・ハリフォードはどう？」

「のん気すぎると思うな。誰かが自分の妻と駈け落ちしたら、英国かぶれのインド紳士みたいに、はてさて、実に憂鬱だな《マイ・ゴッド・ハウ・アノイング》、って言うでしょうね。考えてみると、彼が殺人を犯すような人間なら、とっくにマートルを片づけてるわ。今度はわたしが寛大でしょ？　もちろん、マートル・ハリフォードは親切よ。というより、とにかく他人に口だしするのが好きなの。でも激昂すると、えらく神経過敏でがむしゃらになるわ。ウォルターが殺人犯だとしたら、単純な殺人だと思うな。羊を追いつめて殺した犬を撃つように、とうぜんのことと考えるでしょうね。殺人を犯すことができるかどうかについては、概して彼には低い点をつけるわ。そして結婚に向いているか、にもね」

「でしょうね。でも彼は率直だわ」

「エイドリアン・トラードはどう？」

アンジェラの目は稀な特性を備えていて、その親しみのこもった目には、訊きづらい質問を投げかけるようなところは少しもなかった。フィリスに向けた視線は長すぎも、強すぎもしなかった。相手の目に浮かんでいたのは無関心、あるいは無遠慮さだったが、そこに冷たい憤りの色はなかった。

「ミスター・トラードですって？　残忍な心を持ってはいるけど、残忍な性質ではないわね。独裁者にでもなったら、自分の意見に従わない多くの人をギロチンに送るでしょう。自分の理屈に夢中になって、たぶんわたしたちみんなにとって事を非常に不快にするでしょうね。そんな男もいるわ。誰かが大衆にとって災禍を招くと思えば、たいして根拠がなくても暗殺を実行するんじゃないかな。常に一種の処刑人としてふるまうのよ。でも真に私的な殺人は犯さないと思うわ。自分自身の目的をかなえたり、感情を満足させるだけの殺人という意味だけど。あなたはどう思う？」

「あなたは彼のうわべにとらわれてるみたい。男というものは実際よりも、情に流されず、客観的な人間だと思われたいものよ。抽象的な思考にしか興味がないように相手に思いこませたがるけど、もっとよく知ってみると、ロマンチシズムの塊なのよ。彼はなんらかの行動規範に従って、ドン・キホーテ流の動機や、騎士道や、ふだんは信じていないふりをしている感情の一つから、殺人を犯すことができると思うな。それはむしろ魅力的な種類の殺人だと思うし、彼を今より好きにならないとも限らないわ」

「それでわたしが実は人を評価するのがとても下手だってことがわかるわ。とてもそこまでは考えられなかった。魅力的な殺人というのは、わかる気がするけど。でも、彼は結婚してもいいタイプの男でしょう?」

「まあ、そうね」フィリスはやや無関心にすぎる様子で答え、まるで見当違いなことを言い足した。「それでも、結婚しようと思う男が殺人犯か、そうではないかは知りたいと思うでしょう。それを認めようが、認めまいが、違ってくるもの。実際に殺人を犯していたら、人殺しをする種類の人間であることがわかり、少なくともいくらかは、その男のことを知ることになるわ」

「カーバリ夫妻について教えてよ」アンジェラがふいに口を挟んだ。「あの人たち、よくここに来て泊まるの? 奥さんのというより、ご主人の友人のような印象を受けたけど。もちろん、誰が滞在するかは最終的には奥さんの意見で決まるんでしょうけど。アーノルド夫妻についてはわかるわ。あの人たちは親戚だし、親戚には礼儀正しくしないとね。うちの主人にはそこら中に親戚がいるのよ。なぜハリフォード夫人がカーバリ夫妻を嫌ってるのに、しばしば呼ぶのか、わからないわ」

「そうね」フィリスは同意した。「もちろん、客を呼ぶのはマートルよ。そしてわたしの口から言うのも変だけど、招いた客が他の客の気に入らないかもしれないと心配して、客選びにはうるさいのよ。あの人たちには以前ここで会ったことがないし、噂を聞いたこともなかったわ。おそらくウォルター・ハリフォードが自分で呼んでおいて、取り消すには手遅れだと思ったんじゃないかな。かわいそうに、ミセス・カーバリときたら! 招かれざる客といったところね」

「でもわたし、ミセス・カーバリが好きよ。あの夜、晩餐の席であの人、あんまり浮かれていたのでウサギの籤を引いたのかと思ったわ。引いたのは空籤だったのね」

「あら、わたし、マートルが籤を引き当てたのを知ってたわ。あの人をもっとよく知るようになると、計画通り事が運んでいるかどうか、いつだってわかるわ。自分のやり方でないと、気に入らないのよ。だけどわたしが駈け落ちの相手と思ったのは、セシル・ワースリーだった。異常なほど陽気だったし、なにか秘密をためこんで今にもはちきれそうって、感じだったもの。もちろん、今は彼が自殺をしようとしていて、それが秘密だったことがわかるけど。あの陽気さは、わたしたち全員の目をあざむくために装っていただけだった。わたしはそうみるわ」

「あなた、本当に自殺だと思うの？　うちの人は、サイロのガスは中毒自殺するには充分とはいえないと考えてるわ。そして充分だとしても、ミスター・ワースリーはそのことを知らなかっただろうと」

「もちろん知ってたのよ。ウォルター・ハリフォードに話してたもの。ところで、大声をあげて、勘定書をもらわなくては。ラーストベリに戻って、お葬式に出なくちゃならないの。実際はお葬式はあそこではなくて、べつの場所でだけど、霊柩車で棺を運ぶのよ。今夜また会いましょうね」

第十九章　大聖堂の町異状なし

ガソリン缶についてのリーランドの問い合わせに対する返事は、翌日、土曜の朝に暗号電報で届いた。その缶はゴールダーズグリーンのエヴァーオープン・ガレージに送られたものとあったが、ガレージの経営者のP・モレルについては警察にはなんら情報はなかった。缶はそこで売られたわけではなく、二週間ほど前に経営者の車に積まれたようだ。

望みがかないすぎるということがある。リーランドはガソリン缶の登録番号から、トラードを助けた車があれば、つきとめたいと思ったのだった。もう一方で缶が実際トラードの車に最初から積まれていて、助けてもらったというのは作り話であればよいとも思っていた。今やトラードはフィリス・モレルの車にあった缶からガソリンを補給してもらったとわかった！　すなわちトラードのみならずフィリス・モレルも嘘をついていたことになる。トラードはまったくアリバイを作れなかったのでフィリスに頼んだのかもしれない。重要な事柄を隠していたのだから今や彼女の言葉には意味がないし、共犯ではないかという疑いさえでてくる。唯一これに代わる解答は、レース開始前にトラード自身が缶を買うか、借りるか、盗んでいた場合だった。いずれにしても、未知の車の存在は今となっては信用する必要はなかった。ブリードンを捕まえ次第、すべてを説明しようとリーランドは決心した。長く待つ必要はなかった。朝食後一時間もしないうちに、ブリードンは待ち合わせの場所に現れた。

「なるほど」ブリードンは言った。「だが、きみは最初から、あの二人を疑ってはいなかった。検屍審問で二人に関してこんなに多くの問題点があることを指摘していれば、大衆は少なくとも彼らをワースリーの死と結びつけて考えたかもしれない。だが目下きみは彼らから事情聴取する立場にすらない。たとえそうしてもうまくいかないさ。きみが言うように、トラードが真夜中より前にワースリーを殺したとしたら、誰かが通りかからないかと道路でぐずぐずしているなんてことはないだろう。キングズノートンに向け全速力で車を走らせ、故障は思ったほどひどくなかったと言い、自分のアリバイ工作をそのスピードに賭けただろうな」

「ああ、だが真夜中より前に死んだのか、今は確信が持てないんだ。これが二人の共犯で、殺人をやってのける前に、なんらかの理由で二人ともその場にいなければならなかったとしたら？　その場合はトラードは故障、そしてミス・モレルは警察に捕まったという、それぞれべつの口実を二人がもうけたのは、とても利口だよな。トラードは道路脇でヘレフォードから共犯者が戻るのを待っていた。それで二人はまるで関係ないように見えるよ」

「ああ、だがなぜ二人は行動に関して話をあわせなかったのかな？」

「はったりだよ、それも巧妙な。検屍官が出した結論通りになることを彼らは予測したのさ。つまり、べつべつの時間に二人はラーストベリに戻り、途中では会わず、ミス・モレルは他の車を見てトラードと思いこんだと」

「だとしても、医学的証拠をなんとかしなくては。きみの新たな説明では、殺人は午前一時頃に起きたことになる。だが医者は真夜中より前と考えた」

「だが、確信しているわけではなかった」

「それにもう一つ。十二時半に二人が戻ったのなら、なぜ部屋で寝ているワースリーをみつけなかったんだろう？」

「いや、それは仕事があったからさ。我々は彼が起きていたことを知っている。翌朝いつもより遅く起こしてくれと念入りに頼んでいたからな。ワースリーは寝ずに起きているとみな知っていた。むろん、危険はあった。召使たちが一時には戻ってくるかもしれなかった。実際は戻ってこなかったんだが。だが二人は召使たちが出かけているとは考えなかったと思うね。あたりにたしかに誰もいなくなるように、一時まで待ったんだろう」

「さてと、どうする気だね？　逮捕して、はったりをかます気かい？」

「むろん、そんなこと、できないのは、きみだって知ってるだろう。いいや、唯一できるのは、ここに滞在して二人を見張ることだ——ことにトラードをね。考えてみると、なぜ彼はまだここにうろうろしてるんだろう？　あるいはフィリスは？　多少とも喪に服している家なら、出て行くのが礼儀ってものじゃないかな？」

「フィリスに関して言えば、ミセス・ハリフォードがいてくれるよう頼んだのではないかな。夫人は屋敷に一人、女性にいてほしいみたいだから。トラードはべつだ。実際、なにを考えているのかわからないな。昨夜ミセス・ハリフォードはアンジェラに、なぜトラードが出てゆこうとしないかわからないと言ったとさ。彼はここに三週間近くもいるが、近ごろの青年は礼儀を知らない、ともね。ぼくの考えでは、ミス・モレルに惚れて、離れられないだけだと思うね」

「ほら、そうだ。二人が結託していると認めるんだね」

「ぼくはそんなことは認めてない。こういったことに千里眼を持ってるつもりのアンジェラは、トラードはたしかにミス・モレルに惚れていると言うんだが、だからといってそれはなにも証明してはいない。しかし、きみがトラードを見張るつもりなら、すぐに始めた方がいい。朝食の席で彼は今朝へレフォードに行くつもりだと言い、何か用事があればしてこようと申し出た。その程度のたしかな情報ならやってもかまわないよ」

「よーし！　ぼくも行くよ。誰も一緒に尾行する者がいなくて、やっかいだな。残念ながらやつはぼくの顔を知ってる。それでも、公道を行ってもかまわないだろうな」

「車はどうする気だ？」

「ああ、乗ってきてるんだ。村のパブにとめてある。取ってきて、橋の反対側にとめておこう。彼の車はなんだい？　しめた、それなら簡単にわかる」

　リーランドは屋外で誰かを尾行するときには、その先を進み、相手に追い越させる主義だった。そうすれば最初から疑われずにすみ、相手を一度しっかりと見ることができるという戦術的利点がある。彼は橋のすぐ先の道路脇にとめた車の中で待っていたが、曲がり角で警笛を鳴らす音を聞き、ねらう敵が丘の斜面を下りてくるのをバックミラーにとらえた。つぎに彼は車をスタートさせ、快調に数百ヤード走らせてから、トラードに追い越すよう手を振って合図した。追い越す際にトラードの注意はとうぜん道路にいったが、リーランドは彼に視線をやり、同乗者がいないこと、旅行鞄を載せていないこと、汽車の旅をするような身仕度は整えていないことを見てとった。ではこれは逃避行ではない。だがこの怪しげな作家がヘレフォードかその先で、どんな連中とつきあっているのか見るために、この遠征はついてゆく価値はあった。

最初訪れたのはガレージだった。ここでトラードはゲームのルールを破って車から出たが、明らかに車の修理を指示するためだった。自分が車内にいて、尾行している相手が歩いているとき、自分も車を降りたほうがいいかどうかの判断は常に難しい。だが車で尾行するには町中の通りにはあまりに多くの障害がある。リーランドは適当な宿屋まで車を走らせ、駐車し、相手がやってくるまでアーチ門の陰で待った。リーランドは充分な距離をおいてあとをつけはじめたが、二人は明らかに町の中心街に向かっていた。歩道がもっと混んできたら近づくつもりだった。トラードの目的地は意外な場所だった。彼は大聖堂に入っていった。この唯物論の時代には教会はもはや逃亡者にとって聖域ではないが、なかには珍しく犯罪者の役に立つ教会もある——異なった通りに向けて開いた複数の戸口があり、時には側廊の闇の中で追跡者をかわすこともできる。

だが大聖堂の境内は、しばしば訪ねてゆくほど修道士と親しい間柄でなければ、たいして役に立つものではない。トラードは単に観光に来たものとリーランドは思い、十分は出てこないだろうと見こんだ。そこでどこかで建物の二つの入口を同時に見張る必要ができたときに備えて、急いで地元の警察署へ応援を呼びにいった。そして二人して店の前に立つとショーウインドーを覗きこんだ。おそろしく退屈ではあったが（婦人用帽子店だったから）、脇に大きな姿見があって境内の入口を見張るには好都合だった。二十分たち、二十五分たって、ようやくトラードは出てきたが、その物腰には救済を得たという感じは少しもなく、見るからにのんきに見えた。彼が見上げた時計は十一時四十分をさしていた。自分の腕時計で確かめると、今度は床屋に入っていく。どうやら無意識のうちに、尾行者の仕事をできる限りつまらないものにしようと決めているようだ。ヘレフォードを通るすばらしい本街道のように交通の激しい道路ほどうんざりするものはない、とリーランドは思った。家畜の群れがぞろぞろ通ったかと思うと、飛行機半分も乗せているかと思うような長いトラックが行く。それからスチームローラーや、どこかの業者のりんご酒を宣伝する白い上っ張りに白い帽子のサンドイッチマンの行列。職業柄通りをぶらぶら行く者にとってとかく話の種となるこうした刺激も、床屋の入口を油断なくずっと見張り、中の男がシャンプーをしてもらう気かどうかもわからない人間にとっては、おもしろくもなんともなかった。

十二時を一、二分過ぎた頃、頭髪をきちんと刈りこんだトラードが出てきた。そして昨日のリーランドと同様、彼も腕時計を見て、思いやり深い政府が人間は喉が渇くという事実をよく知っていることに気づいたようだ（イギリスではパブの営業時間は法律で決められている。通常正午前後に開店）。一、二軒パブを見て歩いたが、結局焼き付けタイルで正面を固めた、地味な店に入った。しかし、この喉の渇きを覚える時間帯に店は営業しており、さっと通路を見ると、サンドイッチマンたちがすでにここで肩の荷をおろしていた。リーランドは助手を中に入れようかと思ったが、もっと大事な用事に備えて外で待たせた。サンドイッチマンたちはまだ昼飯時にはなっていないとみえ、十分ほどで出てくると、来た道を戻っていった。曇りガラスの向こうのバーにまだ一人、男の輪郭がぼんやり見える。

これまでの張り込みが退屈だったとしたら、今度のは難行苦行だった。一時になり、自動車の警笛がやみ、銀行の戸口には鍵がかけられ、人々は職場から帰宅しだした。今度こそ昼時というべき時間になったサンドイッチマンは、曇りガラスの中へと急いだ。そしてようやくトラードが出てきたが、延々と飲んでいたにしてはしゃんとしていた。その行動からいって、少なくともなにか重要な用事をしているようには見えなかった。来た道を戻り、大聖堂のそばを再度通りながら、リーランドはむかつくような不安を覚えた。間違いない。形式的に助手を先にやり、彼は駐車場から自分の車を出した。そしてそれ以上なにも起きないと思いながらも、前をゆく車が角を曲がってラーストベリに向かうまで、距離をおいて根気強く追跡した。リーランドはその朝影法師と戯れたことになった。

第二十章　日曜の朝のパズル

日曜の昼食直前には時がとまったような一時間がある。それは人々が教会に行っていた時代から受け継がれてきたもので、説教の効能ですきっ腹をかかえて出てくると、召使連中も礼拝に参加していたので、あと一時間はなにも出てこないことを知るのだった。ロンドンでは公園を散歩し友人に挨拶をしてこの時間を埋めるが、田舎では農場を回る。信じてもらえるかどうかわからないが、筆者の若い頃にはみんな腰を落ちつかせて説教の要約を書きとめたものだ。それはこの苦しい時間中、人を静かにさせておくばかりではなく、記憶をもとに書くこつ（今やジャーナリズムのおかげで不幸にも失われている）を会得することを若いうちから教える、賞賛すべき方針だった。大半の人間が教会に行かない今日でも、同じ難儀がふりかかってくる。どんなに身を入れても（パズル愛好家でもなければ）、昼過ぎまで新聞の日曜版を読み続けることはできない。そして正午には、すぐにも昼食にとりかかりたいところだが、召使に料理を出すように言うわけにはいかない。そんなことをすれば、彼らもまた教会には行かなかったようにみえてしまうから。政府がもっと啓発されれば、我々が時計をサマータイムにあわせたいと思うのは、こんな時だとわかるだろう。

マイルズ・ブリードンがラーストベリの図書室に座り、「トップクリフ」と称する匿名の紳士による『オンルッカー』紙の独創的なクロスワードパズルを解こうと悪戦苦闘していたのも、この時間帯だった。図書室は実際のところ図書室と呼べるようなものではなかった。ヴィクトリア朝の牧師の陰気な説教集も、綴じた『パンチ』誌も、十八世紀の旅行記、州の歴史書、古いバラッド集など、およそ「図書室」という言葉が意味するものはなにもなかった。その代わりにこの部屋には、クリスマスプレゼントにもらった退屈な全集や農業技術の手引書など、ひと言で言えば読まれていないし今後も読まれそうにない多数の本が棚をびっしり埋めていた。そこでハリフォード夫妻はきれいに押印しそこなった私用箋や、不要な封蠟などをたくさんここに置いていた。部屋にはラジオも蓄音機もなかった。ここは勉強好きな人間の避難所であり、承知の通りワースリーが最後に同胞と言葉を交わした場所だった。この日曜の朝には、いつもより多くの人間がここに集っていた。ハリフォードは魚肥に関する研究論文を読みながら、日曜の休息のひと時を過しており、妻の方は珍しく私室を出て、脇机で手紙を書いていた。

ハリフォードは読むうちに本の間に一枚のたたんだ紙が挟まっている頁にゆきあたり、取りあげると、ちょっと眉をひそめながら訊いた。「マートル、これ、きみのかい？　まるでちんぷんかんぷんだ。速記文字かなにかかな」夫人は歩みよると、片膝を椅子の肘掛について覗きこみ、指摘した。「暗号みたいだわ。速記ではこんな印を書くのは大変よ。ミスター・ブリードンに訊けば、わかるでしょう。ミスター・ブリードン、これ、トップクリフなんかより、ずっとためになるパズルじゃなくって？」夫人から紙片を手渡されたブリードンは、縦と横の別世界から目をぱちぱちさせて見上げた。

「どちらとも言えますね」ブリードンは答えた。「初期の速記法の一つじゃないかな。以前習ったことがあるんですが――メーソン式だと思いましたが、たしかではありません。もちろん音声によるものではなく、ふつうのアルファベット文字を記号で表しているんです。ええ、これはメーソン式か、その改訂版でしょうね。正確には思いだせませんが、ふつうの暗号解読の法則ですぐに読めます。一、二分、待っていてください」

ブリードンの判断は正しく、まもなく原文を次のように書きなおした。「Mでサンドウッドと会い、食事した。彼は目下下院にいて将来は独裁者となるつもりでいる十五、六人の青年の一人だ。現在の上院議員を含む自分の祖先たちが頑固な保守主義者だという信念を除いては、その務めにふさわしい資格をなにも持っていないようだ。その性格は明らかに安きに流れ、その政治理念は単に国家社会主義の一つにすぎず、現在の政府の連中との違いは、より声がでかいということだけだ」

さらに注意深くこの紙を調べると、これは速記で書かれた個人の日記の抜粋、一頁であることに間違いなかった。ラーストベリに来た客のなかで、世界を舞台に活躍した人間、あるいは論評することができた人間が一人だけいたことを、日記は示していた。ブリードンがまだ紙を手にしたまま、なにか他に隠されていないか首をひねっていると、ハリフォード夫人が割りこんできた。「まあ、ミスター・ブリードン、なんですの？　埋蔵された宝物とか、誰かの結婚証明書かしら？」ブリードンの深刻な顔を見て、夫人は語調を変えた。「その、セシルのなにかではないでしょうね？」「いや、間違いなくそう思います。この部屋の本棚を見て回るうちにあの本を取りだし、この紙をしおり代わりに使ったとみえます。彼の日記の一部で、はがれてしまった頁でしょうね。端に糊がついてるでしょう？　うっかり切り落としてしまった一頁を、製本屋が手間を惜しんで糊で貼りつけたんでしょうね。そういう場合はこのように、きまってはがれてきます。日付はわかりませんが、もうちょっと調べてみれば、推測できるでしょう。ここまでは、こんな風になりました」ブリードンは夫人に普通文に書きなおした抜粋を見せた。

ハリフォード夫人は傍らに立った夫の方に半身を向けて夫も読めるようにしながら、おもむろに読んだ。「ええ、これはセシルが書いたものだわ。この前来たときに若いサンドウッドがどうとか言っていたわ。あなた、あれ、いつでしたっけ？　四月ではなかった？　でも今セシルの私的な日記を盗み読むなんて、ちょっとひどすぎないかしら？」

「遺言執行者に送るべきだね」ハリフォードはより実際的な提案をした。「みょうだな。彼が日記をつけていたなんて、まるで知らなかったよ」

「あら、もちろんつけてたわ！　一度日記からポーランドの印象を読んでくれたの、憶えてない？毎日きちんとつけるようにしていたから、ここに持ってきてたはずよ。毎晩床に就く前に書いてたわ」

「おそらく」ブリードンが口を挟んだ。「日記そのものはここにはないでしょうね？」

「ありそうもないわ。たくさんの書類や持ち物がこの部屋に少し、あとは寝室に残されてたんです。召使にそのままそっくり荷造りして、遺言執行者に送るように言いつけました。あのときは自分で指を触れる気にもならなかったわ。この頁も今晩もちろん送ります。あの人たち、もちろん一部を出版したがるかもしれないわね。どうも私的な日記のようだけど。どうぞ続けて、ミスター・ブリードン。読んではいけないことなんか、でてきそうにもないわ。それにセシルは自分の日記を誰よりもまず、わたしたち夫婦に読ませたかったと思いますもの。ずいぶん早く解読なさるのね。ここで見ていてよろしいかしら？」

マイルズ・ブリードンは自惚れの強い男ではなかった。だが実に謙虚な人間だとて、自分の得意とする技能を少しでも賞められれば、舞い上がってしまうものだ。彼の場合は人を煙に巻くことに快感を感じ、いくぶんかは仕事上で時々役に立つから、またいくぶんかは自分にとっておもしろいので、初歩的な速記と暗号を勉強していた。目の前の生徒のことはあまり気に入ってなかったものの、講師気取りで教えはじめそうな気配となった。ハリフォード夫人はどこから見ても熱心な様子で聞き入ったが、妻をもっとよく知る夫は、実際にはうんざりする技術的問題に興味を示したことをすでに後悔しているに違いないと思った。そして彼女はとうてい覚えの早い生徒とは言えなかった。記号をあれこれと指さしては、「それはFでしょう？」とか「またRね」とか言って、ほとんどいつも間違っていた。

ブリードンが解読した全文を印刷しても意味がない。内在的証拠により一同はこの頁が今年の三月末か、四月初めのものだと結論づけた。ワースリーは単になくさないようにと、なにげなく手にした本に挟んだに違いなかったが――「むろん、彼はなんにでも興味を持っていました」とハリフォード夫人は説明した――とくに重要なことも、激しすぎる言葉を使ったために後悔して破ったのではないかと思わせるようなこともまったく書かれてはいなかった。ワースリーはなにをやってもそうだったが、おそろしくきちょうめんに書いていた。印刷物かと見間違えるほど、行がきちんと揃っていた。

「なぜあんなことをするんだろう？」ハリフォードが昼食の席で質問してきた。「ああいう風に書くほうがやさしいからか、少ないスペースにたくさん書けるからか、それともふつうの人間が見ても読めないからなのか？」

「その三点全部でしょうね」ブリードンは答えた。「だが主として、第三の理由でしょう。むろんそのような書類を書いて、解読してみろと挑んでいるわけじゃない。どんなに秘密の暗号を使って書いても、訓練した者が見ればすぐにわかってしまうんじゃないかな？　だが私的な書類を見るのになんのためらいも感じないおおかたのメイドは、暗号をわざわざ解読しようとはしません。書くのにはふつうのピットマン式の速記の方が簡単ですが、訓練した秘書や記者ならそれだと一目見て読めてしまう。あんなに率直な文章を書く公人なら、そのどちらの危険も冒したくはなかったでしょう。そこで代わりに時代遅れの暗号を学んだのでしょうね」

ハリフォードは窓から外を眺めていたが、話すべきか、黙っていようか迷っているようだった。それから妻をふり向くと言った。「なあ、マートル。あの日記はとっておいて、ミスター・ブリードンに解読してもらえばよかったな。遺言執行者にちょっと見せてもらえるかもしれない。その、最後の部分をさ」

「いったいなんのために？」

「いや、そういった日記には、彼がどのように感じていたか、上機嫌だったかどうか、などがとうぜんみんな書かれているだろうからね。それにたとえわざわざ書いてなかったとしても、行間に読みとれるだろう。そうすればあれが本当に事故だったのか、それとも……それとも過労でおかしくなって道を急いだのかがわかるかもしれない。それだけのためさ」

「ええ、あなたがそうする必要があると思うなら。個人的にはわたしは少しも疑問を感じてはいないけど。でも遺言執行者は見せてくれるでしょうよ。手紙にそう書いてみるわ。ちゃんと届いてるといいけど」

第二十一章　あわない帽子

ラーストベリ邸のパーティーは今や閑散としてきた。アーノルド夫妻は近くに住んでいたので、悲劇の当日に帰った。カーバリ夫妻は検屍審問が終わるなり帰った。女主人から直々に残ってほしいと頼まれた人々と、礼儀にうといようなトラードを除いて、誰も残っていなかった。ハリフォード夫人はその後も折にふれて、夫のためにブリードンがいてくれて助かると言ったが、彼の立場は難しくなくはなかった。一つには、常にこの家の主人のそばにいようとするのは、あまり易しいことではなかった。それに日曜の夜アンジェラに詳しく語ったのだが、以前にも増して落ち着かない気持ちがつのっていた。他の四人はどこか外国の放送局の映画音楽を聞きながら、お茶から晩餐までの避けがたい半端な時間をブリッジをして切りぬけていた。暇をつぶすには、水浴びのあとで川岸に座り、谷の上方から聞こえてくる教会の鐘や、鮭がはねるパシャッという音や、舫《もや》った平底舟の船尾にあたる水音に耳を傾ける方が心地良かった。

「ハリフォードが嫌いだからというわけじゃない」ブリードンは言った。「どちらかといえば好意をもっているし、実に気の毒だと思うよ。それに自分がこの事件に一枚嚙んでいると思うからでもない。連中は勝手なことを言うだろうが、会社のために働いているのでなければ、ぼくは探偵役をやる気はない。鼻先に突きつけられでもしなければ、なにも気づくことはないだろう。だがもしこの仕事に少しでも手をつけるとなったら、ハリフォードとあまり親しくならない方がいいという落ち着かない気持ちに駆られるんだ。ここは一つ、涼しい時刻に頭に濡れタオルでも巻いて、火曜の夜十時十五分から三十分の間にハリフォードは正確にはなにをしていたのか、と考えたいところだな」

アンジェラは膝で組んだ両手を離すと、草の茎をしゃぶりながら夫をふり向いた。「ハリフォード夫妻が揃ってワースリーを気に入ってて、彼の死によって多大な損をするとわかったのだから、その考えはきれいに除外していいかと思ったわ。実際にもう、損をしてしまってると思うけど。どういう意味？」

「うん、たしかに動機を無視できると思うのはばかげてる。しかし、ぼくはこの動機というやつを、見て見ぬふりをするための口実にしているような気が時々するんだ。ただ打ちあけてさっぱりするために言うんだが、ハリフォード夫妻がワースリーを亡き者にしたがっていた可能性はなかったかと実は考えているとしたら、きみは気にするかい？」

「かまわないわ。話してよ。べつにまずいことはないわ。でもマートル・ハリフォードはわたしの特別の友だちだってこと、忘れないで」

「畜生！　なにを言おうとしてたんだっけ？　そう、まずこれを考えてみてくれ。なぜリーランドがそれに気づかなかったのか、どうしてもわからない。もっともぼくが思いついたのも、ごく最近だけど。あれが殺人だったとすれば、犯人はほぼ確実にワースリーがラーストベリに残ることを前もって知っていた人間だ。ウスターシャー中を車で飛ばしたりしないとね」

「ええ、そうね。それは要点だわ。たしかに重要な点よ。たとえばミスター・トラードは、駈け落ちする女性ではないわけだから、相手の男性が誰か、それがワースリーではないということを、まったく知らなかったはずよね」

「その通り！　なんてきみは頭がいいんだ！　一方ハリフォードは誰が駈け落ち男か知っていて、ワースリーは屋敷に残り、いまは姿が見えなくとも、翌朝までどこへもいかないことを知っていた。では、この点をとくと考えてみよう。ハリフォードが犯人だとしたら、いつやったんだろう？」

「従僕がワースリーを見ているから、十時十分以前ではないわ。ハリフォードはわたしたちと客間にいたから、もちろん十時二十分以前でもない。でもそれ以後十時四十分までは……」

「十時二十分から四十分まで彼は誰にも見られていない。その間にサイロのすぐそばの門まで行ったことになってる。出がけにワースリーの部屋を覗いて、散歩に誘うことはできたろうな」

「図書室ってこと？　それともワースリーの寝室？」

「こいつめ、いやな質問をしやがる。きみが言うように、ワースリーがすでに服を脱ぎだしていたら、散歩への誘いは間が悪いことになる。一方彼がまだ図書室にいたとしたら、散歩に出る前になぜ寝室にきみょうな取り合わせの所持品を置いていったんだろう？　それを考えなくては。あとで考えてみよう。今のところは散歩に出たと仮定する。門まで行くのに、二人はどの道を通ったのだろうか？」

「ウォールド・ガーデンの小径と言わせたいんでしょう？　だってそこに帽子や、白いバッジや、葉巻の吸い差しがあったんでしょ？」

「あの葉巻の吸い差しにあまりこだわるなよ。偶然だったかもしれない。ハリフォードが客間で吸っていたかどうか、思いだせないな。きみは憶えてるかい？　いや、吸ってなかったと思うね。だがきみが言うように、帽子とバッジに関しては説明が要る。ハリフォードがワースリーと一緒に回り道をしてあの小径を通り、正門に出たとすれば、その説明はつく」

「彼はあんな記念品を落とすほど不注意ではないと思うけど。あらっ！　今の鮭、見た？」

「おい、注意して聞けよ。紙帽子は気づかないうちに簡単に頭から落ちるよ。バッジについてはべつの説明が必要だろうが、あとで考えよう。彼は不注意から、ともかくも帽子を落とす。二人はサイロに着いた。さて、なにをするだろう？」

「よじ登って、月を見るのよ」

「黙れ。ともかく時間がなかったろう。そこで、ハリフォードはどうしてもレース開始前にパイプをもう一度探したいと言い、二人はサイロに入る。むろんワースリーは手伝おうと申し出る。ワースリーが探している間に、ハリフォードは外へ出て支柱の上に立ち、静かにハッチを閉めはじめる。ワースリーが気づいた時には、もう遅い。閉じこめられている」

「ところで、三叉はなんのためなの？」このような問答のときには、アンジェラが列聖調査審問検事（聖人候補の難点を列挙する役）の役を受けもち、重要であろうがなかろうが、思いつくままにあらゆる反論を述べることになっていた。

「ぼくはなんのためでもないと思うね。ハリフォードが晩餐の少し前に、サイロの中に片づけたんだと思う。ぼくが言ってる戯言がすべて真実だと仮定すれば、ワースリーを閉じこめようとするときにサイロに残してはおかなかったろう。三叉はなんにでも使える。たとえば破城槌にもね。だが武器を持たずにハッチを閉じられ、よじ登るなんの手がかりもなく、内側からも開けられない男は、武器を持たない限り囚人となる。その上彼がいるのはガス室で、翌朝みつかる頃には死んでいる」

「それでこれをみんなやりとげるのに、どのくらい時間がかかったと思うの？　ミセス・ハリフォードは車に乗って、サイロの近くを十時半か、ちょっとあとに探しまわってたのよ。そんな場面に出くわしたら、さぞ驚いたでしょうね」

「ああ、驚いただろうね、ただ……」

「いいこと、あなた、あの人はわたしの友だちなのよ！　いいえ、二人とも関わっていたと考えるなんて、ばかばかしいもいいとこだわ。動機がとんでもなく複雑になってしまうもの。十分くらいで全部片づけたと考えた方がいいわね」

「むろんさ。まずワースリーを一緒に連れだすことができたとして、サイロに着くのにはたいしてかからない。ハリフォードがワースリーに中に入ってパイプを探すよう仕向けるのに、たいして時間はかからないし、ハッチを閉めるのにもね。単に下から三箇所くらいを閉めれば、中の男はよじ登って出ることはできない。つぎにおそらく彼はワースリーを閉じこめてしまってから、モスマンのライトがこちらへ向かってくるのを見た。サイロの陰に隠れたんだろうな。だから夫人が呼んでも、返事をしなかったのさ。そんなところになぜいるのか、とても説明できなかったろう。それに殺人の瞬間にはどこか他にいたと、夫人に思わせたかったんだ。そこで彼は黙っていた。サイロの中のワースリーはもちろん黙ってなかったろうが、ああいう長い円柱の中で大声をあげても、外に聞こえることはめったにない。ハリフォードは夫人が戻ってゆくのを待ち、川沿いの小径を急いで部屋へと戻った。十時四十分にはちゃんと部屋にいたんだ」

「ふーん、そうなの。いいこと、マイルズ、その推理にはわたし、今一つ納得できないわ。それじゃあ計画に時間的余裕がなさすぎるもの。もしワースリーが、『この一節を書きおえるまで、少し待ってくれ』と言って、五分よけいにかかったら、どうするの？　寝室にいて、服を半分脱ぎかけてたら？　殺人犯がそんな危険を冒すとはとても思えないけど」

「きみの言うとおりかもしれないな。動機がないから、本当のところ今言ったことをすべて信じてるわけじゃない。だが、最後まで言わせてくれ。頭の中でつくりあげた疑いを払いのけるには、よくよく検討してその結果をみるしかない。ハリフォード夫妻がキングズノートンから戻ると、ウォルターは夫人に、自分は車道に出てそこにとめてあったブリッジを取りにゆくから、その間にモスマンを車庫に入れるように言った。これは証言にあることだが、もちろん彼がもう一度サイロに行ってハッチを開ける間、妻を遠ざけておこうとした、とみることもできる。実際はモスマンはなにか問題があったのか、なかなか動かなかったようだ。そこで彼はウォールド・ガーデンを急いで通りぬけ、夫人が行ったあとでハッチを開けると、車道を走って戻り、彼女の先まわりをしたのだろう」

「それなら大丈夫ね」

「翌朝彼は、犯行はうまくいった、なんの痕跡も残さなかったと考えたに違いない。でなければ、ぼくを呼びだす前に、たとえばあの紙帽子を片づけていたことだろう。だが後でそれに気づいて、ぼくがウォールド・ガーデンに入っていくのを見たことを思いだし、気づかれたのではないかと怪しんだ。だが、誰の帽子かはぼくにはわからないと思った。そこで彼は、どんな庭師でもするように帽子を片づけ、代わりにワースリーの白いバッジを落とした。それが落ちていたのは……いや、どこだっていい。帽子を落としたのがワースリーで、同時にバッジも落としたのだと人々に思いこませるためだ」

「ちょっと手がこみすぎてるみたい。でもいいわ」

「ウォールド・ガーデンでの仕掛けはどうみても、手のこんだものだった。たとえば温度計だが、殺人の直前のせっぱつまったときに、なぜハリフォードはあれを調節したんだろう？　そしていじったのが彼ではないか、あるいは彼が他のとき、その日のもっと早い時刻に調節したとすれば、なぜ翌朝まったくいじられなかったようにみせかけたのだろう？　いや、たしかに手がこんでる」

「ハリフォードを罠にかける工作とは考えられない？　殺人犯かその共犯者が、ハリフォードの仕業のようにみせかけたとは？」

「いいや、でっちあげという説はなりたたない。なぜなら殺人犯は明らかに自殺か、事故のようにみせかけたかったんだから。とどのつまり殺人だったと示すために、偽の手がかりを残して、最初のあの印象（とてもうまくつくりあげていた）をぶちこわしたというなら、そいつはまぬけだ。両天秤かけられるものじゃない。さてと、なにか最後までとっておくといったことがあったね。うまくあてはまらなかったことが？」

「ええ、ワースリーは寝室にいたのか、それともまだ図書室にいたのか、ってこと。ハリフォードが誘ったときのことよ、外の空気を吸いにゆこうと、ね——つまりは炭酸ガスのことだったわけだけど」

「寝室にいたに違いない。でなければ、ごちゃまぜの私物をそのへんに散らかしてはおかなかったろう。ハリフォードは仕事の件で、レースが終わるまで待てないとかなんとか口実をもうけて、彼に会ったのだろう。だが、きみの言うようにそれではうまくゆかない。動機をべつにしても、うまく説明がつかないんだ。常にあわない鍵でドアを開けようとしているようなものさ。幸運なことに、心配する必要はない。それはぼくたちの仕事じゃないからね。塞いでいるこの家の主人をできる限り励まそうじゃないか。とどのつまりは、彼はその手の人間じゃないだろう？　おい、また川に入るのかい？」

「もちろんよ。一日の最後の水浴がいつだって最高なのよ。フィリス・モレルがハリフォードは人を殺すような男じゃないと言ったの、知ってる？　もし殺したとすれば、ごく単純な殺人だろうって、言ってたわ。羊を追いかけ回した犬を殺すようなね。この殺人はそれとは違うわね、ともかくも」

「違うだろうね。ともかくも殺人だとすれば、確かに卑怯な殺人だ。人間性というものにうんざりさせられる殺人だね、まだうんざりしてなければ、の話だが」

第二十二章　もう一つの駈け落ちレース

翌日屋敷の客の人数はさらに減った。トラードが前夜のうちに朝食後すぐにここを発つつもりだと女主人に伝えたが、たいして慰留はされなかった。そしてその朝食時にフィリス・モレルは手紙を受け取り、夜までにロンドンに戻る用事ができたので、いられるとしても昼食までだと言った。ハリフォード夫人も朝きた手紙のことで、報せがあった。

「昨日わたしたちが話していたことを思うと、なんとも不思議だわ。遺言執行者からの手紙では、気の毒なセシルの日記は返却された物の中にはなかったと言うの。彼のきちょうめんな習慣を考えると、日記はまだここにあるに違いないと言ってきたのよ。あなた、あとで図書室を探してみなくてはね」

日記を実際にみつけたのはブリードン自身だった。日記は本棚の一つに並べられた似ても似つかない表紙の全集の横に押しこまれていたが、やたら整頓好きなメイドの仕業に違いない。およそかけ離れた本同士に類似点をみつけるメイドの能力を知らない者がいようか？　糊でくっつけられた紙がはがれた箇所はすぐにわかった。間違いなく文脈にぴったりと合っていた。だが、まだ謎が解けたわけではなかった。日記の記述はある頁の一番下で終わっていたが、つぎの二枚が丁寧に破られ、少しもそれをごまかそうとはせずに、綴目近くのへりが少し残っていた。

「何日まで書いてあるの？」アンジェラが訊いた。

「それについては間違いないね」ブリードンは判読しづらい文字をじっと見ながら答えた。「ここにきちんと日付が書かれている。彼は最後の夜の日記を書きあげた。だがそれは文章の半ばで、頁の一番下までできた。急に書くのをやめ、二枚を破ったか、もっと考えられるのは文章を書き終えておいて、最後の頁をあとから破いたんだろうね」

「なぜだろう？」ハリフォードが訊いた。

「いろんな理由が考えられますね」ブリードンはいそいそと説明した。「なにか書いたものを、あとになって撤回したくなった。黒く塗りつぶすより、その頁を切り取る方がきれいだし、安全ですからね。または一、二行書いていたのに、それに気づかずに白紙だと思いこんで、なにか細心の注意を要する文書を書くためにその二枚を破った。良質の紙ですからね。奥さん、なくなったその二枚はみつからないでしょうか？　屑籠の中身はとっくに片づけられたでしょうね？　屋外のごみ捨てを見ることができますか？」

「一週間くらい紙の類は処分せずにとっておくと思いますよ」ハリフォード夫人はあいまいな返事をした。「大事なものをなくさないための、リデルのアイディアなんです。この紙を彼に見せて、調べてもらうわ。その間にエイドリアン・トラードを見送らなくては。ミスター・ブリードン、本当に感謝しますわ。あなたは充分面目をほどこされたわ」

一同は玄関に集まったが、フィリス・モレルの姿だけはなかった。トラードは自分の車を車庫から出してきたところだった。彼の別れの言葉は短く形式的なものだった。非常に急いでいるとみえ、二人乗り自動車の大きな後部補助席を開けずに、旅行鞄をかたわらに放り投げた。トラードの姿が見えなくなるが早いか、ブリードンに電話がかかってきた。「リーランドだ。村からかけてる。トラードはもう行ったかい？　ちぇっ、あとをつけなくては。おい、きみの車、貸してくれないか？ぼくのはなぜか動かないんだ。助かるよ。今運転して、門のすぐ外まで来てくれるかい？……誰だって？　ああ、奥さん。うん、もちろん奥さんでいいさ。戻ったら説明するよ」

アンジェラはやすやすと使命を果たした。幸運にも口実を探して骨を折る必要はなかった。トラードが慌てて釣り竿を忘れていったのだ。彼は仕事でヘレフォードで足留めを食うことがわかっていたので、アンジェラは追いかけて渡してやると自分から買ってでた。ブリードンは一緒に行くのを断った。「車が重くなるだけさ。それに自分はむろんのこと、ミセス・ハリフォードの好奇心を満足させるために、もう少し解読作業をしなくてはならないからな」おもしろい部分を最後に残しておくという我々みんなが持つ本能に従って、ブリードンは一番最後の部分ではなく、ワースリーの最後の日の記載が始まったところから解読しだした。ここにはワースリーがなにか心に決めていたとか、神経症の兆候を示すような記述は少しもなかった。鮭の食いが悪いことが入念に書かれ、ラーストベリのいたる所に蓄音機があることにやんわりと不平を漏らし、アーノルドと交わした農業に関する話の抜粋や、その他にも客仲間について書かれていたが、その中でブリードンを感じのいい男と評していたので彼は赤面した。論文の進み具合に関する心配やら、午後きた郵便物の検討やら……

ブリードンがいささかうんざりしながら、なおも普通文に書き直していると、執事が入ってきた。

「奥様からでございます。これがお探しの紙でしょうか？」一目でそれとわかった。だが一枚だけだった。ブリードンは手に取ると、ほっとしてため息をついた。なにか書かれている。

「たしかにこれ以外、もうないんだね？」ブリードンは執事に尋ねた。

「はい、ブリードン様。メイドたちが山と積まれた紙束を念入りに探しました。同じような紙は他にはございませんでした」

きみょうだった。なにがあったにせよ、二枚ともみつからないか、みつかるかではないか。みつかった紙には頁の一番上にたった一行だけ書かれていた。これはワースリーが綴っていた文章のすぐ続きの部分で、みつからない一枚は白紙なのだろうか？　それともなくなった一枚にはびっしりと書かれていて、これは最後の頁にすぎないのだろうか？　解読がすみ次第おそらくそれはわかるだろう。もうすぐ終わる。五分後にはブリードンは日記の解読を終えていたが、最後の文章は途中で終わっていた。「今夜わたしは早めにこれを書いておいた。というのも、わたしは」破かれた紙にあった一行の文はこう書かれていた。「『毎晩十一時には床に就け』という主治医の指示にいまや背くことになるのだから」

うん、これでいいようだ。するとなくなった紙の方は単なる白紙かもしれない。だがそれはおかしい。ブリードンが手に持った紙を裏返して見ると、万年筆から急にインクが漏れたときのように大きな染みがついていた。染みを乾かさずに閉じたものと見える。二枚がはりついてしまい、はがし方がまずかったために反対側の頁の薄い紙の膜がインクの染みの表面にくっついて残っている。よし、これならわかりやすい。ワースリーのような男は日記を染みで汚すのはいやだったろうから、染みを見て二枚とも破りとろうとしたのだろう。だがこれで一行を犠牲にしてしまうとは気づかなかった。または気づいていたのだが、あとで書き足すつもりだったのかもしれない。すでにそう仮定する充分な理由がある。だが、ここにもう一つ、ワースリーの計画をなにかがふいに邪魔したことを示すものがあった。

ほとんど機械的にブリードンは紙を明かりにかざしてみた。上質紙で、(通常の日記帳とは違って)透かし模様が入っていた。これはおもしろいぞ。日記帳の頁にこれと同じ透かし模様が入っているか、調べる価値がある。うん、これは製造会社の名前だ。そして裁断の仕方によるのだろうが、どの紙でも同じ位置にあるのではなく、若干高かったり低かったりしている。ではさらに試してみよう。手に持っているこの紙は、日記の最後に記入された頁の反対側にわずかに残った紙のへりにぴったりあうだろうか?　たいして期待もせずに、ブリードンはあわせてみた。つぎに彼はヒューッと長く口笛を吹いた。まるであわない。透かし模様の端がまったくあわない。第二の実験にあたっては、結果はわかりきっていると思った。破られた二枚目の頁のへりにみつかった紙をあててみると、ぴったりあう。結局なくなっているのは、おそらく日記のすぐあとの続きが書かれている一枚目なのだ。

ブリードンは窓辺に行き、外をみつめながらしばらくたたずんだ。そう、もちろん「いまや背くことになるのだから」という語句は、「というのも、わたしは」という語句にきみょうな偶然からあてはまったにすぎないともいえるが、語句があっているばかりでなく、意味も通るのだ。だからおそらく考えられるのは、最初に推測したように白紙一枚ではなく、頁全体に書き綴った一枚が紛失しているということだ。だがそれでは偶然をべつにしても、面倒なことになる。みつかったのが二枚のうちの一枚目と考える限り、染みの説明はつく。反対側の染みは、なくなった頁についているのだろう。だがもしみつかった頁が最初ではなく二枚目の頁なら、裏側の染みは日記帳に残った最初の白紙の頁にもついたはずだ。だがそんな跡はない。ブリードンはしばらくぐずぐずしていたが、やがて決心したという様子で日記帳と破られた頁を持って、ハリフォード夫人の私室へと向かった。誰もいなかった。十分後には彼は階段を二段とばしで駆け上がって、自分の寝室へ行った。引き出しの奥からペイシェンス用のカードを一、二、三、四組取りだすと、自分で決めたルールに従って大がかりな一人遊びをやりだした。アンジェラが戻ったときには寝室の床一面にカードが散らかり、ブリードンは四組のカード全部を使って、きわめて慎重に一列ずつ進めていた。

さてここで、夫の向こうを張るアンジェラの冒険を追ってみよう。リーランドは門のすぐ外で待っていて、彼女が完全に車をとめる前にもう跳びのっていた。「再度出陣なんてすてき。でも実際のところ、ミスター・トラードのこの探険行になんの不都合があるの？　つい一昨日あなたは彼がラーストベリにいつまでもいるからって、犯人扱いしたじゃない。今度は出てゆくからといって、犯人扱いする気なの？　本当のところはなぜなの？」

「出てゆくという事実より、むしろその状況が問題なのさ。ミス・モレルが後部補助席にいるのは、知ってるだろう？」

「フィリス・モレルが？　出発したときにはいなかったわよ」

「お言葉に逆らうようだが、補助席を開けてみたかい？」

「でも……そんな……トラードはそんなこと……」

「ああ、そのことなら、彼女は自分から乗りこんだんだ。見えないところまできたら、すぐに彼女を出したんだろう。これは少なからず注目すべき状況だと思ったので、大急ぎで村の宿屋にとめてある車まで走ったんだ。車は調子が悪くて、動かなかった。昨日は大丈夫だったんだが。それにわが友ミスター・トラードはなんとしても追跡されたくない様子だったんでね。だから追いかけることにしたのさ」

「いったい二人はなにをしようというの？　それにしてもわたしたちどこに向かってるの？　ヘレフォードと予想するのが無難なようだけど、二人が着く前にはとうてい追いつけそうにないわね。これからどうする？」

「さあね。最初に立ち番をしてる警官を見たら、二人を見なかったか、訊いてみよう。他には広場でぶらぶらしている人たち以外には、望みは持てないね。彼らなら、なにか気づいたかもしれない」

だがぶらぶらしている人たちに訊くまでもなかった。最初に訊いた警官が物知り顔に満面の笑みをたたえた。「ええ、あの人たちからお二人に伝言があります。まっすぐに緑龍亭に行って待っていてください、とね。十分以上は待たせないと言ってましたよ」

「冗談じゃない、それがなんになると言うんだ?」リーランドは怒った。「連中はどの道を行った?」

「正確にはわかりませんね。二人は車を緑龍亭にとめ、道路を渡ってわたしに声をかけてきたんです。遠くへ行ったとは思いませんが、どの通りかはわかりません」

アンジェラは座席のクッションにのけぞって、大声で笑いころげた。犯人を追っていると本気で思ったことは一度もなかった。だがこの探険行がこのようにあきれるほど情けない終局を迎えたことは、思いがけなかった。まだ首をかしげているリーランドを待ち合わせの場所まで連れてゆくと、そこで唯一手に入る読み物であるドライバー向けの新聞を勧めた。ハウスパーティーの二人の行方不明者は時間通り着くと、アンジェラたちの方へまっすぐ歩みよった。「あの」トラードはきまり悪そうに言った。「あなた方をさんざん引っぱりまわしたみたいだけど、悪気はなかったんです。あっ、まだ紹介してなかったね——こちらの紳士のことはさんざん話しただろう——これはぼくの家内です」

第二十三章　深夜の諍い

最初の驚きにはっと息をのんだり、おめでとうを言ったりがすむと、アンジェラは訊いた。「詮索好きと思われたくないけど、いったいどうしたのか、教えていただけるかしら？」

「もちろんよ」フィリスが答えた。「わたし、あなたのご機嫌を損じないようにしなくては。だってカクテルを飲んだら、あとで昼食に間にあうようにラーストベリに戻るのに、あなたの車に乗せてもらわなくてはならないもの。まだ詰め残してる荷物があるのよ。エイドリアン、あなたが言いなさいよ。今朝はばかげたことをやたら誓ったので、わたし、声が枯れてしまった」

「説明するとなると、ひどく間がぬけて聞こえると思いますが」トラードが言った。「ともかく駈け落ちレースの翌日の口論から始まったんです。未成年者とお茶の時間を例外にすれば、法はすすんであらゆる制限を控えているこの現代に、駈け落ちという発想なんて、うんざりするほど古臭いとぼくが言ったんです。そして同じ家にたまたま滞在している二人の人間は、他の連中が気づかないうちに出ていって結婚できると、ね。そこで二人で賭けをし、試してみるために自分たちで実験することにしたわけなんです。そこで持ちあがった問題は、結婚したとみせかけるか、すべてをもっと現実的にするために実際に結婚するか、でした。フィリスはどうも……」

「意地悪！」

「まあ、ご想像におまかせします。ぼくらは実際に結婚することに決め、そうしたんです。むろん、フィリスはぼくをできる限り助けてくれました。ほら、二人とも宝探しのような趣向に目がないでしょう。だから花嫁の付き添い人とかケーキとか、そういったもの一切なしですませ、一種掠奪結婚風にできればおもしろいと思ったんです。ただ一つの障害は、ぼくにはなんの問題もないことでした。事を極秘にしなくてはならない理由などなにもなかった。追っている者が誰もいなければ、駈け落ちレースにはならない。そこへあなたがうまく割りこんでくれたというわけです」

「ほう」リーランドは顔をしかめて言った。「きみはぼくを小道具の警官として使ったんだね？」

「まあ、そんなところですね。検屍審問であなたを見た時、なぜか警官に違いないと思ったんです。ひどく失礼に聞こえるかもしれないが。なぜって、むろんあなたは警官でないようにふるまっていたからです。だが証言しながら法廷を見回し、ずっとこう感じてたんです。『ぼくを縛り首にしようとしてるのは、あの男だ』そのあとでぼくが近づいて、あなたに声をかけたのを憶えてますか？そしてぼくの疑惑は固まった。実際に釣をするかどうか知らないが、あなたはあのとき釣はしてなかった――その、川ではね。たしかにぼくから有罪となる証言を釣り上げようとしてたけど。あの夜ぼくがラーストベリに戻った時刻についてはひどくあいまいに思えたでしょうから、驚きはしなかった。だがぼくはあなたとひと勝負しようと思い、そうしたんです。結婚許可証をもらうためにヘレフォードへ出かけた日に、ぼくを待ちぶせしてつけてきたあなたを見て、嬉しくて歓声をあげそうになりましたよ」

「引退を考えたほうがよさそうだな。やきがまわってきた。それでもあのとき、きみを手間どらせたよな」

「ええ、ある意味ではね。車から降りたほうがあなたから逃れやすいと思ったから、駐車して、大聖堂を見にいったんです」

「聖堂番から結婚許可証をもらうつもりじゃなかったんだろうね？」

「いや、だが特売場の場所を教えてくれましたよ。それから塔に登り、あなたとお友だちをとっくりと観察して、顔を憶えておきました」

「あれは許せるが、床屋で待たせたのはべつだ」

「あそこへ行ったのは、考えたいことがあったからです。シャンプーほど、頭をすっきりさせるものはないですね。だが、実際のところいい案は思い浮かばなかったんですが、そこへサンドイッチマンが来てパブに入っていった」

「きみが言いたいのはつまり……」

「ええ、やむをえずそうしたんです。許可証が欲しかったのですが、どこへ行くのか知られたくなかったんです。知ればあなたはラーストベリにいる友人に話すだろうから、賭けに負けてしまう。屋敷の誰にも内緒でと、決めてあったんです。そこで芸人の一人からちょっとのあいだ上っ張りと帽子と残りの衣装を借りて、あなたの鼻先を通った。横丁に小道具を置いておいて、なんなく許可証を取ってくると、また行列に加わって酒場に戻ったというわけです」

リーランドはこの話に感心したが、トラードに対する不信感をまだぬぐいさることはできなかった。「いいこと、ミスター・トラード」アンジェラが口を挟んだ。「ミスター・リーランドは殺人の夜、なにが起きたか知りたくてたまらないのよ。わたしが訊くのはまずいかもしれないけれど、そのことについて話してくれれば、事は一番簡単じゃないかしら？」

「いや、奥さん」リーランドは困ったように言いかけた。

「あなたがなにを言おうとしているか、わかりますよ」トラードが引き取って言った。「ぼくがなにか供述すると、あなたはそれを記録して、あとからぼくに不利な証言となるかもしれないと言うんでしょう？　覚悟はできてる。残念ながら容疑を晴らすことはできないが、少なくとも話をすることはできます。ただ困るのは、今考えてもいたたまれなくなることだ。フィリス、できれば今度はきみが話してくれ」

「いいわよ。なにも恥ずかしいことなどないもの。まず、なぜエイドリアンがレースから脱落したのか、話すわね。信じられないかもしれないけど、あれは正真正銘の故障だったの。車はずいぶんと見てきてるから、動かせないときはわかるわ。たしかにガソリンタンクに水が入っていたせいよ。でもこのおばかさんはそうと判断する常識がなくて、他に原因があると思って、あたら無駄な時間を費やしたんだわ」

「失礼だが、ミス・モレル、なぜタンクに水が入ったか、わかりますか？　単なる偶然から？」

「理論上はそういうこともあり得るわよ。ブリキ缶に欠陥があったとかね。でもそんなのが一缶でもうちのガレージにあったら、大騒ぎするところだけど。ええ、単なる偶然かもしれないけど、むしろ誰かがわざと故障させたように思えた。カップ一杯の水をタンクに注ぎこみ、故障するように細工するのは、とても簡単よ。むろん、そこからすべてのトラブルが始まったんだけど」

「つまりエンジン・トラブルのこと、それとも……」アンジェラが尋ねた。

「いいえ、ハート・トラブルのこと。気づいてるかどうか知らないけど、エイドリアンは虚栄心の塊なのよ。レース開始前に自分の車を念入りに整備しておいたのに、動かせないとわかって、この人はとても当惑した。そして誰かがいたずらしたと早合点したの。マートル・ハリフォードの仕業とはとうてい思えなかった。エイドリアンのあの車では、夜明けまでにキングズノートンに着けるはずもなかったんだから。そこで、あなた、彼がどんな想像をしたと思う？　このわたしが車に水を注ぎ、自分はわざと警察と揉め事を起こし、二人ともレースから脱落して、ラーストベリで一緒に楽しい一夜を過ごせるように仕組んだと考えたのよ。ねえ、男って、みんなそんな風なの？」

「まあ、ばかばかしい話と思うだろうが」トラードは恥ずかしそうに訴えた。「結局きみは車に関しては権威だからね」

「考えるだけでもひどいのに、それを口にするとはね……助けてあげようと車の速度を緩めて近づいたら、この人ときたらこう言ったのよ。『ほう、それできみは戻ってきたわけか』」

「『それで』、なんて言ってない。ただ『ほう、きみは戻ってきたわけか？』って言っただけだよ――とくに意味もなく」

「なにを意味してるか、よーくわかったわ。そしてむろん、そこで大喧嘩を始めたの。この人について、言いたい放題言ってやったわ。それからタンクの中をポンプで空にして、ガソリンを入れてあげたの。でも、一緒に屋敷に戻るのを見られたくはないと言ったのよ。十分待ってからついてきて、って。それでわたしたち、むっとして別れたのよ」

「失礼だが」リーランドが口を挟んだ。「それは何時でしたか?」

「十二時十五分くらいよ、実際は。車をとめなかったことにするために、証言ではもっと遅い時間にしたけど。二人で車を修理する、というより、わたしが修理してあげるのに、十分か十五分かかったに違いないわ。それから前に言った時刻、十二時半より少し前に屋敷に着いたの。十五分ほどして、彼は帰ってきた。わたしがとまらずに通りすぎ、彼は他の車からガソリンを分けてもらったことに口裏をあわせようと決めたわ。彼と会って話したことさえ知られたくなかったのよ。翌日その話通りに言ったんだけど、彼の方は自分が最初に屋敷に入ったふりをするために、新しい話をでっちあげたというわけ。ミスター・ワースリーが亡くなったと聞いて、これはひと騒ぎが起きる、みんなはたぶん殺人事件と思うだろうと考えたんでしょう。そうなったら、最初に屋敷に戻った者が疑われる、とね」

「まあ」アンジェラは言った。「思いやりがあるじゃない。この前あなたが言った意味がわかったわ」

「その話はやめておきましょう。ええ、気の毒な坊やに悪気はなかったんだけれど、まずいことになったのよ。わたしたち二人ともまぬけな顔で法廷に立って、まるで矛盾した話をしなくてはならなかったんだもの。でも、もういいの。みんなうまくいったし、彼を許したから。でなければ、あなたがただって今朝あんなすてきなレースをすることはなかったわ」

まもなく解散の時刻となった。フィリスはラーストベリに戻ることになったが、そこでは結婚に関しては一切ハリフォード夫妻に話さないことにし、トラードはヘレフォードで彼女を待つことになった。そこから二人はロンドンまでずっとべつべつの車に乗って競争するつもりだった。因習にとらわれない男女の大いなる意気ごみは飽くことを知らなかった。

アンジェラがまずなすべきことは、夫を探しだし、この新たな展開を息もつかずに話すことだった。ブリードンがペイシェンスをしていたので、彼女はがっかりした。というのも、一人遊びに熱中しているときには、夫は決して強い感動や関心を示すことはなく、ニュースを聞いても、アンジェラの興奮に対する反応は返ってこないからだった。アンジェラの話の中で唯一ブリードンの興味を引いた箇所が、彼女にとってはあまり重要なものではなかったのは、いかにも彼らしかった。

「ではフィリスは彼の車の後部補助席に隠れたんだね？　いや、それはおもしろい。実に示唆に富んでいるな。その啓蒙的な事実を教えてくれて、本当にありがたいね。アンジェラ、昼食時までぼくをひとりにして、ペイシェンスをさせてくれたら——もうすぐ上がりそうなんだ——午後、おもしろい話をしてやれると思うよ。たしかではないが、たぶんね」

第二十四章　失われた頁

　フィリス・モレルは昼食が終わるとすぐに出ていったが、近いうちに会おうとアンジェラと約束するのを忘れなかった。ハリフォード夫妻は地元の野外パーティーに車で出かけていったが、ありがたいことにブリードン夫妻は免除された。遺憾の意を表し、お茶の時間には戻ると約束して夫妻は出ていった。計画にはまことに好都合で、二人が見えなくなったかと思うと、ブリードン夫妻はリーランドと落ちあって最終的な作戦会議を開くために、ボート小屋のそばを通り、川沿いの小径を急いだ。途中アンジェラは夫からなにも聞き出すことはできなかった。「リーランドにすべて話して聞かせなくては」ブリードンは言った。「そう決めてるし、同じ話を二度するのは嫌だからね」

　リーランドはぼうっとしていたわけではなかった。アンジェラが屋敷の門のところで降ろしてやると、彼は宿屋に向かうと明言した。が、実際には車庫のちょうど向かい側の低い生け垣と数ヤードの草叢で隔てられた雑木林の中に、手ごろな隠れ場所をみつけたのだった。二人の女性が昼食に行ってしまうと、時たま現れる作男にみつかる危険を冒し、車庫を自ら偵察することにした。主な目的は、トラードのガソリンタンクを空にするのを手伝ったという、フィリス・モレルの供述の裏付けをとることだった。「手頃なポンプがなければそんなことはできないし、彼女の車にそんなポンプがあるか、見たかったんだ」ポンプはあったが、一度車庫に入ってみると、リーランドは刑事としての本能をとても抑えることができず、車庫そのものと隣の道具小屋を広範囲に調べ回った。ここでみつけたものは彼を悩ませ、なんとなく不安にした。片方の端にノズルがつき、もう一方の端に継ぎ手がついた長い園芸用のゴムホースが乱暴に切られていて、二十フィートほどの長さのただのゴム管となっていた。「ああいうものは見たくないな。前にも見たことがあるけど、きまって排気ガスによる自殺を意味していた。だから誰かがそんなことを考えているとしたら、ぼくはそいつの裏をかこうと思った。事故に備えて、手頃な丸い石を勝手に一フィートほどホースに押しこんでおいた。きみが言うように、自殺の習慣が横行しては困るからな。だがむろん、火曜の夜に正確になにが起きたかさえわかれば、ホースはすでにその役目を終えたことがはっきりするかもしれない」

「わかったよ」ブリードンが言った。

「ほう！　それで秘密にする気かい？　それがきみのやり方なら、文句は言わない。今回は道化を演じてしまったし、この仕事から得る役得には値しないからね」

「これから話すよ。そのために来たんだ。それによって犯罪を罰することができると思うからではなく、犯罪を防ぐことができるかもしれないと強く思うからなんだ。だから今こそ善良な人間としては仲間を助ける出番なのさ。まず日記のことをあらいざらい話すとしよう。やっとわかったばかりだから、誰にもまだ話していない」そこでブリードンは日記がなくなったりみつかったりしたこと、さらに変な風に破られていたことを話した。

「なにか不正があったことはたしかだな」リーランドは認めた。「だがなくなった頁をみつけなければどうしようもないし、みつかりそうにないな」

「みつからない頁になにが書いてあったか、教えるよ。逐語的にではなく、概略をね。ワースリーはその日の出来事を書いたあとで、『今夜わたしは早めにこれを書いておいた。というのも、わたしは』と綴り、続けて、その夜を終えるのが待ち遠しいという意味のことを書いた」

「死ぬことがわかっていたと言うの？」アンジェラは尋ねた。

「わかってたのは彼じゃない。だが充実したわくわくする夜になると考え、その夜の出来事を翌日になってから記録しようと思った。日記を破ることによって、それをつけたあとの数時間ワースリーがなにをする気だったかを隠したいと、誰かが思ったんだ——なぜかはこれから、言うが」

「では」リーランドが訊いた。「その部分を読めば、誰が彼を殺したがっていたかわかるんだね？」

「いや。誰も彼を殺したがっていなかったことがはっきりするので破られたと言う方が正確だね」

「おい、おい、きみはまた、彼が事故死したと言い出すんじゃないだろうね？」

「その通り。あれは偶然の事故なんだ」

「まったく人間の手にはよらない死なのかい？」

「きみがそういう言い方をするのはみょうだな。ああ、厳密に言えば、まったく人間の手にはよらないものだ。だが、いいかい、この日記の件をまずはっきりさせよう。それが最も大事な点だ。不正行為があったことを強調しておきたい。でなければ、説明がつかない。書き物机に広げたまま出しっぱなしにしてある本を、メイドは必ず本棚に片づけて困らせるというのはひどい言い草だが、もちろんぼくは信じるふりをした。なあ、アンジェラ、メイドの連中はそういうことをすると思うかい？」

「いいえ、あなたの考える通りよ。それはあの人たちの仕事じゃないわ。それにむろん、それが本物の本じゃないことに気づくでしょうしね。覗いてみれば、印刷されてないとわかるもの」

「その通り。日記はそれに関心を持った何者かによって、おそらく殺人の起きた翌朝に動かされた。ワースリーの他の持ち物と一緒に遺言執行者に送られて、最後の夜、彼が計画していたことが明らかになってはまずいと考えて。ではいったいなぜそれは持ち去られてから、また戻されたんだろう？　なぜすぐさま処分してしまわなかったんだろう？」

アンジェラは片手を振ると、教室で質問の答えがわかった少年のように指を鳴らした。「はい、先生。ぼく、わかります。日記は暗号で書かれていたから、それが解読されるまでは、秘密をばらしてしまうものかどうかわからなかったんです」

「よし、及第だ。遺言執行者が日記がないのに気づかなければ、なにも問題はなかった。あとで処分できる。彼らが気づいたら、みつからないのは疑わしくみえるだろう。実際のところ彼らは気がつき、先週の土曜に手紙でそう伝えてきた」

「今朝のことでしょ？」

「いや、違う。手紙は今朝ぼくたちの前で読みあげられたが、きたのは先週の土曜のことだ。ぼくは少しばかり嗅ぎ回ってその手紙をみつけ、消印を確かめた。土曜日には日記を先方へ送らなくてはならないことがはっきりした。だから日曜日の朝に、暗号を解く鍵をみつけるための手のこんだ計画が企まれた。本の間から破りとった日記の一頁がみつかり、物議をかもした。ぼくなら確実に暗号を解読できるだろうと見込んでいた。それがすなわちぼくがここに残るように頼まれた理由の一部だと思うね。ぼくは解読し、その法則をハリフォード夫妻に説明した」

「では誰が新たな頁を偽造したの？」

「夫妻のうちの一人だよ。巧妙な方法によってね。わかりやすいように、頁には番号がふられていたと仮定しよう。むろん、右側の頁だけにだ。なぜって文字は右側の頁にだけ書かれていたからね。五十頁の最後の行が、『というのも、わたしは』という言葉で終わっていると仮定しよう。五十一頁は『駈け落ちレースに参加する』とか、それに近い意味の言葉が綴られているので、除去する必要がある。五十二頁はとうぜんまだ白紙だ。五十一頁と五十二頁を破りとり、五十一頁を破棄し、五十二頁には『主治医の指示にいまや背くことになるのだから』といった差し障りのない言葉を書く。透かし模様がちょっとばかり揃わなかったことがなければ、ごまかしを見つけるのは難しく、あばくのは不可能だったろう」

「もっとうまい方法はあっただろうね」リーランドが言った。

「あるいはね。だが、時間がなかった。日曜の午後中に仕上げなくてはならず、月曜の朝までにインクを乾かさなくてはならなかった。そこに問題が持ちあがった。どうしたら二頁を破ったことが、もっともらしく思えるだろうか？　解決法はやはり巧妙だった。五十二頁の裏に染みをつけ、別の紙に押しつけて、あたかもたまたま染みになったように見せた。汚してしまったから、当然二頁とも取り除く理由ができた。透かし模様さえ入ってなければ、完全に錯覚しただろうな」

「うん、こんなことができるのはハリフォード夫妻以外に考えられないね」リーランドは頭の中で考えを順に整理しながら言った。「夫妻のうちのどちらだと言うんだい？　それとも共犯かい？」

「夫人さ。彼女の私室で遺言執行者からの手紙をみつけたんだが、消印から土曜日に受け取ったことがわかった。それにハリフォードの方はこれには関与してない。なぜなら関与していれば、昨日みつかった日記の破られた頁は、彼がたまたま読んでいた本の間などではなく、もっとそれらしい場所にあったろうからね。ワースリーが何事にも興味を持ったというのは事実で、魚肥に関する本を手にとって眺めることもむろんあったろうが、貴重な自分の日記の一頁を中に挟むほど、長時間読んだり、精読することはなかったろう。そう、その本に挟んだのは、ウォルター・ハリフォードが読んでいて、必ずそれをみつけてなにか言うからさ。夫人は自分でみつけたりはしない。表面には出ないんだ。それが彼女のやり方なんだ」

「でも、わたし、なぜ彼女がそんなことをしたのか、まだわからないわ」アンジェラが抗議した。「ワースリーの死が事故だというのなら、彼があの夜どのように過ごすつもりかを記した頁を、夫人はなぜ隠そうとしたのかしら？」

「なぜなら彼は夜のある時間をひどくきみょうな場所で過ごそうとしていたからさ」

「まあ、焦らさないで。どこで？」

「つまり、約三フィート×三フィート×五フィートのスペースだよ。外出時に彼が寝室に置いていった品と、持っていった品がわかったときに気づくべきだったんだ」

「貴重品を残していったってこと？」

「単に貴重品ではなく、壊れやすく、落としやすい貴重品さ。狭い場所で体を丸めれば、ズボンのポケットに入れた貨幣や鍵を落としてしまうかもしれないが、上着のポケットの中の物は大丈夫だ。それに腕時計や眼鏡は簡単に壊れてしまうが、義歯をいためることはない。さらにズボン吊りには無理な力がかかるだろうが、カラーにかかるとは限らない」

「カラーも、念のためにはずした方がよかったんじゃないかしら？」

「ああ、だが彼は夜通しそんな風に閉じこめられるつもりはなかった。それに出てきたときに、見苦しくない格好でいたかった。だから小型の櫛を持っていったんだ。あんな風に押しこまれれば、髪がくしゃくしゃになるのは必定だからな。テニスシューズを履いたのは、鋲を打った靴より場所をとらないし、ひっかき傷をつくらないからだ」

「わかったわ。では奥さんはワースリーを石炭戸棚かどこかに閉じこめた、って言うのね。そして彼は『ヤドリギの大枝《ミッスルトウ・バウ》』の話（クリスマス祝歌の一。ダンスに疲れて婚約者の前から姿を消した男爵の娘が、何年も後に城内のチェストの中から白骨体でみつかる話）みたいに不慮の死をとげたと。奥さんは事情をみんなに説明することもしないで、真夜中に死体をカートでサイロの中まで運び、すべての痕跡を消したと本気で言うつもり？　犯人でもなけりゃ、ひとりでそこまでやる人はいないと思うけど」

「ああ、だが夫人が殺人を犯したのさ」

「あなた、たった今、誰もセシル・ワースリーを殺したいと思ってはいなかった、と言ったように思うけど」

「そうだよ。とりわけミセス・ハリフォードはね。彼女は他の人間と間違って、ワースリーを殺してしまったのさ。そこが事故なんだ」

第二十五章　なにかがおかしい

「最初から雰囲気は悪かった」ブリードンは続けた。「そしていまいましいことに、殺人が起きる前から、ぼくにはそれがわかっていたんだ。だが、どう言うことができたろう？　ともかくアンジェラ、公平に言って、ぼくたちがラーストベリに来る前に、ぼくが実に重要な質問をしたことは認めてくれないとね。ただ、きみはそれを皮肉ととった」

「と言うと？」

「なぜハリフォード夫妻がぼくたちを呼んだのか、だ。そこが要点さ（二〇頁参照）。いいかい、ぼくの妻に欠点があるとすれば、それはいささか虚栄心が強いところだ。だからあの夫妻のようにまるで住む世界が違う、まったくの赤の他人がぼくたちを懸命に招きたがるなんて、おかしいとは思わなかったようだ。単に自分を喜ばせるためだと思ったのさ。ぼくはもう少し冷静に検討して、なんらかの目的があって招かれたのだと直感した。そして得意客の生命、ひいては家族を、大いに保障する保険会社のお抱えスパイには、先が見えてくるものなんだ。ぼくはなにかを待っていた。ただ、待っていたことは、起きたこととはまるで違っていたがね」

「同じだったら、あなたはひどい打撃を受けたでしょうね」アンジェラが指摘した。「とても堪えられなかったはずよ」

「ともかく、最初から夢かと思うような偶然の出来事があった。ハリフォード夫妻がたまたまインディスクライバブル社の代理人である男とつきあいたいと物好きにも思うなんて、偶然ではないとぼくは感じた。そして、ぼくたちが紹介された連中がいた。きみ自身気づいて言ったように、ハリフォード夫妻が集めた連中は、二人の友人なんかじゃなかった。だから彼らはなんらかの目的のために招かれたのだという結論に、ぼくは達した。ミセス・ハリフォードはそういう女だ。だがぼくにはどうしてもその目的がわからなかった。夫人の計画が成功していれば、一目瞭然だったはずだ。だが、それでは遅すぎただろうが」

「つまり」リーランドが口を出した。「夫人はなにが起きても誰も驚かないように、よそよそしい雰囲気をつくろうとしたと言うのかい？」

「いいや、そうじゃない。それよりずっと具体的なものだった。彼女は自分のまわりを、罪をかぶせる身代わりで意図的にかためたんだ。その計画は考えに考えぬいたものだったので、彼女の犯す殺人は自殺か事故とみなされるのはほぼ間違いなかった。だが警察がたまたま疑いを抱き、殺人という事実に近づく可能性はあった。その場合には、夫人は事件が自分によるものではなく、他の誰かによる殺人に確実にみせたいと考えた」

「トラードのことかい？」

「まずはトラードだ。身代わり第一号さ。彼はアメリカで殺人事件の裁判に巻き込まれたことがある。むろん、その手の事件が身に降りかかるのは、自身の不注意によるところが大きい（二九頁参照）。そこでトラードは危険な役回りを与えられ、彼を陥れるでっちあげ工作がなされた。だが他のやつらを見てごらんよ。カーバリ夫妻は南アフリカでぱっとしない頃のウォルター・ハリフォードを知っていた。両者の間に昔なにか争いがあったことは想像に難くない。それにカーバリはかなり激しい生き方をしてきたと、ぼくは見るね。その上ほら、アーノルド夫妻だ。彼らは簡単に犯罪に結びつけられる人種ではないが、金に窮していて、ハリフォードから遺産相続する見込みがあった（三一頁参照）。彼らがハリフォードの死を謀ったのではないかと疑うことは、夫人を疑うのと同様自然なことだ。だから、いいかい、可能性を秘めた容疑者をわざと集めてるんだ。フィリス・モレルは当てはまらない。彼女は単にトラードを招くための囮だったのさ。トラードは彼女を好きになったものか、心底悩んでた」

「セシル・ワースリーはどうだったの？」アンジェラが訊いた。

「セシル・ワースリーはまったくべつの目的でいあわせたと思うね。彼は非の打ちどころのない性格の男で、高い地位にいる友人を持つ公人だ。今はむろん民主主義の世の中だが、リーランド、そう言ってさしつかえなければ、重要人物が事件に巻き込まれたとなると、揉み消せることはみんな揉み消そうとする傾向があるんじゃないか？」

「百も承知さ！」リーランドはしかめっ面をして答えた。

「なら、いいさ。ワースリーが関わっているからには、警察は今度の件を大事件《コーズ・サレブラ》にはしたがらないだろう。こんなに周倒に予防線をはったのに、それが結局、完全に挫折したと思うと愉快だね。ワースリーがあまりに有名だったので、イギリスの新聞ではラーストベリは誰もがよく知る名前となった。ミセス・ハリフォードは最後まで、少しばかり賢すぎたんだ」

「他にも偶然の一致があったのかい？」リーランドが尋ねた。

「むろんさ。一番はっきりしてるのは、駈け落ちレースそのものだ。『バブラー』の古い号は、病院になんか送られてない。あとでミセス・ハリフォードの私室で確かめた。雑誌には駈け落ちする男女の正体を隠すことについてなど、まったく書かれてない。完全に夫人の捏造だったが、ミセス・アーノルドにまさにその嘘をあばかれて、ご機嫌斜めだった。だが、かまわなかった。ひと度秘密にしようと持ちかけると、ことにスリルを好むご婦人方にとうぜん受けた。闇の中に立って金切り声をあげる機会が持てるから、すべての女性は『殺人』（犯人役が暗闇の中で犠牲者を殺すふりをし、誰が犯人かあてるゲーム）と呼ばれるいささか不謹慎なゲームを好むのさ」

「ちょっと！」アンジェラが諫めた。「マイルズ、あなた、本当に口に気をつけるべきよ。それにわたし、秘密厳守ってこと、少しも勧めたりしなかったわ。そうしたのはミセス・カーバリとフィリス・モレルだけよ。あら、そういえばフィリスは、前にあなたにも話した理由から、自分で駈け落ち相手を選ぶというアイディアを勧めてたの。トラードを連れてゆきたかったのよ」

「いったいどうやってそれを知ったんだい？」

「彼女に尋ねたのよ」

「きみは相変わらず恥知らずだね。フィリスもそうに違いない。いずれにしろ、ミセス・ハリフォードの計画に完全な秘密は必要なかった。それにこしたことはなかったろうがね。夫人の計略にとってより重要だったのは、全員をべつべつの部屋に入らせるという風変わりなやり方だった。駈け落ちする男女の正体を秘密にするのでなかったら、そんなことをする必要はなかったろう」

「だがそうするだけの価値があったのかい?」リーランドが訊いた。「つまり、めいめいの部屋に退かせるってことだが、それによって何か彼女に利点はあったのかい?」

「大いに。それは三十分近く誰にもきちんとしたアリバイがないことを意味した。誰でも五分かそこらそっと屋敷を抜け出すことができた。インディスクライバブル保険会社の代理人を自分の部屋の窓の下に立たせ、自分がそこにいることをわからせるために、窓辺に座って歌ってみせたミセス・ハリフォード以外の誰にも、ね(五五頁参照)。夫人はまたメイドを呼んでずっとそこに引きとめていたから(一三〇頁参照)、十時半から十一時の間に被害者が殺されたということになれば、完全なアリバイを持つのはただ一人、彼女自身だった」

「それにむろん」アンジェラは考えながら言った。「あの夜は、みんなでぐるになってるって雰囲気があったから、奥さんにはやりやすかったでしょうね」

「その通り。みんながおもしろ半分になにかを企んでいる時は、真剣な企みをするいい機会なのさ。誰かに短いメモを渡しても、誰もそれについて話そうとはしない。かなり奇抜な行動を提案しても、みんなはゲームの一部だと思う。それに、むろん、レースそのものがあった。ラーストベリで誰かが死んでゆくとき、キングズノートンはすばらしいアリバイになる。だが、残りの人間にとってはたいしたアリバイにはならない。どの組も夫婦がひと組で動いているからね。自分たち以外にはその行動を証言する者はない。だからレースからたまたま脱落した者は誰でも、殺人犯と疑われるのだ」

「トラードのように」リーランドが促した。

「ああ、だが、むろん、彼女は偶然には頼らなかった。自分でトラードのタンクに水を注ぎこんだんだ。彼は身代わり第一号だったからね。一方、自殺という観点から考えると、自殺者が選ぶのに、三時間以上も屋敷にひとり残された夜ほど、ふさわしいときがあるだろうか？　一度はぼくもワースリーの死は自殺で、全員を屋敷から外に出すために、ミセス・ハリフォードに駈け落ちレースをやらせたのではないかと本気で考えたものだ」

「ああ」リーランドは認めた。「きみが言うように、手がかりを得てみると、偶然の一致とは目立つものだね」

「それにむろん、偶然性を強調するために、細かい点をつけたしたのさ。たとえば、アンジェラ、きみを屋敷に迎え入れるや、ミセス・ハリフォードが最初にしたのは、ゲスト全員の経歴を喋りまくることだった。彼らを身代わりにしたてあげるような点を挙げて、ね（二九―三二頁参照）。それに晩餐の席での紙帽子と白いバッジを使った趣向は奇抜だった。奇抜さとみえていたものは、実は危険を意味してたんだ。すべて計画の一部だったのさ」

「ふーん」アンジェラはつぶやいた。「なにもとくに異常なことはなかったと思うけど」

「とくに異常ではないんだ。ただ一、二、変わったことがあった。計略の他の点はまったく自然に見えた。邸内の車道から戻る途中で郵便物を取ってきたからといって、そこに仕掛けをするつもりがあったと考える理由はないが、彼女はそうした（五〇頁参照）。それにあのとき二つの話題があがったが、その時はなんの意味もないと思ったものの、あとになって謎を解いてみると、非常に重要なことだった」

「ちょっと待って。思い出すかもしれないわ。……いいえ、駄目よ。会話を思い出す頭はわたしにはないわ」

「一つはきみは聞いてない。もう一つは、忘れるはずがない。最初に案内されてヴェランダに出たとき、ミセス・ハリフォードは雀蜂に悩まされていた。それでも殺そうとしなかったし、フィリス・モレルに殺させようともしなかったのを憶えてるかい？　カップを上から被せて隠したんだ。ぐしゃっと潰すのは我慢できないから、雀蜂を殺すのを見たくないと自分で説明していた（二七頁参照）。さて、あれは非常に重要な自己分析だね。あのときの夫人のように、神経が極度にいらだつと、人間は真実を語るものさ。夫人は真の親切心はまったくもたない種類の人間だ。実際、基本的には残酷だが、心理学的には弱虫なんだ。暴力による死とか、汚れ仕事とか、ひきつる死体といった状況にはひるんでしまう。それはつまり、彼女が殺人を犯すことがあれば、どうするにしろ、おそらくきわめて上品にやるだろうってことだ。苦痛に歪む顔を見ることも、呼吸困難からぜいぜいいう瀕死のあえぎを聞くこともなく、血を見ることもなければ、骨を砕くこともない。この仕事での彼女の役目は遠隔操作なんだ。夫人と犠牲者の間にはつねにヴェールが必要なのさ」

「毒薬がなければ、企むのが難しい種類の殺人だね」リーランドが言った。

「実に難しい。それに事件が証明したんだが、実際にやるとなると致命的な計算違いが生じるかもしれないという、さらなる不利がある。だが夫人はこのアイディアを、少し前にべつのパーティーの客と晩餐後にジェスチャーゲームをやったときに、思いついたんだ。彼らは『ウインザーの陽気な女房たち』の中の一景、フォールスタッフがたしか洗濯籠に隠れて運ばれ、ゆすぶられてぬかるみに置き去りにされる場面を演じた。たまたま彼女の夫がフォールスタッフの役を演じたのではないかと思う。そのとき夫人はこれでいけると考えた。実際は敵なのに、向こうの方では自分を味方と思っている男を箱に閉じこめ、ひと度手中におさめたら、その男に対してできないことなどあるか？」

「まあ！」アンジェラは叫んだ。「わかってきたわ」

「ああ。最初の晩、ぼくたちのテーブルの側でフィリス・モレルが『陽気な女房たち』の演技と籠の一件を思い出したとき、ミセス・ハリフォードは気に入らなかった。事が起きる前に、我々がそれに気づくのを恐れたんだ。そこでふいにぼくの方を向くと、釣りをするか聞いたというわけだ（三七頁参照）。フィリス・モレルの言葉はまったく誰の注意も引かなかった」

「でもその時から疑いだしたというつもりではないでしょ？」

「とんでもない！　だが、全体が、ハウスパーティーをやるにあたっての一連の奇抜な趣向全部が、ぼくにもきみにも、なにかがおかしいと感じさせたんだ。そして二人とも当たっていた。目の前で、非常に巧妙な殺人の執行が準備されていた」

第二十六章　エンパイア・ワイン

「ミセス・ハリフォードが悟った要点とは」ブリードンは続けた。「真の計略を隠す最上の偽装は、みせかけの計略にあるということだ。それを彼女に教えたのは、ひょっとして『陽気な女房たち』だったかもしれない。ともに謀《はかりごと》をしているのだと相手に信じこませることができれば、謀られているのは自分とは相手は気づかない。ひと度それを相手に納得させれば、どうぞ運んでくださいとばかりに、喜んで小包みの中におさまるだろう。そして今日びの人々が好むこのばかげたまね、靴の泥落とし盗みなどは、みせかけの計略をでっちあげるのには打ってつけだった。ハリフォード夫人にとってはまたとない機会だ。夫人は、騒ぎや物音やはなはだしい努力なしに犠牲者を片づけられるように、小包みに身を押しこめるよう彼を説得するつもりだった」

「もちろん、旦那のことを言ってるんだろう？」具体的な物言いを好むリーランドは確かめた。

「ああ、夫人が片づけたかったのは、ご主人だ。この背後には我々の与り知らない長年にわたる過去の出来事があると言っていいだろうな」

「あなたが考えてるのはセシル・ワースリーが……」アンジェラは言いかけた。

「あさましい詳細に関する興味は抑えたまえ。あの女の過去の結婚生活をあれこれ詮索する必要はない。一つには殺すまでもなく何人かの夫をすでにお払い箱にしているからで、また一つには今回の場合では夫は死んで初めて扶助料を妻に与えることができるからだ。ウォルター・ハリフォードは破産寸前だ。彼が自殺したと公表されても、彼の状況をよく知っていた人々は驚かないだろう。そして未亡人の手許には八万ポンドが入ってくるはずだった。夫人は夫が自殺するのを待ってはいられなかった。手伝ってやるつもりだった。まったくたちのよくない女だ。

夫人はハウスパーティーの参加者を集めた――身代わりとなるかもしれない人間や、誰にも疑われない目撃者や、保険金を満額払うことになる保険会社の代理人やらを。このパーティーの最中に、彼女は駈け落ちレースをやろうとふいに言い出した。そしてこの駈け落ちレースに夫妻がわけなく勝ったのは、みせかけの計略によってだった。いかさまとばかりは決めつけられないトリックによって。賭けは駈け落ちする男女がうまく正体を隠しおおせることにかかっているという、彼女の主張するルールを採用できていたら、事はもっと簡単だったろう。実際には彼女は計画を少し変えなくてはならなかった。彼女が持ち出したルールでは、駈け落ちする女性は、相手の男性と十時半より前に玄関を出てはならず、追跡者は二人が行ってしまうまで出発できない（四九頁参照）。条件は慎重に決められた。当の男女は一緒に出てゆかなくてはならなかったが、二人とも姿を見せなくてはならないという規定はなかった」

「あなた、もっと簡単に言ったら。わたしはもちろん、ミスター・リーランドもとまどってるわ」

「まあ、しばらくはみせかけの計略が真の計略だったように説明させてくれ。ミセス・ハリフォードは駈け落ちの相手を車内に隠して、十時半から一分後くらいにみんなの見ている前を出ていくつもりだった。だからあとの人々はレースがすでに始まっているのに気づかず、夫人が単にいなくなった夫を探しに正門まで車で行くのだと思ったことだろう。彼女が戻ってきて、レース開始に備えて車を適当な場所に整列させるものと考えるはずだった。だが実際にはレースはすでに始まっていて、ひと度正門を出ると、ミセス・ハリフォードに戻る気はない。アクセルを踏みこんで、ヘレフォードへと向かうつもりだった。追っ手が事態を理解して追いかけるまで、十五分か二十分かかることになったろう」

「それじゃあ、騙すことになるじゃないの」アンジェラは抗議した。

「ウォルター・ハリフォードもたぶん、そう思ったろう。だが彼は細君をよく知っていたから、彼女ならやりかねないと思うだろうな。彼女はまず最初に当たり籤を引きあてなくてはならなかった。それはあまり難しくはなかった。籤はふつうのラーストベリ用箋を使って作られただろう？　現在ではパースと呼ばれているが、かつてはヴァニティ・バッグと呼ばれた、あの手の夫人のハンドバッグに入れられ、振り混ぜられた（四八頁参照）。さてこのバッグにはよくあるように、中を二つに分ける仕切りがあった。二つの部分は見たところまったく同じに見えた。彼女は籤を、そう、右側の部分に入れたとする。そしてバッグの口を閉めて振った。次にもう一度開けたときには、注意して右側ではなく左側の部分を開けて見せた。それは簡単なトリックで、誰も気づかなかった。手品師がよく使うやつさ。左側の部分には夫人があらかじめ入れておいたラーストベリ用箋が折って五枚入っていた。それは本物の籤に見えた。ただ違うのは全部白紙だったことだ」

「これはみんな推測したことかい?」リーランドが訊いた。「だとしたら、たいしたもんだな」

「いや、夫人は間違いをしでかしたんだ。アンジェラ、彼女がEと書いた紙をぼくたちにみせたのを憶えてるかい? Eの後ろにはピリオドが打たれていた。だが彼女が実際に引いた籤はむろん、白紙だった。それを二階に持っていってEと書いたんだ。検屍審問で提出することになれば、他の者が引いた籤と縁が一致しなければおかしいからね。新しくEと書いたはいいが、ピリオドを打つのを忘れた。彼女の書類を勝手に調べたときに、みつけたんだ。単に気がついたというだけのことだがね」

「だが、賢いよ」リーランドはつけ加えた。

「さて、夫人は今や事を進める立場にいた。当たり籤を引いたのだから、彼女の仕事は自分が選んだ騎士にそれを知らせ、いつ、どこで落ち会うかを告げることだった。ぼくはまだみせかけの計略が真の計略であるかのように話している。従って夫人は夫にメモを送らなければならなかったが、こんなものだったと思う。『今夜十時二十五分にモスマンの後ろの荷室の旅行鞄(四九、五四頁参照)の中に隠れ、錠がカチッとかかるようにふたを閉めること。十時半にわたしは車を出すけど、他の人たちはわたしたちが出発したとは気づかないでしょう。声が届かない所まで行ったら、すぐにあなたを出して、一緒にキングズノートンをめざすのよ』紳士を自ら自動車の後ろの荷室に閉じこもらせるという提案はそれ自体奇抜だが、冒険をして遊ぶ気分になっているときには異常なこととは思えなくなる。そしてぼくたちのようにすべてに食傷気味で幻滅を感じている世代にとっては、そういう気分はふつうのことになっている」

リーランドはふいに真っ向から反論をぶつけてきた。「なぜメモを送るんだ？　そんな伝言なら口頭で伝えるのが一番じゃないか？　人々がなにも書きとめなくなったら、我々哀れな警官はえらく面倒な思いをするだろうな！」

「みせかけの計略という観点からすると理由はなにもなかったかもしれないが、きちんとしたわけがあったんだ。アンジェラ、あの日の昼から夜にかけて、屋敷を覆っていた秘密めいた異常な雰囲気を憶えてるかい？　こっそりと誰かに声をかければ、おせっかいなばかが生け垣ごしにみつけて、『あの連中だよ！』と叫ぶに決まっていた。実際ぼくたちは一箇所にかたまっていたので、こっそり誰かに話しかけることなどできなかった。昼過ぎにハリフォード夫人はちょっとよそへ出かけ、ご主人はサイロに行った。真の計略からすると、個人的に会うことを避けるのがなぜよかったかには三つの理由があった。殺人を犯すつもりなら、夜間、犠牲者となる相手にこそこそ話しているところを見られるのはまずい。そしてさらに言うと、文書による要求は口頭によるものより拒否しづらい。夫人が口頭でご主人に頼んでいたら、『とんでもない。暑すぎて、そんなことはできない』とおそらく答えただろう。だがぼくたちは文書による命令には、答える面倒を避けるために従う。一方、微妙な、もっと重要だと思える理由があった。ミセス・ハリフォードにとって夫を自らの手で殺したり、死ぬのを見ていることも堪えがたくしているのと同じ神経質さが、言葉によって彼を死へと追いやることさえも難しくしていた。書き言葉はより客観的で、非個人的だ。面と向かって顔を赤らめながら不器用に謝るより、謝罪の手紙を送る方を好まない者がいるだろうか？　いいや、ミセス・ハリフォードは夫が目前で死んでゆくのを見る気はなかったし、死へと送る言葉を直接伝える気もなかった」

「だが、やはり夫人は危険を冒していたんだ。ハリフォードがメモをポケットに丸めこみ、それが死体から発見されたら？　よくやるんだよ」

「実際のところ、あの午後以降の日付のミセス・ハリフォードの手になるメモはまったくみつかってないんだ。夫人はそのメモに破棄するように書いたのかもしれない。とどのつまり、それはゲームの一部のように見えたはずだ。誰かがメモをみつけたら、手の内がばれてしまう、とね。それに、いずれにせよ、ご主人がサイロで死体となってみつかれば、夫人は最初に呼び入れられ、警察が来る前に夫のポケットを探る絶好の機会を得ることになる。とにかく彼女はそういったことを書いたに違いない。そしてそのメモがどこかよそへ行ってしまうのを避けるために、かなり頭のいい方法でメッセージを伝えた。彼女は他家を訪ねた帰りにポストから郵便物を取り、その午後夫宛に開封のまま届いた広告郵便物を封筒からこっそり抜きだした。それはベチュアナランド・トケーと名づけられたある商品の広告だった（五〇頁参照）」

「それで夫人はお茶の席でその広告のことをご主人に訊いたのね」アンジェラが叫んだ。

「ああ、どちらかというとあまり関心なさそうにね。だが彼が読んだことを確かめたかったのさ。さて、もう一つ彼女にはやらなくてはならない仕事があった。計画が予定通り進めば、彼女は本物の相手と駆け落ちレースを開始して、アリバイを作らなくてはならなかった。架空の駆け落ち相手のハリフォードは死ぬことになる。べつの男を選ばなくてはならない。彼女は賢明にもセシル・ワースリーを選んだ。アリバイ工作をするのに、セシル・ワースリーならそばに置いてうってつけの証人となってくれる。彼は、人がイングランド銀行の金庫室で躊躇せず、ひとりにする男だ。そこで彼女はメモをもう一つ、セシル・ワースリー宛に書き、単に『十一時に正面玄関で会ってちょうだい』と記したが、正確な時間はちょっと違っていたかもしれない。届けるのには同じ方法を取った。ワースリー宛の広告郵便を探したが、唯一みつけたのは同じ英帝国領土の詐欺まがいの広告だった。紳士録に載っていた者全員があの時ベチュアナランド・トケーの広告チラシを受けとったんだろうな（五〇頁参照）。彼女はこれに第二のメモを書き、他の手紙と一緒に二通の広告郵便をホールに置いた。それからヴェランダに出た。疑惑を招くのを恐れて、郵便物を取ってきたことに注意を集めたくなかったのだ。ホールを通りかかった夫人付きのメイドは、ワースリー宛の手紙の内容を知りたくて開けた。ぼくは召使連中は常に手紙を開けると思ってる。ともかくラーストベリの召使が例外だったわけではない」

「わたしのところの召使だったら、十分以内に連中を解雇してるわ。執事を除いて」アンジェラは同意した。

「それで召使連中は屋敷が空になると知ったのさ。セシル・ワースリーが駈け落ち役の一人だと考えたんだ。リーランド、その点がわからなかったのを憶えてるかい？（一〇八－一〇九頁参照）メイドがハリフォード宛の広告郵便を代わりに開けていれば……だがミセス・ハリフォードはそんなことは夢にも思わなかった。彼女にとって召使とは、呼び鈴に応えて来る存在にすぎなかった。二十分ほどして、お茶のあとで二人の男性が手紙を読む様子を見守り（五〇頁参照）、両者とも黄色い封筒の中身を読んだのを見て、うまく手はずが整ったと判断した。

だが、他にも準備しなければならないことがあった。翌朝彼女の夫はサイロの中で事故死したか、自殺したように見せる必要があった。どちらでもかまわなかった。ありふれた自殺という評決が下れば、保険金は全額支払われるはずだった。だが概して事故にみせる方が都合よかった。一般的にはそのほうが当惑は少ない。そこで夫がレースの前にふらりと散歩に出かけ、サイロの中に入ってみたくなり、その場でふいにガスにやられたという痕跡を残さなくてはならなかった。夫人はお茶の前に夫のお気に入りのパイプを盗んだ。それがあの夜彼女がしでかした唯一のあさましい行動であったとしても、情状酌量の余地はないな。ご主人が昼間サイロの中でなくし、夜間それを探すうちに死ぬ羽目になったという印象をつくりだすのは難しくはなかったろう。ありそうなことだった。パイプは常に探す値打ちのあるものだし、翌朝まで待っていたら、朝食時までには何層もの飼料の下敷きになってしまう。夜出かける時には、ハリフォードは通常懐中電灯を持っていく。そしてむろん、駈け落ちレースに出発するときも持っていくだろう。だから発見されたときに、ポケットには懐中電灯が入っているだろうと夫人は推測した」

「でもパイプは飼料の一番上にあったんでしょう?」アンジェラは尋ねた。「お茶の時間の前に落としたのなら、少し埋まっていたのでは? 自分でそう言ってたわよ(五〇—五一頁参照)」

「ああ、だがたぶん彼がパイプを探しまわって、みつけたとたんに炭酸ガスにやられたと、ぼくたちは思いこませられるはずだったんだろう。ともかく夫人はそういうつもりだった。お茶の時間のあとでサイロに行って、パイプを落としたのさ。ウォールド・ガーデンを通る道を行き、その庭でハリフォードが深夜その方向に出かけたことを示す他の手がかりを残した。夫人はその手の工作を見境なくやりすぎたんだ。手がかりの数の多さに、ぼくはそれがでっちあげではないかと思った。だが、それはそれとして、巧妙だったよ。庭のずっと先の門の近くに葉巻の吸い差しを落としたのなどは、みごとだったね。晩餐のすぐ後なら屋敷の主人の葉巻を誰かが吸うかもしれないが、夜の十一時には、ね。たしかではないが、十時半頃みんなが最後にハリフォードを見かけてから、彼は静かに葉巻をくゆらせながらその道を行ったと推測できるわけだ」

「そしてその推測は」リーランドが口を挟んだ。「両側の門に鍵がかかっていなかったことで確実に強化される。門にはふだんは鍵がかかっていた。一度夜に庭をぶらついてみたんだが、塀をよじ登らなくてはならなかった」

「ああ、だがそれは偶然だったかもしれない。事を確実に運ぶために、ミセス・ハリフォードは晩餐の席でクラッカーを持ちだしたが、それより前に中から帽子を一つ取りだし、庭の小径の真ん中に目立つように置いた。それで誰かが晩餐後にその道を通ったという工作をした。その帽子は実際のところ、晩餐後にハリフォードが被ったものと同じ柄のものだった。夫と帽子を交換しようと言い張って、彼女が手に入れたんだ(七二頁参照)。むろん絵柄の種類は少ないんだが、その種の証拠はとても印象的に見えるものだ。『あら、それ、あの人が被ってた帽子じゃない!』と誰かが言うだろう。さらにもっと目立たないが、もっと巧妙な最後の仕上げをした。田舎に住み農業を趣味とする人々はつねに雨量計や気圧計のまわりをうろうろし、誰もほしがらない記録をつけるものだ。ハリフォードは夜、散歩の途中でいつもは最高最低温度計の所に行き、日中の示度を読み、翌日に備えて復度《セット》した。そこで夫人は、誰かが見ればいつものようにハリフォードがしたに違いないと思うだろうと、自信を持って復度した。さらに彼女はハリフォードがそれで突き回ったように見せかけるために、三叉をサイロの中に入れておいた（一四七頁参照）。彼女の見地から言えばすべてがうまくゆき、こうした痕跡をみな残してハリフォードがサイロの中で死んでいれば、陪審員や検屍官の誰もが、一つの結論に到達せざるを得ないのではないだろうか？　つまりウォルター・ハリフォードは駈け落ちレースに、あとからもちろん参加するつもりで仲間から離れたこと、レースの前にウォールド・ガーデンのはずれまで行って、いまいましい温度計の示度を確かめ、翌日に備えて復度せずにいられなくなったこと、歩きながらたまたま紙帽子を落とし、温度計をいじった際にいくらも残っていない葉巻の吸い差しを落としたこと、そこまで行ってみると、サイロにパイプを落としたのではないかと探してみることにし、三叉を手にハッチをよじ登り、パイプをみつけ、屋敷に戻ろうとした時点でとつぜん息苦しさを感じ、気を失った、といったところかな？

自殺が疑われることもあるだろう。さらにもう少し可能性は低くなるが、殺人の疑いもかかるかもしれない。その危険に備えて、夫人はトラードのガソリンタンクに水を注ぎ、彼のアリバイをなくした。それから屋敷に帰り、晩餐の席に着いた。彼女が落ち着かないように見え、手が震えていたとしても、誰が気にしたろう？　あの夜ぼくたちはみんな、レースのことで気もそぞろだったからね」

第二十七章　人間の手ではなく

「マイルズ」アンジェラは言った。「あなたのその後ろから前へと話を進めるいやらしい癖はわかってるつもりよ。でも、ミスター・リーランドがどう思おうと、わたしは我慢できない。金切り声をあげられたくなかったら、ひと言で言ってちょうだい。二つのメモはどうして入れかわってしまったの？　本当のところ、それが謎じゃないの？」

「それが謎と言うつもりはないね。ミセス・ハリフォードの謀《はかりごと》が計画通り運んでいたら、それは大きな謎となっていたはずだ。我々がなにかおかしいと気づくか、少なくともなにがおかしいかをみつけだす確率は千に一つだったろう。いや、メモが入れかわったのは謎なんかじゃない。物事全体をどうしようもない難局に陥れるのは、たった一つの偶然なんだ。計画はまさに完璧だったが、一つの偶然が全体を一種の悪夢に変えた。それが複雑な仕掛けの最大の欠点だろうね。うまくいっている限りはとても役に立つが、ひと度うまくいかなくなると、まるで調子が狂ってしまう。自分の剣で自らの頭を切り落とす人間はめったにいないが、他人に向けていた短銃で自分の頭を撃ち落とす人間はいっぱいいる。複雑な仕掛けというものは、ひと度うまくいかなくなると、修正することができないのが欠点だ」

「そっけない人ね。ねえ、あなた、後生だからその先を話してよ」

「なあ、リーランド、ワースリーの死は偶然の事故によるものだと、ついさっき言っただろう。ワースリーを死に追いやるのに、人間の手は少しも関わらなかったと本気で言っているのか、ときみは訊いたね？　きみがそういう言い方をしたのは、おかしなものだな。ぼくは自信を持って、人間の手による仕業ではなかったと言うことができた（二〇四頁参照）。キーワードは『人間の』だ」

「ちぇっ！　幽霊なんかじゃないのは……」リーランドが言いかけるが早いか、アンジェラは先に話の核心を摑み、やっとわかったという感動のあまり、両手を握りしめた。「違うわ！　違う。マイルズ、あなたって、なんて憎らしい人なの。違う方法で教えてくれていたら、うまくわかったのに。それで指を切ったんだわ。さあ、続けて。彼に教えてあげて」

「ホールには郵便物が広げて置かれていたが（五〇頁参照）」ブリードンは続けた。「二通の封がしていない黄色い広告郵便物があり、一通はハリフォード、もう一通はワースリー宛だった。お茶のための食器の音がカタカタと響いてきた。そしてこの好ましい音を聞くと、マカロンと舌にピリッとくる、なんとなく愉快できみょうな飲み物を連想する猿のアレクシスがやってきた。ホールを通ってヴェランダへと向かったが、ぴかぴかのテーブルに跳びのったとき、破くと実におもしろい白い物がたくさん散らかっているのをみつけた。だが、駄目だ。これには落とし穴がある。これを破けば、部屋中追いかけまわされ、暗くなる前に檻に入れられて人間どもに睨まれてしまう（二八頁参照）。代わりにアレクシスは人間がするのをいやというほど見てきた手品をまねることにした。人差し指で封筒の折り返しのまわりをこすってすくい上げ、中の物を取り出すという無意識のいたずらだ。封じてない封筒だけはこの方法でうまくいき、中身がひらひらと床に落ちるのを見ておもしろがった。三、四回やってみて、指を切ったのに気づいた。封筒の鋭い縁で切り、血がでてきたので吸った（五一頁参照）。そこへ執事のリデルが通りかかり、事態を見てとった。彼はアレクシスめがけ突進したが、猿ははるかにすばしこく、キャッキャッと鳴きながらヴェランダへ逃げた。そこでリデルは広告郵便物を封筒に戻した。運悪くリデルは古風で善良な召使だった（四三頁参照）。たとえ広げてあったとしても、主人宛の手紙は読もうとしないだろう。二枚の黄色い紙が二通の黄色い封筒の中身であるのは明らかだった。見たところまったく同じものだった。広げて見れば、手書きのメモに気づいたろう。だが広げて見はしなかった。老いた召使の本能的なきちょうめんさから手紙をみなきれいに揃えて並べ、自分のつぎの仕事に取りかかった。なにも実害はなかったので、起きたことを報告する機会はなかった。翌日警察から事情聴取されたときにも、そんな話はまったく訊かれなかった。それがいったいワースリーの死となんの関係があったと言うのか？　まったく隠そうとしたわけではなかった。ぼくが今日、昼食の直前に質問するまで、誰も陳述する価値があるとは思わなかったんだ。それですべてがはっきりしたのさ」

「それではっきりしたというと」リーランドが口を出した。「なにを訊いたんだい？」

「うん、いいかい、考えているうちに、その種のことが起きたに違いないと思いついたんだ。ペイシェンスをやったおかげなのさ。にっちもさっちもゆかなくなると、やるんだがね。なんとかしてぼくの頭を一種のカーテンで覆い隠すと、恐ろしく古い潜在意識が解放されるんだ。少なくともぼくはそう思う。無駄骨を折るのをやめて、新たな見地から全体を見てみると、垣根の隙間が見えてくる。家内は錯覚と言うだろうが、とにかくうまくいくんだ。それまではきみら同様、ぼくも信じがたい疑問に頭を悩ましてきた。こういった異常な点、おそらくはにせの手がかりが、セシル・ワースリーの死とどう結びつくのだろうかと。どのようにそこへ導かれるのか、または、どのようにそこへ導かれるよう仕組まれたのか？　だがペイシェンスを始めると、セシル・ワースリーの死はぼくの頭の前面から消えてゆき、そこから事件の他の抽象的事実が見えてきた。そしてその瞬間、すべてのきみょうな事実の辻褄があっているのが不意にわかった。ウォルター・ハリフォードの死へと導かれるのならば、すべて辻褄があうんだ。

たちまち一点の隈なく明らかになったのは、ウォールド・ガーデンにあった手がかりが、朝食前に行ったときから正午頃ミセス・ハリフォードと歩いたときまでに変えられていたのはなぜか、というその理由だ。ぼくはそこで開いた門や調節された温度計、葉巻の吸い差しやら紙帽子を見たとき、直観的にこれはでっちあげだと感じた（七二—七三頁参照）。それは夜散歩した男が残した痕跡ではなかった。夜そこを散歩したとぼくに思わせるために、故意に置かれた印だった。だがそこにそれらを置いた人物は、考え直してみて明らかにそれが気に入らず、朝食から正午の間に完全に修正した。修正はきみょうなものだった。葉巻の吸い差しは除去され、温度計は以前いじられた事実を隠すようなやり方で再度いじられていた。どうも手がかりをみんな消してしまおうとしたように見えた。紙帽子はもう小径の脇に落ちていなかったが、代わりにそこには白いバッジが落ちていた。

このような行為が露呈するのは、どんな種類の動機だろうか？　それはたしかに夜間誰かが庭を歩いたとまだ思わせたい人間の行為だったが、その誰かを前とはべつの人間に見せたがっていた。最初意図したのは、庭を訪れた人間は葉巻を吸い、特殊な絵柄の紙帽子を被り、最高最低温度計に興味を示すように見せかけることだった。修正した考えでは、べつの人間が庭に来たと見せかけることだ。晩餐に加わったからバッジを持っているが、紙帽子――少なくともその絵柄の紙帽子は被っておらず、葉巻は吸わず、趣味の農場主《ジェントルマン・ファーマー》が喜びとする統計には興味を持っていなかった男だ。

　修正された計画で暗示された庭の散策者とは誰か？　サイロで死体となっていたセシル・ワースリーだ。一人だけレースに出走せず、白いバッジを勝手に捨てることができたワースリー。では最初の計画で暗示された散策者とは？　ハリフォードであることはかなりはっきりしている。アーノルドの可能性もあったが、ハリフォードとする見込みの方が強かった。そしてそれはなにを意味するのか？　誰かが最初は晩餐後に庭に来たのはハリフォードと見せたがったが、計画を再考した結果、それがワースリーだったかのように見せることに決めた。第二の計画の理由は明白だ――ワースリーがサイロで死体となって発見されたからだ。もしそうなら、最初の計画の理由はたぶん同じだ――ハリフォードはサイロで死体となって発見される男のはずだった。

　ひと度それがわかると、すべてがはっきりする――パーティーに招いた人々の選択や、駈け落ちレースの提案や、庭に落ちていた手がかりなどが。唯一まだ解けない問題は、なぜ最初の計画が失敗したか、だ。いかに犠牲者Bが犠牲者Aにとってかわったか？　殺人犯が犠牲者Bの知られている習慣を計算しそこなったものか、あるいはもっとありそうなことだが、殺人犯が犠牲者Bと密会の約束をし、逢引きは偶然にも違った人物、犠牲者Aによって果たされたものか？　伝言が誤って伝わったというのが、明白な答えだった。文書による伝言は口頭による伝言より間違いが起きやすい。ではハリフォードに宛てたメモは、どのようにワースリーに誤って届けられたのか？　手渡しで届けるメモはめったに間違いが起きることはない。それではこのメモは郵送されたのだろうか？　ぼくはリデルにあの日の午後の郵便物に関して、なにかふだんと違うことに気づかなかったか、訊いてみた。そしてぼくには身に余る運の良さから、アレクシスと封筒の一件をたまたま聞くことができたんだ。

ともかくお茶の時間の状況はこうだった。アレクシスは人間のではない手の傷をなめていた。ミセス・ハリフォードは黄色い封筒の中身が二通ともきちんと読まれるか、心配そうに見ていた。ハリフォードもその場にいて、一緒に駈け落ちするべく十一時に玄関に来てくれという妻からのメモを読んでいた。妻に選ばれたことを少しばかり不思議に思ったかもしれないが、さほどではなかった。ミセス・ハリフォードは賭事で金を稼ぐのが好きなギャンブラーで、モスマンが勝つことはほぼ決まっていたから、賭け金を他人と分けてしまうのは惜しいのだろう。一方ワースリーは十時半直前に車の荷室中の大型旅行鞄の中に隠れて、錠をかけるようにとのメモを読んでいた。ヨーロッパの政治情勢から離れて頭を休め、子どもっぽいゲームの成り行きに集中するかと思うとわくわくした。ラーストベリの世界の人々は彼にとっては子ども、冒険好きの甘やかされた子どもたちだった。彼はこの状況に身を投じると、絶えずしゃれや皮肉を言って、みせかけの謎解きの雰囲気を維持するよう務めた。ジュネーヴにパスポートなしで行ける男が、その夜十時半に暗闇でかくれんぼをしようというのだ。

　そこでまたさっきの話に戻る。ミセス・ハリフォードはウォールド・ガーデンに出てゆき、手がかりを工作し、晩餐の席に戻った。すべて計画通り進んでいるように見え、セシル・ワースリーがいつものようにふいに立ちあがり、客間を出ていった時（五四頁参照）、夫人は彼が実際に原稿の続きを書きたいのか、真夜中のドライブの前に少し休みたいのだろうと考えた。とうぜんながら間違った逢引きに行こうとしているとは思いもよらなかった。夫人が心配したのは、荷室に隠れる準備をするために出てゆくべき時に、夫がまだ客間に残ってトラードやぼくと飼料について話していることだった。出てゆくのが遅すぎると、最後の瞬間に誰かに引きとめられて、すべてが水の泡になるかもしれない。彼女はいらだちをうまく隠した。あの女は鉄の仮面を被っているのさ。だが結局それ以上待てなくなって、夫人は夫に向かって車道の門が開いているか確認してきてと言い、きっかけを与えた（五四頁参照）。彼は疑わずに従った。それからぼくたちが知るように、川沿いの小径を通って、そこの門が閉じていて追っ手を少し遅らせる算段になっているのを確認した。彼の考えでは急ぐ必要はなかった。つぎの約束は十一時だった。彼は正門からの声がほとんど聞こえない川岸を散歩していた。その間十時二十五分きっかりにワースリーは車の荷室内の大型旅行鞄に身を押しこんだ。心地は悪かったものの、じきに出られると信じていた。

　そして実際に一、二分すると、ミセス・ハリフォードが現れた。その時そこでぼくたち全員が見守る中を、夫人は車道を通ってサイロの影の中へと、無言の無力な犠牲者を乗せて走り去った。つぎの瞬間には夫人は車の後ろの留め紐をいじくっていた。ワースリーはこれで解放されると思ったに違いない。荷室は通常のものと同様、内側と外側のケースから成っていた。内側の大型旅行鞄自体は頑丈で良質の革製だった。両方のケースのはねぶたは、ワースリーが入ってから締めたように、所定の位置までくると自動的にカチッと錠がかかる。モスマンはそういう仕組みになっている（四九頁参照）。車のメーカーは、顧客が生まれつきのなまけものの能無しで、絶対に必要でなければ、筋肉一つ動かすつもりはないと信じていたのだろう。だがむろんそこのケースには二つのべつべつの錠があり、中の旅行鞄のふたを開けずに、外側のケースの錠だけを開けることができた。ミセス・ハリフォードはこうして、中の旅行鞄を持ちあげ、滑車のロープの一方から吊り下がっているクレードルと呼ばれる受台に載せた。空になった荷室を閉じ、フックが取りつけてあるロープのもう一方の端を車の後輪の車軸に引っかけた。この間ずっと彼女は『ウォルター！』と叫び続けていた。夫は実際は足元の旅行鞄の中だと信じていたから、劇的な皮肉を強く感じたに違いない。夫がそこからわずか数百ヤードの川岸におり、妻の声を聞きつけて答えかねないほどきわどい場所にいたことを知っていたら、いっそうその皮肉を意識したことだろう。

あとは簡単だった。車のエンジンをかけ、前方へ走らせると、滑車のロープの一方が引っ張られる。もう一方の端に吊されたクレードルは、それによって空中に持ちあげられた（二五、五五頁参照）。どんどん走らせてゆくと、背後でかすかなバタンという音が聞こえた。その音で旅行鞄を載せたクレードルが跳ね上げ式の台の高さまで上がり、いったん自動的に跳ね上がって道をあけた台が元の位置に戻ったことがわかった。旅行鞄は牧草を詰めた袋とまったく同様に、台の上に載せられた（二五頁参照）。唯一の違いといえば、両腕でロープを引き続ける力のないミセス・ハリフォードは（二七、一一一頁参照）、車のエンジンの力でこの困難を克服したという点だった。彼女はぼくたちに聞かせるためにさらに一、二度大声で夫の名を呼ぶと、車軸に引っかけておいたロープの端をはずし、サイロの近くで落として戻ってきた」

「でも、それってひどすぎるわ」アンジェラが口を挟んだ。「わたしたちみんなが玄関で笑ったりふざけたりしている時に、すぐ目の前でなんて！　けっして自分を許すことができないわ」

「ああ、八人の目撃者の目前で、あるいは少なくとも声が聞こえるところで気づかれずに殺人をやってのけるのは、誰にでもできることじゃない。むろん、すぐには死ななかったろう。実際にもがいたのはわかっている。コートを引き裂き、カラー・ボタンを引きちぎった（六三頁参照）。あの下をぼくたちはつぎつぎと車で通ったが、あの高さでしかも鞄の中からでは、彼がどんなに大声を上げても、聞こえなかったろう。ハリフォードの女房が屋敷に戻ってきたとき、顔に一種不気味な自己満足の色を浮かべていたのが目についた。あとでぼくはそれがモスマンの速力に対する自信のせいだろうと考えたんだが。さて彼女は自室に上がり、ぼくに見えるように煙草を吸い、そこに座ってメイドに指図をしているのが他ならぬ彼女であることを間違いなく証明するために、時折歌をひと節口ずさんだ。それから約束の時間にホールに下りてゆき、そこで夫と面と向かうことになった……


夫人はインディスクライバブル社のお得意様となるはずだった。姿を見た瞬間、夫の幽霊と思ったに違いないが、その夫から隠そうとしたのは驚きか、失望か、謎か、恐怖のいずれだっただろう？　一瞬のうちにみごとに我にかえり、新たな状況に順応して急いでウォルター・ハリフォードと車に向かい、闇をついて疾走させながら、狂ったように考え、推測し、計画を練った。すぐにメモが入れ替わったことと、サイロのてっぺんの台の上で窒息状態になっているのは誰かに気づいたに違いない。彼女のひと言でまだ彼の命は救えたかもしれなかった。だがそのひと言を言って、絞首台に送られずにすむだろうか？　考える時間はあったが、ワースリーを救う方法を考える時間はなかった。必要とされている現場から、刻一刻と彼女は遠ざかっていった」

「ほう、なるほど」リーランドは頷いた。「だが夫人は車が故障したふりをして、闇の中をぬけ出し、きみたちがみつける前に旅行鞄を開けられたのでは？」

「たぶんね。だがワースリーはすでに死んでいるかもしれない。故障したとなれば、レースは中止になる。ワースリーがいないのがわかって、旅行鞄が発見されるかもしれない。いや、自分の命を救う最上の方法は、この絶望的なほど変わってしまった状況の中で、本来の計画を実行することだった。それはたぶん彼女が唯一本当に好きな人を失うことを意味した。自身の行動から、夫の経済状態を修復する最大の頼みの綱を今や失ってしまったことを意味した。だがそれはさらに、彼女の慎重な準備がことごとくうまくゆかなくなったことを意味していた。身代わりの人々をパーティーに集めはしたが、彼らはもう夫人にとっては無用の人間だった。ワースリーを殺す動機を持つ者は一人もいなかった。ウォールド・ガーデンで彼女は手がかりの偽造工作をしたが、闇の中でそれを取り除くのは難しく、しかも残してはまずい手がかりだった。そして今や計略の残りの部分は、それが露呈する危険なしに進めるのは非常に難しくなっていた。ワースリーが夫人の車に乗っていたのなら、邸内の車道に戻ってきたときに、まっすぐ床に就くよう言うことができたはずだろう？

彼はまったく運転できない。だがハリフォードなら、自分で車を車庫に入れたがるだろう。すると旅行鞄は高い所で干上がってしまう。どうやって元の場所に戻したらいいだろう?」

「結局どうしたの?」

「幸いもう一台、ブリッジが車道にとめてあった。それを片づけたのはハリフォードだった。夫人が夫を先にやってブリッジを片づけさせ、自分はモスマンを運転してあとから行ったに違いない。警察の事情聴取でハリフォードがそんなことを言っていたのを憶えてるかい? モスマンがなかなか動かなくて、夫人が家に戻ってきたのは自分の十分後だったと(一八四頁参照)。この十分間に、彼女はめまぐるしく動きまわった。梯子をよじ登り、旅行鞄を開け、視線を逸らしながら中身をサイロの闇に向かってあけ、這い下り、旅行鞄を下ろして荷室におさめ、車を車庫に入れた。それを全速力でやったに違いない。というのも彼女は、夫が木立をぬけて近道を通る——実際はこうしたんだが——代わりに、車庫から自分のいる車道へ向かってくるかもしれない、と恐れたのだ。かろうじて事を終え、今や無用となった小道具、三叉をサイロから出した(一四七頁参照)。しなくてはならない他のこと——ウォールド・ガーデンで細工した手がかりを取り除く暇はなかった。そうしていると時間に遅れて目立ってしまうので、翌日にまわしたのだ。彼女は朝食前にどこかのおせっかいがその道を通るとは思わなかったが、それは見こみ違いだった。ぼくたちがまだ朝食を取っているあいだに、彼女はウォールド・ガーデンに行き、すでに無用となった葉巻や温度計の偽装工作を取り除き、ハリフォードの物と思える帽子の代わりに、白いバッジを置いた。ワースリーの遺体からは白いバッジは出てこなかったので、ともかくも安心した(九七頁参照)。あとで彼女は、ぼくがバッジをみつけて指差して見せるまで、庭を行ったり来たりさせたんだ。あの女め！　ひとをさんざん利用しやがった」

第二十八章　それでどうするの？

「それでどうするの？」アンジェラが尋ねた。

「思案中なんだ。僕はこの事件を――リーランド、この論拠で陪審が納得すると思うかい？」

リーランドは不快な事実からなんとか逃れようとするように、パイプを強く吸った。「悪いが、そうは思わない。いいかい、きみの話を聞いて、ぼくはこのいまいましい事件全体が目の前で起きるのを見たみたいに納得したよ。だが陪審団がこの話を素直に受け入れるか、はわからない。根拠がない、と連中は言うだろうな。まったく、弁護士のやつらがなんて言うか考えてもみろよ！『ミスター・ブリードン、あなたは道化師の帽子に関しては権威でいらっしゃる』法廷には爆笑が起きる。そういうたぐいのことが持ちだされて、弁護士なんかいなければいいのにと思う羽目になる。きみもぼくもワースリー宛のメモが書かれたことを立証できない。きみもぼくもあの葉巻の吸い差しを提示できない。さらにまずいことに、事件全体に光を投ずることができるかもしれないただ一人の男は、我々が証言を求めることができない男（法廷で配偶者に不利な証言をすることはできない）、ハリフォード自身だ。

彼は多少とも疑っていると思うかい？」

「まるで望みはないね。彼は自分たち夫婦はただの一度も意見を異にしたことがない、と意気揚揚と断言するさ。そして彼こそ犠牲者となるはずの男だったんだ！　いや、きみの言う通りだ。うまくいくはずがない。陪審員を感心させるのは、おそろしくばかげた種類のことにかぎるんだ」

「ところで」アンジェラが口を出した。「わたしたちふりだしに戻ったみたいよ。繰り返すわ。それでどうするの？」

「それがわかればいいが」夫の方は率直に認めた。「まずいのは、相手の出方を待つしかないってことだ。そして事が起きるのをただぶらぶらと待つくらい、士気を低下させるものはないな」

「なにかが起きるというのはたしかなの？　ミスター・リーランド、うちのメイドの一人が里帰りせざるを得ない事情があったから、わたしたち出てきたのよ。彼女はもう戻ってるし、主人はわたしの母性本能を斟酌《しんしゃく》できないみたい。むろん、わたしたち、ここでなにかお役に立つのなら――」

「ようし」ブリードンが言った。「ハリフォードの女房がただ汚い企みのためにぼくたちをここに招いたことを、たしかに認めるんだね？　よろしい。すると彼女がぼくたち、と言うよりぼくにもっと長くいてほしいと頼んでいるということは、もう一つ汚い企みを考えてるってことだ。それが類推ってやつさ。あの女が夫が自殺する心配なんてしていないことは、ぼくたちにはわかってる。逆に、必要とあらば夫に代わってそれを準備してやるつもりだということもね。だからぼくを引きとめるために、あの女がそう言ったのは嘘だ。なにか個人的な理由でぼくに留まってほしいんだ。なぜぼくに？　なぜならぼくはインディスクライバブル社だからさ」

「ええ、でもあなたがなくてはならない人《インディスペンサブル》だなんて、笑っちゃうわ。次に起きる小さな事故が、事故であって自殺でないと証言させる以外に、あなたをそばに置いておいて、なんのいいことがあるの？　それに自殺だとしても、会社はこうした保険契約にはたぶん全額支払うって、あなた、自分で言ったじゃない？」

「ああ、だが夫人はそれを知らない。その上心神耗弱による自殺でなければ、全額支払うことはない。きっと彼女は機先を制してくるさ――神経がどうのこうのとまくしたてて。いや、ブルース王のクモ（スコットランド王ブルースは英軍の攻撃で小島に逃れ、何度も巣を張ろうとしてやっと成功するクモを見て再起する）だよ、あの女は。つぎのひと勝負に備えて、手に唾つけてる。彼女の目を見ればわかるさ」

「ええ、あなたの言う通りでしょうね。でも、ずいぶん性急だと思うけど。少し間を置くだけの分別はあるんじゃないかしら。ミスター・リーランド、あなたはどう思って？」

「あいにくだが、奥さん、今回は反対側につくな。異常なことは認めるが、自分を頭がいいと思っている真の犯罪者は、容疑をうまくかわすために充分長く待ったりはしない。スコットランドのあの少年を思いだしてごらん。ある晩、石炭積みのボートに乗っていてあやうく溺死を逃れたが、翌朝撃たれて死んでいた。と言って有罪の判決があったわけではなかった。だが警察の視点からはかなりはっきりしている。いいかい、一つにはミセス・Hの殺意は堅く、その決意を弱める気はない。もう一つには、ワースリーの死は、現在この家にいる人間の自殺にもっともな根拠を与える。それに彼女は、夫がなにも疑っていないと完全に確信しているわけではないんだろう。世間に関する限りでは自分が安泰な立場にあると感じているときでさえ、犠牲者がなにかをみつけだすのではないかと常に心配するのは、罪の意識のなせる業の一つだ。夫人からみると、ハリフォードは片づけなくてはならない役立たずにすぎない」

「ええ。たしかになにかあるわね。でも、主人が言うように、彼女の企みがなにかわからなければ、先へは進めないでしょ。言ってみれば、今回は前と同じ屑籠を使いそうにないもの」

「奥さん、そんなに強く確信しないほうがいいよ。もう一つの異常な点は、殺人者というものは少しも独創的でないことなんだ。おきまりの手順が満足に運ぶと、同じ計画を永久《アドインファナイタム》に続けられると思うんだ。たとえば『浴槽の花嫁』事件（英国の結婚詐欺師ジョージ・スミスが三人の女性を浴槽で溺死させた）を見てごらん。あれは数ある事件の一つにすぎない。ご主人がいつも言うように、ぼくは想像力に欠けるのかもしれないが、ここ数日はあのサイロを見張ることにするよ。彼女にはなにか新たな計画があるのかもしれないが、少なくとも実際に繰り返さないよう、気をつけなくてはね」

「それはどうかな」ブリードンが口を挟んだ。「いいかい、彼女は利口な女だ。次回のねらいは前回とまったく同じではなく、少しだけ似たものになると思うな。サイロで二度事故が起きれば、陪審団も度が過ぎると思うだろうからね。それにいいかい。何もかもはっきりしたのに、いまだにぼくたちが解決してないことがある。つまりきみが車庫でみつけた、あの切り詰めた園芸用のホースだ。あれはこれまでぼくたちがみつけたものの、どれにもあてはまらない」

「あら、でもわたし、あれについては考えがあるわ」アンジェラが言った。「あのね、マートル・ハリフォードは単に下検分のために、あらかじめサイロの中を少しばかり見ておこうと思ったんじゃないかしら？　そして彼女はガスにやられる可能性を絶えず頭においてあのホースを中に持ちこみ、片端を外に出したまま、反対の端から息をしたんじゃないかな？」

「その提案はあまりいただけないね。あのホースの長さはどれくらいだった、リーランド？」

「それには長すぎると思うね、あいにく。少なくとも六ヤードはあった。だがぼくはホースは彼女が考えた他の企みの一部で、結局その案は捨てたのではないかと思うけど」

「それは充分ありえる。だが、今度は彼女がいったん考えて取りやめた計略を使って、ぼくらに挑戦してくるのは、ほぼ確実だと思わないかい？　もちろん、実行可能な案だとしての話だがね。いや、つぎの一幕であのホースがなんらかの主役を演じなかったら驚きだよ。ああ、つぎになにが起きるかと待つのは、いらいらするな」

「ことにあなたにとってはね、ダーリン」アンジェラは指摘した。「いいこと、マートル・ハリフォードがこのミスショットを続ける気でいるなら、今度やられるのはあなたにほぼ間違いないもの」

「家内のおぞましいユーモアのセンスを許してくれ。いや、だがまじめな話、目を皿のようにしていなくてはならないぞ。リーランド、きみはまだ、なにか不審な点にはぶつかってないかい？」

「指示通り、ハリフォードの亭主の方が川辺を散歩するたびに、我々は土堤近くをぶらついてるよ。彼はしょっちゅう歩いている。だが、単に自殺しないように見張れ、ときみは言ったよな。彼が殺されそうな時に介入しろ、とは言わなかった。それにミセス・Hに目をつけろ、ともな。ぼくには彼女にこそ見張りが必要だと思うけど。きみの今の説だと、川辺をうろうろしてても、あまり役に立ちそうもないな」

「ああ、だがキャンプするとなると他に適当な場所がないからね。そして目をしっかりと開けて単にぶらぶらするのに、どの場所がましかなんて、ぼくにはわからない。たぶんサイロから農場に通じるあの道路を除いてはね。あれが公道かどうかわからないが、誰もが使ってるようだ。アンジェラ、もう帰ろう。お茶の時間だ。リーランド、明日また会おう」

三人が座って話しこんでいるあいだに空は曇ってきた。あたかも自然がラーストベリの惨事に慈悲深いヴェールをかけるかのように小糠雨が降りだし、空気を鎮め木々の輪郭をぼやかした。屋敷をまるで好きになれなかったアンジェラにとって、それは今や恐ろしく不気味な姿で立ちはだかっていた。彼女の育ちが違っていたら、さだめしアガメムノン（ギリシア神話のミケナイ王。トロイア戦争におけるギリシア軍の総帥。凱旋後、妃とその情夫に暗殺される）の言葉を引用して気持ちを伝えていたかもしれない。実のところは、彼女の頭に浮かんだ文句はこうだった。「『わたしの客間にお入りなさいな』とクモがハエに言った（メアリ・ハウイット作『クモとハエ』より）」ミセス・ハリフォードは、その凡庸な当世風の仮面の下で絶えず陰謀を企み、絶えず他人を利用しようとする、斑点のある大型の昆虫だ、とアンジェラは今や感じていた。心底ワースリーの死を悼んでいるのだろうか？ それとも、あれもまた役の一部で、ゲームの次の一手の布石なのだろうか？

お茶の席につこうと客間に入ると、その場にいたのはウォルター・ハリフォードだった。慰みに蓄音機でギルバートとサリヴァンの曲を聴いていたが、夫妻を見ると恥ずかしそうにとめた。無意識に自分の役を演じている陰気な状況下にしては、このときも彼はあまりにふつうで、あまりに素朴な心の持ち主という印象だった。ワースリーの葬儀の様子を描いた絵入り週刊誌を二人に見せて、彼は言った。「葬式はいやなものだな。朽ちてゆく男の遺体を大騒ぎして埋めるというのは、あまりに場違いに思えないかね？　むろん、ワースリーは火葬にした。そのほうがはるかに衛生的だとつねづね思っている。だが、穴の中の火葬炉に入れられることを思うと、ぞっとするね。死んでしまえば、そんなことは気にしないだろうが」

「こうお思いになりません？」アンジェラが訊いた。「最新式のものはすべて、どちらかと言うとお葬式ではいつだって場違いだと？　つまり、人が死ぬ時になにをしていようとも、この世でどんな名士だったとしても、それは他の人と同様に亡き人の数に入ることだと――そう言いません？わたし、こういう時、とても時代遅れなんです。お気の毒なミスター・ワースリーのように霊柩車でさっと運ばれるよりも、昔ながらの慣習に従って馬車で葬列を組んでもらう方がいいわ。死それ自体がおそろしく古い慣習で、簡単には変えられませんもの」

「まあ、わたしは新しもの好きなので、今はまだそれをやりたいとは思いませんね、奥さん。もちろん、哀れなワースリーみたいに急に倒れたらと思うと、ぞっとします。考えてみれば、あれはわたしでもおかしくなかった。たぶんわたしは感傷的なたちなんだろうが、まわりを友人に囲まれて死の床に就き、最後に家内にひと言、ふた言くらいは言いたいものだな。だが、けっして先のことはわからない。今日はワースリーで、明日はわが身かも。やあ、マートル、来たね。少し元気が出るように、なにか飲むといい。ミセス・ブリードンとあまり愉快でない話をしてたところだ――殺人と急死についての」

カクテルを自らつぐハリフォード夫人の手は少しも震えていなかった。「あの女は準備万端整えてるな」ブリードンは思った。「明日はなにかが起きるだろう」

第二十九章　一酸化炭素

しかし、翌朝は猿のアレクシスが病気になった以外、なにも起きなかった。

アレクシスはハリフォード夫人の私室の燃え盛る暖炉の前で、籠の中に毛布にくるまれていた。天気は再び変わり、ひどい暑さだった。だが不思議なことに夜の間に隙間風が入って風邪をひいたらしいアレクシスは、そこで何時間も咳き込み、高熱に震えていた。病気になると、健康なときよりもいっそうやっかいなペットだった。いつものように憂鬱な様子で、なんら感情の変化を見せることはなかったし、女主人の看護になんら感謝を示すこともなかった。夫人は献身的に介護にあたり、誰かが入ってくればとんでいってドアを閉め、窓から隙間風が入りこむのではと要らぬ心配をして衝立てを置いた。「彼の肺はとても繊細なのよ」彼女は言った。「しっかりくるんでおかないと、どうなるかわからないわ。これ以上友だちをなくすのは堪えられないもの」そこでアンジェラは自制して、この感傷家に干渉するのは控えた。

昼食の頃には猿の容態はますます悪化し、ハリフォード夫人が固執する唯一の話題に、一同はほとほとうんざりさせられた。「アレクシスの体質をよく知っている唯一の人間」であるヘレフォードの腕ききの獣医は仕事で出かけており、いつ戻るかわからなかった。ヘレフォードまで連れていって処置を待った方がよいのでは？　客たちの控えめな提案にハリフォードは賛成したが、ペットからたとえ一日二日でも離れるかと思うと、夫人は気がめいってしまうようだった。主人にいたく同情して、ブリードンはかねてから約束していたクロックゴルフの雪辱戦に誘い、二人で接戦を演じている真最中に、ミセス・ハリフォードがまたも割りこんできた。

「もう、これ以上とても堪えられないわ。ウォルター、あなた、アレクシスをヘレフォードに連れていって。あなた、聞いてる？」

「なんだって？　ああ、わかった」男が一時的に些細なことに熱中するのを、女が許容することを学ぶまでは、両性の間に完全な理解はけっしてないだろう。「今かい、それともいつ？　今ちょうどこれをやってる最中なんだが？」

「まあ、哀れなペットが刻一刻と死にかけていて助けを求めているときに、ゲームなんておやめなさいな。むろん、わたしが行きたいんだけど、フリーランズ夫妻がみえるのよ。いいこと、わたし、車を取ってくるわ。あなた、あまり忙しくなかったら、わたしが戻るまでにジャクソン先生のところに電話して、これから行くと言ってくださらない？　忘れずに暖炉に火を入れておいてもらうのよ。そしてジャクソン先生が戻ったら、すぐに先生ご本人にアレクシスを診てもらってね。そのくだらないゲームは急いでおしまいにしてちょうだい」

「わかったよ、おまえ。いつでも行けるさ。ほら鍵だ」ウォルターはブリードンに向かってつけ加えた。「その、家内に欠点があるとすれば――どうもありそうにないと時折思うんだが――あいつはあんまり優しすぎるってことなんだ。これでハーフだよね？」

ブリードンは女主人のあせりをいくらか感じはじめた。ことに夫人のあとを追って、車庫でなにをするか見たくてたまらなかった。ブリードンは持論に固執する男だったので、このときでさえ、猿の健康が夫人の最大の関心事だとは信じられなかった。しかしハリフォードの方は緊急の電話を先延ばししてだらだらとパッティングを続けており、ゲームをやめるもっともな口実はなさそうだ。五分が過ぎ、十分が過ぎ、やがてようやくのことで愛妻家の夫は妻の指図を思いだした。「しかたないな、ブリードン君。試合はおあずけだ。行って電話をかけてこなければ、わたしの信用は地に落ちてしまう。電話をかけおえた頃には、家内が車を持ってくるだろう。こんなに時間がかかってるのは、ガソリンを入れているからに違いない。きみがよければ、続きはお茶のあとでやろう」フランス窓からぶらぶらと屋敷内に入ったハリフォードが電話口で話す声が聞こえてくるとすぐに、ブリードンは急いで車庫に向かった。車道の角を曲がると、反対方向から車庫に向かってくる男が目にはいった。態度も足どりもためらいがちだ。リーランドだった。

「やあ、ブリードン。来てくれてよかった。うろついてたんだよ。見ろよ、なにかが持ち上がってる。車庫の中の大型車だが、戸が閉まったまま、エンジンがかけられてる。誰かいるのかい？」

「ああ、ミセス・ハリフォードだ。そのはずだよ」

「だが、戸が！　なぜ戸を閉めて、エンジンをあんな風にかけてるんだ？」

「戸が閉まっているのは、エンジンをかけているのを聞かれたくないからだ。いいか、きみはしばらく姿を消したほうがいい。ぼくは入って、なにか手伝おうか、と訊いてみる。鍵がかかってなければ、だが」車庫の正面全体を覆っている、たたみこみ式のブラインド状の戸は、手を触れると開いた。引きあげるにつれガソリンの強烈な悪臭が鼻をつき、本能的に警戒して後ずさりした。大型のモスマンは狭い長方形の車庫をほぼいっぱいに占領しており、運転席にはミセス・ハリフォードがクッションに頭をもたせかけ、体全体をねじ曲げていたが、間違いなく死んでいるようだった。その印象を裏切っていたのは、鮮やかな頬の赤さだった。むろん顔色は蒼白だったが、ところどころ見る者に挑むように不自然に紅潮していた。今や顔全体が輝いており、顔立ちを美しく見せていた。今初めて健康な夫人を見ているかのようだった。ブリードンが見回すと、本物の探偵はすでにそばに来ていた。

「うん、いつもああなんだ、車庫の場合は。前に何度か見たことがある。空気が良くなるまで待とう。我々にはどうすることもできない。そう、彼女はこのためにあのホースが必要だったんだ。手に握ってるだろ？　車に閉じこもって、ガスを引きこむのに使うつもりだったんだろうが、そのうち詰まってるとわかって、車庫の戸を閉め、車庫中を悪臭でいっぱいにした。そーら！」リーランドはハンドルめがけて突進すると、車をゆっくりと車庫の外に動かした。長いゴムホースは引きずられ、やがて車から落ちた。

「心臓がまるで動いてない」リーランドはまもなく伝えた。「瞳はまだいくらか反応する。人工呼吸をすれば、望みはある。行って、ご主人を呼んでくるといい。医者も呼びにやるんだな。ここでは今はどうしようもない」

「ぼくが考えていたのはただ――ああ、いや、そうしなくてはなるまい。召使も少しばかり来させるよ。十分以内に戻る」

屋敷に戻るとすぐに、主人はまだ当分戻りそうもないと知って、ブリードンはほっとした。獣医は電話に応えて猿を動かさないようにと厳しく忠告し、車で迎えに来てくれれば、自分がラーストベリに出向くと申し出ていた。ブリッジがたまたま玄関先にとめてあったので、ハリフォードはすかさず乗りこみ、車庫に行ってモスマンは不要と伝えるようリデルに命じて、走り去った。ブリードンは必要な場合に備えて、ブランデーをリデルに持ってゆかせた。彼自身は医師に電話をかけた上で、アンジェラを探して主な部屋を回ったがみつからず、車庫に戻った。彼はリデルや数人の作男とともにその場に立ったまま、リーランドが成功の見込みもなしに、おきまりの務めにまだ精を出しているのを黙って見守った。「だめだ」ついにリーランドは言った。「もう、まるで反応がない。ミスター・ハリフォードはどこだ？」

他の人たちは即席の葬列《コールテイジ》を組んで屋敷に向かったが、二人の友人は打ちあわせたかのように、今後の計画をたてるためにあとに残った。ブリードンはたれさがったホースを手に取り、見てから臭いをかいだ。「いいかい。はっきりさせておかなくてはな。もう一度検屍審問があるだろうが、きみもぼくもみつけた物をそのままの状態に残してはいない。みつけた時どうなっていたかな？とくにこのホースはどうなっていたっけ？　片方の先は排気口に取りつけてあったかい？」

「いや、その近くの地面に落ちていた。排気管に取りつけようとして、後から投げすてたみたいに」

「正解。そしてもう一方の端は？」

「もう一方は夫人の手中にあったか、一時あったと思われた。実際にはホースの先は、運転手に声をかけるための仕切りガラスの小さな穴を通じて後部へと押しこまれていた」

「だからガスがホースを通じて入ってくると――そうでなかったことはわかっているが――車内をめぐり、ガラスの穴を通して運転席の後方にまわり、車の前部ではなくて後部に吐きだされていただろうな」

「ああ、そうだ。自殺するには、きみょうなやり口だな」

「目的がなにかによる。だからこそ、きみとぼくで話しあう必要があるのさ。ぼくたちは話をつくっておく必要があるという気がするんだ。同じ話の方がいい」

リーランドはいらいらしたように、顔をしかめた。「ブリードン、きみはおかしなやつだ。満足ということを知らないんだな。我々の胸の内におさめてしまえば、このまままきれいに片がつくじゃないか？　なるほど昨日のきみの話をすっかり話さなくてはならないことになるかもしれないし、我々はおそらく骨折り損ということになるのだろう。だがあの女は今や親切にも我々の目の前で自殺したんだから、黙っていて、それで終わりにしたらどうだい？　なぜ過去を暴きだす必要がある？」

「ほう、彼女が自殺したと言うつもりだね？　よーし、ぼくもそう話すつもりだった。だが事態を完全に把握しておこうじゃないか。夫人が自殺を図ったのなら、なぜ、そしてどうやって自殺したんだい？」

「ああ、なぜかと言うのか！　なぜ自殺するのか？　本当の狂人を除けば、自殺するのはいつも思ってもみない人間だ。一つにはどうも罪の意識があると思う。殺人容疑者の半数近くが自殺して、山ほどの問題を解決してくれるじゃないか。この哀れな人間の良心は、他の人間のよりちょっとばかり遅く働いたってだけなんだろうな。そして殺人を犯したばかりか、間違った人間を殺してしまい、夫が破産しかけているというのは、かなり適切な時期ではなかったかと思うね」

「よろしい。動機はよしとしよう。では夫人はどうやって自殺したか、だ？」

「その、彼女が一酸化炭素中毒で死んだことは動かしようがないよ。他のどんな方法で死んでも、あんな風な頬の紅潮は見られないだろう？　そしてわずか十分ほど前には元気だった人物が、ガソリン臭い車庫の中、エンジンのかかった車内で一酸化炭素中毒で死んでいたら、自殺と考えるのがふつうじゃないか？　ぼくの推測では、夫人のそもそもの考えは運転席にこもり、この目的のために切っておいたホースを使って、排気管からガスを誘導することだった。おそらくこのおなじみの方法だ。狭い場所に閉じこもれば、むろん事は早い。それにああいったモスマンのような車は、完全に隙間風を防ぐことを大いに自慢にしているからね。だから彼女がホースを通す分だけわずかに窓を開けて運転席に閉じこもり、背後のガラスをぴっちり閉めて後部と切り離せば、数分で死ぬことになるだろう。だが知っての通り、運よくぼくが石を詰めることを思いついたから、ホースは使いものにならなかった。そこで夫人はホースを放り、車の窓を開けたままで車庫の戸を閉め、単にエンジンをかけた。すぐには効かないが、こんな狭い車庫では待つとしてもそう長くはない。それが起きたこととの合理的な説明になると、ぼくは思うね」

「ああ、合理的、すこぶる合理的だ。実際、これからやろうとするように、きみとぼくでちょっとばかり細工をすれば、誰もそれ以外の結論をだすのは不可能だ。だがミセス・ハリフォードは実際には自殺なんかしてないのさ。まず偽装工作をしておいてから、屋敷に戻る道々、真相を話そう」

第三十章　内輪の話

「たとえば、車の窓だが」ブリードンは続けた。「なぜかあまり自然に見えないね？　つまり閉め切った車庫の中でハンドルに向かって座り、排気ガスで死のうというとき、両側の窓はしっかり下ろすよな。とうぜんだ。そうすればすぐに死ねるからね。だから窓を下ろしておこう。そして些細な点だが、排気ガスを無駄にしたくないので、車の後部を密閉しておきたいと思うだろう。だからほんの少しの隙間、運転手に向かって指示を叫ぶ小さな丸い穴さえ、開けておきたくはないと思うはずだ。だからふさいだ方がいいだろう？　さてと、このホースだが、きみはなぜここにあるか説明してくれた。だがもしきみの言う話をするつもりなら、いっそ片づけたほうがよくはないかと思う。単に検屍官を混乱させるだけだからね。きみが先刻見た場所、あのがらくたをしまってある道具小屋に戻すのが一番いいと思うな。だが、まず中に突っこんだ石を取り除いたほうがいい。どこだい？　ああ、そこらへんだ。石を入れたまま、ホースを少し切ればいい。それで石はとれるから、車道に転がしておこう。犯罪を冒すのに使った武器は隠してさ。さあ、今度は二本のホースをもとあった所に片づければ……」

屋敷までは長い道のりではなく、リーランドはまだ警察の手続きに顔を出したくはなかったので、サイロのところまでブリードンに同行した。だから説明は短いものだった。「きみも承知の事実に、まず少し加えさせてくれ。猿のやつが病気になった。偶然かもしれないが、ぼくはミセス・ハリフォードが昨夜中わざと隙間風のあたる所に檻を置いて、風邪をひかせたんだと思う。かわいそうに、あいつらはみんな肺が弱いんだ。ミセス・ハリフォードはセシル・ワースリーの復讐をしようとしたんじゃないかとぼくは思うね……さてハリフォードが猿を獣医のもとへ連れてゆくことになった。ミセス・ハリフォードはそのためにモスマンを用意した。この季節にでも、窓を全部閉めるいい口実となった。きみが言うように、モスマンの連中は窓の気密性の高さをとても自慢にしているからな。

さて、ぼくはこれから話すことをひと言も証明できないが、それでもかなりたしかだと思うんだ。ミセス・ハリフォードは自分が慎重に考えだした計画に沿って、車庫へと行った。長いホースの先を後ろの排気管に取りつけ、反対の端を運転席に持ちこんだ。仕切りの前後で会話するときの丸い穴を開け、そこにホースの先を通した。手にホースを持っていた。みつけたとき、そうしてただろう？　むろん、ホースは穴にぴったりの太さではなかったが、隙間を片手でふさいだので、自分の側には少しもガスがこないと確信していた。そうしておいて、エンジンをかけた。座ったまま、背後の車内には排気ガスが充満しつつあると信じていた。いくぶん臭いと思ったが、それはとうぜんだった。ホースから空気がまったく洩れないとは考えにくい。

実際のところ、夫人は車の後部全体に有毒ガスを充満させ処刑室に変えているつもりだった。事をなし終え、背後の丸い穴を閉じてから正面玄関まで乗りつけ、夫を運転席に乗せ、横に猿を入れた籠を載せる。むろん、両側の窓はきっちりと閉めておく。だが最後の瞬間に、彼女は夫に途中で車庫でガソリンを入れてゆくよう注意する。入れておくつもりだったが、忘れたと。給油する間アレクシスを絶対外気に触れさせないように、とも言う。夫人は手をふって夫を送りだす。夫は車庫に着くと、車の前後を仕切る窓を開け、アレクシスを外気から遠ざけるために、後部座席に移そうとする。その行為は彼の破滅のもととなる。開け放った仕切り窓から排気ガスが一気に押し寄せ、即座に彼を倒す。おそらく運転席に座ったまま死ぬだろう。数分後ミセス・ハリフォードは夫を見にその場へ来て、もう一度ホースの先を排気管につなぎ、反対側の先をどうにかして——たぶん床板を通して——車の前部に固定する。そうしてから彼女は屋敷に戻り、夫が車庫でガス自殺したと告げる。

むろん、ぼくには正確な筋書きはわからないが、明らかに夫人はその種のことを考えていたと思うよ。彼女の見込み違いは、きみが親切にもホースに入れた石だった。そのせいで夫人がハンドルの前に座りエンジンをかけた瞬間、ホースが排気管から吹っとんで役にたたなかった。車庫の床に沿って集まったガスが、ついには上がっていって、座っている彼女を急襲した。車庫の戸を開けておきさえすれば！　だがエンジン音が注意をひかないようにと、閉めておいたのだった。自殺などではなかった。第二の殺人未遂だ。最初の計画は夫人の注意不足から挫折し、第二のはきみの注意深さから挫折した。それだけさ」

「すると今回は事実上、ぼくが殺人犯ということか？」

「そう説明したければ、ね。ぼくなら処刑者と言うな。だがともかくも、きみには責任があり、それを最善の方法で利用しなくてはならない」

「考えてみると、ぼくは犯罪を犯したことになるのかな？　ミセス・ハリフォードの企みが実現していれば、ご主人は生きていてほぼ確実にみじめな境遇になる代わりに、そう望みたいものだが、幸せに死ぬところだった。そして夫人はあまり幸せそうではなく死ぬ代わりに、保険契約者たちに損失をこうむらせて元気でぴんぴんして金持ちになっていただろう。きみもぼくもお礼は言われなかったろうが、今の状況でも二人とも礼を言われることはないだろう。まわり中をより不幸にしたのなら、ぼくの介入は犯罪と言えるかな？」

「まったくきみたち警官らしい言い草だね」ブリードンは言った。「正義だけは信じようとしないんだ。今回起こったことより公正なことなんか、たぶんないよ。計画の失敗が罪のない未知の人間にではなく、犯人に死をもたらす。言わば蛇口をひねったのはきみの特権で、それにより称えられるべき正義が行使される。するときみは幸福が重要であるかのように、まわり中を不幸にしたとすぐさま愚痴をこぼす。悪人たちがみつかってスコットランド・ヤードに逮捕の手間をかけたりしない限り、きみは連中を野放しにしておきたいんだろう」

「わかったよ。だが厳正な事実をみつめれば、ぼくの介入は犯罪的だった。きみが言うようにそれは結果的に善い行いとなったが、そのとき神の恩寵というものがなければ、いともたやすく害悪になっていたかもしれない」

「ねえ、リーランド君、三年ほどたってきみがぼくの年齢に達したら、あらゆる人間の行動に関してそれが真実だとわかりはじめるだろう。大半の人間がそう見せかけているように、人類の幸福を目論みだしたりしたら、ほぼ確実に失敗を招くことになる。だが、自分に正義と思えることをしてその結果は気にしなければ、うまく神の手に勝負を委ねることができるのさ。それを使ってなにか不正がなされることを恐れて、きみがホースに石を入れたのはむろん正しかったんだ。それに、いや、言いあいはよそう。屋敷に戻らなくては」

二人はサイロのそばに立っていたが、そこからヘレフォードへ通じる道路と分かれて邸内の車道が始まっていた。「ともかく」リーランドはまだ立ちつくしたまま、言った。「きみは事件のことを黙っているつもりだな。ひたすら正義の勝利をめざしているのなら、なぜそうするんだい？」

「それはべつの話だ」ブリードンは答えた。「きみとぼくが事件全体を明かしても、まず信じてはもらえないだろう。だからそうしてどうなる？　そして第二に、ぼくたちの言葉が受け入れられれば、そうでない場合より気の毒なウォルター・ハリフォードを十倍もみじめにしてしまう。殺人犯と結婚して危機一髪のところで逃れたことを思って夜眠れなくなるより、貞淑な妻を偲んで悲しむほうがずっとましだろうさ」

「ではきみの信じるのは正義で、真実ではないんだね？」

「いや、もちろん、ぼくは永遠の真実といったものを信じる。だが今度のように単なる過去の事実という真実なら、それを告げろという権利は誰にもないはずだ。さらに、あまりにありそうもないことだ。ありそうもないことを言う必要があるかな？　人々の考えを混乱させ、いたずらに疑い深くする。こんな事件では、ぼくは嘘をついてはばからないね——警官のように」

そう言うとブリードンは屋敷を避けて、川へ通じる小径を走っていった。アンジェラに会ったら、凶報を伝えなくてはならない。

解説　神経の鎮めとしてのパズル

真田啓介

1　はじめに

とくに親しくもしていなかった人間の愛読書がたまたま自分と同じであることを発見したり、なにげなく読んでいた雑誌のエッセイで、自分のひいきの作家がほめられているのを見かけたりすることがある。そんなときは妙にうれしくて、まだ人柄もよく知らないその相手や、会ったこともないその書き手ににわかに親近感を抱いたりするものだ。そんな折にふと、「文芸における同じ好みほど、美しい友情の礎《いしずえ》として確実なものはない」という箴言を思い出し、その人間性に対する洞察の深さに打たれるのだが、実はこれ、P・G・ウッドハウスのユーモア小説の中に見える一文なのだ。

その作品というのは、マリナー物の短篇「スープの中のストリキニーネ」で、アンソロジー・ピースとなっているから読まれた方も多いだろう。読みかけの探偵小説を取り上げられた中毒者《マニア》の物狂おしい思いが描かれた、いささか身につまされる話である。主人公のマリナー青年がミステリーの芝居を観劇中、隣席の若く美しい、そして探偵小説ファンの女性と意気投合する。「二つの相似

た魂が、思わずおたがいの目をのぞきあった。」この場面に付された作者のコメントが、右の「箴言」なのである。(1)

で、それがどうしたのかというと、今回本書の解説を担当できることになって、ノックスの作品のあれこれを思い浮かべながら幸福な気分にひたっていたとき、その作風の一大特色をなす英国風ユーモアに彩られた回想の甘美さが呼んだ連想か、思いはいつかウッドハウスへと飛んで右の場面に至り、「箴言」の真実を改めてかみしめながら、そういう意味ではノックスが一番だろう、と心にうなずくことになったのだった。

いささか独り合点の言い方になってしまったが、要するに、筆者としては、探偵小説——この場合、古典的な本格探偵小説に限る——が好きだという人なら誰とでも友情を結べる可能性があるのだが、やはり作家と作品の好みはさまざまだから、おのずと親疎の差は出るだろう。そのとき最も親愛の情を覚えるのは、たぶん、ノックスが好きな人ではないかと思うのだ。ノックスの面白さが分かるという人なら、職業身分年齢性別思想信条のいかんを問わず、筆者の精神的知己である。ノックスが面白くてたまらない、という人がいたら、我が精神的同胞《はらから》である。

筆者はチェスタトンが好きだし、バークリーが好きだし、他にも好きな作家は数多くいるが、チェスタトンやバークリーのファンの中にも嫌味な人間はいそうな気がする。しかし、ノックスが好きで嫌味な人間というのは、ちょっと想像できない。ノックスのファンなら、それだけで人格的にも信頼できる気がしてしまうくらいだ。(昔風の言い方をすれば「娘をやってもいい」と思うほどだが、それでも「スープの中のストリキニーネ」の母親ほど無責任ではあるまい。なにしろ彼女は、奪われた探偵小説の続きを読みたいばかりに娘の結婚を承諾してしまうのだから。……似たようなものかな？）

右にくだくだと述べきたったことは、要するに筆者の信仰告白にすぎない。ノックスについて何の解説にもなっていないじゃないかと言われそうだが、少なくとも、彼がある種の読者に心からの愛情を抱かしめるだけの魅力をもった作家であることの例証にはなるだろう。そうした読者の数は決して多くはないだろうけれども。そして彼らはことさら愛情を表に現すこともなく、静かに大事に暖めているだけだろうけれど。

2 お茶目な大僧正ロナルド・ノックス

実際のところ、ノックスの作品はあまり読まれていないように見受けられる。少なくとも、広範な人気を獲得しているという状況にはないことは、各種のベスト作品選出投票の結果を見れば明らかである。

その一方で、ノックスの知名度となると、これはかなり高いと見てよいだろう。カトリックのお坊さんで、『陸橋殺人事件』なるちょっと変わった作品を書き、探偵小説のルールを「十戒」として定めた人——というくらいのことは、ある程度ミステリを読んでいる人なら誰でも知っていよう。

しかし、そうした表面的知識は必ずしもノックス理解の手がかりとはならないのであり、むしろお決まりのレッテルとしてその実像を封じこめる役割を果たしてきたともいえる。「ノックス？

ああ、「探偵小説十戒」とか作った人ね」「『陸橋殺人事件』って、探偵小説のパロディなんでしょ、読んだことないけど」――これでおしまい。誰もが知っているけれど、誰も読まない。作家にとって不遇とは必ずしも無名と同義ではないのである。

多少は読まれていると思われる『陸橋』にしても、さまざまな読みが可能な作品なので、いまだその正体が的確に見定められているとはいえないように思われるし、時たま「十戒」の意味を取り違えているような見解に出くわすこともある。これらについては別項で改めて取り上げることにして、ここではまずノックスの人と作品について概括的にふれておくことにしよう。

ロナルド・アーバスノット・ノックス（Ronald Arbuthnott Knox, 1888-1957）は、父が英国国教会の主教、両方の祖父も僧職という聖職者の家系に生まれた。十歳でラテン語とギリシア語の諷刺詩を書いたというから、神童の部類である。彼は通常の神童とは歩みを異にして、イートン校からオックスフォード大学を通じてすばらしい学業成績を収め、しかも学校中の人気者だった。卒業後は国教会の聖職につき、第一次大戦中にローマン・カトリックに改宗、その後オックスフォードの教会牧師等をつとめ、大僧正の地位にまでのぼりつめた。ラテン語聖書の権威ある新訳の業績のほか、宗教や文学方面で数多くの著作を残した。

かようにノックスは当時の英国における最高の知識人の一人であったわけだが、彼の内にはまた子供のようないたずらっ気と遊び心も同居していた。（流布しているパイプをくわえた彼の写真を見ても、その目許にはいたずらっぽい快活さといったものが漂っているようだ。）

その遊び心の一端が、一九一二年にまず「『ホームズ物語』についての文学的研究」という形をとって現れた。いわゆるシャーロッキアーナの走りである。これを読んで面白がったコナン・ドイルは、ノックスに長い手紙を書いて「この種の作物にこんな骨折りをする人がいる」ことへの驚きを伝え、ホームズ物語については自分よりノックスの方がずっとよく知っているようだと認めた。しかし、その後非常な発展を見せたホームズ学について、ノックスは必ずしも肯定的に見てはいなかったようであり、三十年後に書いたある手紙の中で、自分の論文が「悪い冗談」を始めてしまったのは憂鬱だと述べている。(2)

一九二〇年代の探偵小説黄金時代の開幕——F・W・クロフツやアガサ・クリスティー、ドロシイ・セイヤーズといった新しい作家たちの登場が、子供の頃からホームズ物を始め多くの探偵小説を愛読し、また既に文筆の人としても一家をなしつつあったノックスの創作意欲を刺激したのだろう。一九二五年、彼は『陸橋殺人事件』を書いて探偵文壇にデビューした。

同じ年、アントニイ・バークリーも処女作 *The Layton Court Mystery* を匿名で刊行しているが、この二人はいずれもE・C・ベントリーの『トレント最後の事件』の影響を受けて出発し、批評的・諷刺的態度で探偵小説にアプローチしたところに共通点がある。(『陸橋』と同じテーマをバークリー流に処理したのが一九三一年刊の *Top Storey Murder* であると見ることもできる。同書は近く翻訳が出る予定なので、どうぞ読み比べてみていただきたい。)

『陸橋』はある程度の成功を収めたようで(といっても再版は翌年になってからだから、大いに売れたというわけではなさそうだ)、一九二七年には第二作『三つの栓』が、その翌年には第三作 *The Footsteps at the Lock* が刊行された。第二作からは保険会社の調査員マイルズ・ブリードンとその妻アンジェラのおしどり探偵が登場し、最終（第六）作までのシリーズ・キャラクターとなる。『三つの栓』では、高額の「安楽死保険」に加入した富豪が、年金を受けられるようになる直前に密室でガス中毒死した謎をめぐって、「事故に見せかけようとした自殺」か、「自殺に見せかけようとした他殺」か、と推理が積み重ねられる。細部まで考え抜かれ、巧みに構成された物語で、結末の意外性も申し分ないし、作者特有のユーモアの味付けもあって楽しめる。地味ながら好印象を残す佳作なのだが、翻訳が絶版で久しく話題に上ることもないのは残念である。（ちなみに、この作の結構にはバークリーの *The Wychford Poisoning Case*（1926）を連想させるものがある。）

The Footsteps at the Lock では、いとこ同士ながら仲の悪い二青年がテムズ川の舟くだりをしていたときに、近く莫大な遺産を相続する予定の一方の青年が奇禍を思わせる状況で姿を消し、次いでもう一人も失踪する。やがて明らかになる真相は、事件表面の単純さからは思いもよらない底には底のあるプロットで、「難解な秘密が、論理的に、徐々に解かれて行く経路の面白さ」（江戸川乱歩の探偵小説の定義より）を堪能できる作品である。海外の評家の名作表にリストアップされたこともあり、(3) 作者の代表作の一つといってよかろう。本書十八頁に「バーテルの一件」とあるのは、この事件のことを指している。

続く第四作が一九三三年刊の『サイロの死体』となるわけだが、本書についてはとりあえず多くの人がノックスのベストと考えていることだけを述べて詳細は後に譲りたい。前作の発表から本書までやや時間がたっているようだが、これは作者の関心が探偵小説から離れていたことを意味しない。

一九二九年と三〇年には、それぞれ前年度に発表された短篇探偵小説の傑作集を編み（ヘンリー・ハリントンとの共編）、読者がページを閉じて謎解きを試みるのに適当な箇所をゴシック体で表示する、犯人あてのための「中断」箇所指定などという趣向をこらしている。これは、エラリイ・クイーンの「読者への挑戦」の先駆けとも見られる。二八年度版傑作集の序文はノックスの探偵小説論として有名であり、この中に探偵ゲームの競技ルールとして掲げられたものがいわゆる「探偵小説十戒」である。

一九三〇年、バークリーがロンドンにディテクション・クラブを設立すると、ノックスもこれに加わり、さっそく同クラブのメンバーによるリレー長篇『屏風のかげに』と『漂う提督』に参加した。前者は参加した作家たちの間で内容に関し何らの事前協議もされなかったというが、アンカーをつとめたノックスはこれに見事な結末をつけ、後者では英国教会の教理の箇条数にならって「39の疑問点」を掲げるなど、なかなかの活躍ぶりを見せている。

この時期にはまた、奇抜なトリックで知られる世界ベスト級の短篇「密室の行者」(4)も発表されているが、これも大僧正にも似げなき稚気あふれる作品である。

これら諸事績からうかがえるのは、ノックスの遊び心がいよいよ昂揚し、茶目っ気を発揮しだしたことである。それにはディテクション・クラブの面々、遊戯精神にかけてはいずれ劣らぬ才人才女たちからの刺激によるところも大きかっただろう。本書以降の作品で採用された、解決部分でそれまでに提示されていた手がかりの場所を示す「手がかり索引」(5)の趣向なども、こうした気分の産物としてとらえると理解しやすい。

一九三四年の第五作『まだ死んでいる』は、筆者のとりわけ好きな作品である。スコットランドの旧家の息子が園丁の子供を轢き殺してしまい、裁判では無罪になったが良心に責められて旅に出る。ところが旅行中と思われていた息子がある日死体となって発見され、一度姿を消したあとでまた出現する。この奇妙な事件をブリードン夫妻が調査することになるのだが、その真相は実に意外なものだった……。例によって考え抜かれた緻密な構成には感心させられるが、この作はさらに人の生と死、罪と罰をめぐる哲学的なドラマをも内包しており、再読・三読に耐える充実した内容の作品である。早川ポケット・ミステリで何度か重版されているので、けっこう読まれていると思うのだが、好評を聞いたためしがないのは不審にたえない。この作品はまだ死んでいる、というのも悲しい洒落だ。

一九三七年の *Double Cross Purposes* は、宝さがしにコンゲームという探偵小説らしからぬ題材を扱った作品だが、ノックスの作だけあって、その味わいはコンゲーム小説というよりはやはり探偵小説のものである。しかし、これは厳密にいうと探偵小説ではない。ノックスの定義によれば探偵小説の扱う謎は「何が起こったか」であるはずだが、この作では事件が過去のものとなっていず、事件のプロセスと探偵活動が相互に影響しあいながら同時進行していく。ブリードンは大事な発見を隠しているので、探偵の活動じたいが新たな謎を生み、それがまた事件を展開させていくのである。新しい方向を目指した作者の模索のあともうかがえて興味深いが、一般読者におすすめできる作品ではない。

この作品が最後の長篇となったことについては、イヴリン・ウォーによる評伝 *Ronald Knox* の中に次のようなエピソードが紹介されている。[6]良き友人としてノックスが最も心を許した相手であるレディー・アクトンが、あるとき船上から、まず彼女の口紅（ノックスが嫌悪を示したもの）を海に投げ捨て、続けて *Double Cross Purposes* の本を放り投げたというのである。以前から、教会の上層部や友人の中にもノックスが探偵小説を書くのを快く思わない人々がいて、忠告を受けたりしていたが、彼はかまわず書き続けた。しかし、レディー・アクトンの腕の一振りは、彼の創作意欲にあっけなく終止符を打ったのである。筆者としては、ただ遺憾の意を表することしかできない。

3 『陸橋殺人事件』の読み方 （『陸橋殺人事件』の内容にふれていますので、未読の方はご注意ください。）

「もし批評することに何か楽しいことがあるとすれば、それは思いがけず何かが見つかることである。作者が重要なことだとは思わなかったことを重要であるとし、作者がつけ足しだと考えたことを本質的なものであると指摘するようなことだ」――これはノックス「『ホームズ物語』についての文学的研究」の書き出しからの引用だが、[7]従来、『陸橋殺人事件』について何事かを語ってきた人々は、この「批評する楽しみ」を味わおうとしていたのかもしれない。

何食わぬ顔でたいへん失礼なことを書いているわけだが、何しろ諷刺を身上としていたノックス師である。その作品について語ろうとするときに、皮肉な言い回しの一つも使ってみたくなっただけのことで、他意はない。

とはいうものの、やはり筆者には、従来の『陸橋』評にはいま一つピンとこないところがあって、その多くが作者の意図を摑まえそこなっているのではないかという気がしてならないのだ。

かつて『陸橋』が幻の名作として神格化されていた時期があった。ポケミスの初期ナンバーの中でも特に入手困難な一冊で、マニアの垂涎の的だったのである。だが、昭和五十七年に創元推理文庫版が出てこれが普通に読めるようになると、一部の読者からはあからさまな不評が聞かれたことを記憶している。彼らはどうも、『陸橋』を本格探偵小説の埋もれた傑作としてイメージしていたらしい。そんなつもりで読めば、「アーマチュア達がいくら尤もらしい推理をやって見ても、真相はそうではないという事が読者には分っているので、一向迫って来るものがない。それも一つ一つが、大してユニックな推理があるわけでもないので、論理の為の論理としてもさして面白くない」(8)と不満をもらした江戸川乱歩と同様の感想を抱いたとしても無理はない。

乱歩のいわゆる傑作探偵小説の三条件に照らしてみれば、『陸橋』は、①発端の不可思議性——なし、②中段のサスペンス——なし、③結末の意外性——ないとはいえないが「一杯食わされた」という感じ、という具合だから、とうていこれを高く評価する気にはなれなかったろう。

さすがに今では『陸橋』を本格探偵小説として読む人はいないようだが、一部の技巧に着目する見方はなお行われている。たとえば、「意外な犯人」テーマの極北的事例として。あるいは、「多重解決」の先駆的事例として。前者については作者もそれを意識していたフシがあるが(9)、ちょっと気の利いた冗談というレベルのもので、これあるがゆえに『陸橋』が評価されるというものではなかろう(逆につまらぬアイデアだとくさす人も少なくない)。後者は、はっきり言って誤りである。

創元推理文庫版の扉の内容紹介に「四人は素人探偵よろしく独自の推理を競い合い、……四人四様の結論を下していく」などとあることから生じた誤解ではないかと思うのだが、『陸橋』のテキストを虚心に読めば明らかなように、素人探偵きどりなのは一時軍の情報部に勤務していたことが自慢のリーヴズ一人で、元大学教授のカーマイクルは何にでもコメントしたがるが犯人の推理はしないし、ワトスン役をもって任ずるゴードンはリーヴズやカーマイクルの批判者として反対意見を言うのみ。牧師のマリヤットにいたっては探偵活動はほとんどせず、リーヴズに犯人と疑われる役回りである。したがって「四人四様」の解決などないのだが、リーヴズの推理の試行錯誤の中でさまざまな仮説が浮かんでは消えていくので、そのような印象が生まれるのかもしれない。しかし、一つ一つの解釈が真相であってもおかしくない程度のものでなければ多重解決とはいえないのであり、『陸橋』をその先駆とするのは無理だろう。犯人の設定と関係づけてみれば、一巡して元に戻るために「ああでもない、こうでもない」と一通りやる必要があっただけだと考えることもできる。

やはり、まっとうな探偵小説としての評価は『陸橋』にはなじまない。そこで、探偵小説のパロディであるとか、最近ではメタ・ミステリであるとかいった見方が出てくるのだが、こうした言い方には分かったようで分からないところがあるので、注意が必要である。

パロディという見方には基本的に筆者も賛成だが、筆者の場合は、「ホームズ流の推理」による手がかりの解釈がことごとく的をはずし、素人探偵の最終的解決が大間違いに終わるという点をとらえて、ホームズ物以下の名探偵小説のパロディと考えているのであり、それ以上のものではない。そして、それは早くに『トレント最後の事件』が先鞭をつけていたことでもあるから、あえてそのパロディ性に注目するまでもないという気もする。論者がパロディという言葉でそれ以上のことを言わんとしているのであれば、筆者にはその意味が分からないし、メタ・ミステリとなるとなおさらである。探偵小説というのは本来的に自己言及的性格を有しているのだから、多少外側からの視点が目立つからといって、ことごとしく「メタ」などという言葉を振り回す必要もなかろう。

ああでもない、こうでもないとばかり言って、それならこの小説をどんなふうに読めばいいんだ、と問われるなら、筆者はこう答えたい。

『陸橋殺人事件』は、ユーモア小説として読むのが正しい。

べつに奇をてらっているわけでもなく、まじめな意見として申し上げるのだが、『陸橋』はその外観――素材と構成からすれば紛れもない探偵小説であるが、その本質はユーモア小説なのである。この意見はしかし筆者の独創というわけではなく、『陸橋』の初訳時にすでに訳者の井上良夫によって示唆されていたものだ。（ちなみに、井上良夫はわが国におけるノックスの最大の理解者であったといってよく、彼を戦争で失ったことがノックスの受容を大幅に遅らせる結果になったのは間違いない。）

柳香書院版『陸橋殺人事件』（昭和十一年刊）の序文で井上は探偵小説とユーモアの関係について論じ、従来ユーモア探偵小説の最優秀例はA・A・ミルンの『赤い館の秘密』であり、まずあれが探偵小説にユーモアを取り入れうる最極限と思っていたが、『陸橋』はそこから五歩も十歩も踏み出してしまったと述べている。「これは最早部分的のユーモアでなくプロット全体のユーモアであって、而も探偵小説の面白味とユーモアとが奇蹟のように融け合っている。」井上はユーモア小説とまでは書いていないが、「プロット全体のユーモア」とは要するにそういうことではないか。

『陸橋』は、最終章のカーマイクルの手紙の表現を借りれば、「改宗せるアマチュア探偵モーダント・リーヴズ」の物語である。近年イギリスで出版された大部の探偵事典(10)に、カーマイクルだけを取り上げて『陸橋』の探偵役としているものがあるが、読み違いもはなはだしい。ハワード・ヘイクラフトの『娯楽としての殺人』第十四章の名作リストでは、正当にモーダント・リーヴズ一人を探偵の項に掲げ、さらに適切なことにはカッコ書きでクエスチョン・マークを付している。

新聞に何度か「当方は知的で行動的、かつ冒険好きの青年、秘密情報収集の仕事に応ず(11)」との広告を載せながら、何の反応も得られないでいた探偵志願の高等遊民、リーヴズ。そんな彼が、おあつらえ向きにふってわいたような死体を前にして黙っていられる筈がない。ゴルフ仲間の三人(彼らもいずれ劣らぬ探偵小説好きだ)を巻き込みながら、素人探偵として活動を始めることになる。しかし、ことは小説のようにはうまくいかず、ひねり出す推理は事実に裏切られてばかり。あげくのはてに仲間の一人を犯人と決めつけるが、これが大間違いで意気消沈、探偵熱もさめてゴルフに専念し始める。――これが、この小説の基本の筋である。この物語がそれじたい探偵小説として書かれた結果、形式は探偵小説・内容はユーモア小説というユニークな作品が出来あがったわけである。

だから、この小説では誰が犯人かよりも、誰が犯人でないかの方が重要である。物語の主題からすれば、リーヴズの指摘した人物が犯人でさえなければよいのであって、犯人はそれ以外の誰でもよいのだ。この観点からすると、本書のクライマックスは、リーヴズが通話管を使ってマリヤットに向かい、相手が聞いてもいないのに独りで勝手に無意味な告発を続け、その直後にそれが完全な間違いであったことを知る場面にある。この前後のリーヴズとマリヤットの言動は滑稽でたまらず、筆者は読み返すたびに頬がゆるんでくるのを抑えられない。

このような素人探偵の失敗談としての読み方には、作者の承認も得られると思う。というのは、*The Footsteps at the Lock* にカーマイクルが再登場して（ノックスは他の作品でもよく人物再登場の手法を用いている）、オックスフォード大学の社交室で長広舌をふるう場面があるのだが、そこでカーマイクルは『陸橋』の事件に言及して、あれはいかに人間の判断というのが誤りやすいかを示す事件だった、という具合に要約しているからである。[12] これは、作者が『陸橋』の主題として考えていたことを語らせたものと見て差し支えないだろう。

『陸橋』をユーモア小説として読み直すとすれば、その文章にも注意を向ける必要がある。ユーモア小説というのは何よりその文章が生命だからであり、たとえば次に引くような文章を楽しめるかどうかで、この小説の面白さは格段に違ってくるのである。

「たしかに、ぼくの経験からしても、彼らにはその傾向がありますね」リーヴズには捜査の経験など皆無だったが、相槌を打つだけなら、何の支障もないと考えたのだ。

リーヴズは、探偵さんと呼ばれたことに、わくわくするほどの感動を覚えた。彼にもう少し内省的なところがあれば、皮肉の響を聞きとったはずなのに、それどころか、まずもって彼の頭に浮かんだのは、探偵はつねに手帳を用意していて、調査事実を書きとめておくことだった。

あいにくその用意がなかったので、「ちょっと失礼」といいながら、備えつけのクラブ用箋の一枚をひき裂いて、〝ミスR・S＝ミセスB〟と鉛筆書きをした。しかし、書きおえると、どういうわけか、ばからしく思えてきた。

「ぼくははっきり知っていたわけでないが――」リーヴズはこの返事で、直接の情報を入手していたのではないが、推察はできたとにおわせておいた。

（以上いずれも第16章のリーヴズとミス・レンダル・スミスの会話の場面から引用）


よい文章で書かれた小説は、ゆっくりと玩味しながら読まなければもったいない。筋だけを追って目を走らせる気ぜわしい読み方では、味わいきれないものがたくさんあるのである。筆者がノックスが大好きなのは、本の読み方がひどく遅いせいかもしれない。

4 「探偵小説十戒」の意味

どんな簡略な探偵小説史にもノックスの名を欠くべからざるものとしているのは、残念ながら彼自身の作品ではなく、「探偵小説十戒」である。黄金時代に開花した本格探偵小説の様式性やゲーム性が論じられるときには、必ずといってよいほど、ヴァン・ダインの「探偵小説作法二十則」とともにノックスの「十戒」が引き合いに出される。いろいろな本で目にすることができるが、改め

て引けばその内容は次のごとくである。(13)

第一条　犯人は物語の早い段階で言及される人物でなければならない。ただし、読者が思考を追うことを許されている人物であってはならない。
第二条　当然ながら超自然的要素や魔術的要素を物語に持ち込んではならない。
第三条　秘密の部屋、秘密の通路は、一つに限り許される。
第四条　これまでに発見されていない毒物や、結末で長大な科学的説明が必要とされる小道具は使ってはいけない。
第五条　中国人を重要な役で登場させてはいけない。
第六条　探偵は偶然に助けられてはいけない。説明のできない直感に頼って真相をつかむことも許されない。
第七条　探偵その人が罪を犯してはいけない。
第八条　探偵が手がかりをつかんだときには、即座に読者もそれを検討できるようにしなければならない。
第九条　探偵の愚かな友人であるワトスン役は、自分の頭に浮かぶ思考を隠してはいけない。その知性は、わずかだけ、ごくわずかだけ、平均的な読者の知性を下回っていなければならない。
第十条　双子の兄弟など、誰かと瓜二つの人物は、その出現を自然に予想できる場合を除いて登場させるべきではない。

現代の読者が初めてこれらのルールを目にしたとすれば、もっともだ、あたりまえのことだと思う事柄が多い一方、一部の条項には何らかの違和感を覚えずにはいないだろう。困惑する人、笑い出す人、あるいは怒り出す人もいるかもしれない。ここに書かれていることを文字通りに受け止めれば、そういう反応になる。

しかし、歴史的文書の意味を誤りなく理解するためには、それがどのような背景と文脈において、どのような意図で書かれたのかを探らねばならない。たとえば、「中国人はご法度」とする第五条は、今日ではとりわけ奇妙な印象を与えるが、これは人権派の諸氏の顰蹙《ひんしゅく》を買うような人種差別思想に基づくものではない。ノックスの説明によるとこれはもっぱら経験から導かれたもので、中国人の登場する作品は、ごく少数の例外を除いて出来の悪いものばかりだというのがその理由だという。ノックスが探偵小説と峻別した煽情《ショッカー》小説の中には、当時の西欧人の偏見に寄りかかり、怪しげな中国人が怪しげなトリックで荒唐無稽の犯罪を行うといった、程度の低い作品が数多く見られたのだろう。チェスタトンも一九三〇年代にこの種の小説を「休みなく、しかも無自覚に、邪悪な中国人を垂れ流している」と糾弾している[14]。

要するに、これらのルールは、ノックスの読書経験に基づいて、作者にこういうことをやられると読む方は面白くないという類のことを、探偵小説の品質保証の観点からとりまとめたものなのである。かなりの程度個人的な好みに基づく問題でもあるから、ノックス自身これらを普遍的なルールとは考えていないし、したがって当然すべての作家にルール厳守を望んでもいない。(実際、彼の編集した探偵小説傑作集の中にもルールに反した作品が含まれている。チェコスロヴァキアの作家ヨゼフ・シュクヴォレツキーが一九七七年に発表した短篇集『ノックス師に捧げる10の犯罪』は、「十戒」のルールを一つずつ破っていくという趣向の作品だが、ノックスが生きていてこの本を読んだとしても、面白がりこそすれ決して怒ることはなかったろう。)

これらのルールが「十戒」といった厳めしい形式で制定されたのは、聖職者であったノックス一流の遊び心からであり、これを真に受けて彼を融通のきかない厳格主義者《やかましや》と考えたり、個々の条文に必要以上の意味を読み取ろうとしたりするのは馬鹿げている。一方でノックスは探偵小説を作者と読者との知的ゲームと規定し、クリケット競技の場合と同じようにフェアな手法を厳守することの重要性を強調しているが、「十戒」の各箇条が具体的にそれを担保するものと考えていたわけではないと思われる。ヘイクラフトは『娯楽としての殺人』の「ゲームの規則」の章で、この問題に関するノックスやヴァン・ダイン、セイヤーズその他の諸家の見解を、①探偵小説はフェア・プレイでなければならない、②探偵小説は読んで楽しいものでなければならない、というただ二つの戒律に要約しているが、ノックスはそれで十分満足したことだろう。

なお、ノックスの「十戒」がディテクション・クラブの戒律として採用されたと説明している文献[15]があるが、これは誤りである。(「中国人ご法度」条項がクラブの戒律にも含まれていたことによる誤解であろうか。)ここでクラブの戒律といっているのは、クラブへの入会儀式における誓言事項のことだが、クリスチアナ・ブランドの証言[16]によると、これはセイヤーズがチェスタトン、ベントリーとともに起草したものだという。その際、有力会員たるノックスの「十戒」が参考にされた可能性はある。

5　人はなぜ探偵小説を読むか

ノックスの文学エッセイ集 *Literary Distractions* に「探偵小説」と題した講演の記録が収められている。これは基本的に、「十戒」を含む例の傑作集序文で論じられた内容を語り直したものだが（なぜか「十戒」は第十条がカットされて九箇条になっている）、新たな議論も付け加えられており、その中で探偵小説の本質にふれた見解が興味をひくので、ここで紹介しておくことにしたい。

ノックスによれば、探偵小説はプロットの小説であり、現代の小説の半分を占めている。大戦前には、小説というのはキャラクターとプロットの二つの要素からなっていた。しかし、その後の小説はプロットを失い、キャラクターばかりが肥大することになった。以下、拙訳により引用すると——「自然は真空を嫌うといいます。キャラクターがすべてでプロットのない小説の供給によって、プロットがすべてでキャラクターは皆無の小説の需要が生じました。かくして探偵小説が興隆したのです。」

続いてノックスは、そのような性格の小説を人々がなぜ愛読するのかを分析している。想像力から生まれたあらゆる文学は、現実生活からの逃避である。現代小説の中で人は現実に出会う以上に不愉快な人間たちにお目にかかり、本を閉じて現実に帰ることでほっとする。だが、我々が求めている逃避はそんなものではない。「私たちは、文明が直面している無数の問題の切迫感からの逃避を求めます。それは、それらの問題よりも一層不可解で、けれど答えはちゃんとあるという問題の中に逃げ込むことによってのみ可能です。そうした問題を提供してくれるのが探偵小説なのです。」そのようなものとして、探偵小説というのは非常に特殊な芸術様式であり、それ自体の文学的価値を持つものであるとノックスは言う。

こうした彼の探偵小説観を知れば、その作品が基本的にプロットの小説であることに納得がいく。黄金時代の英国探偵小説の発展の跡をたどれば、一九三〇年前後を境にして次第にプロットだけの小説は劣勢に回り、キャラクターの要素が重視されていく経過が見てとれる。ノックスと同時に出発したバークリーもその流れに一役買い、セイヤーズを筆頭に多くの作家が文学的志向を強めていった。しかし、ノックスの作品は最後までキャラクターには無関心であり続け、純粋なパズルのままにとどまった。

イヴリン・ウォーの前掲書の中に、探偵小説に対するノックスの態度を的確に要約している一節があるので引用してみよう。[17]

ロナルドはこれらの本（『陸橋殺人事件』以下の探偵小説）を、文字謎詩《アクロスティック》と同じように知性の体操とみなしていた。問題は正確に述べられるが精巧な偽装が行われる、作者と読者の間のゲームであると。彼は小説文学を書こうとはしていなかった。殺人者の情熱とか、犠牲者の恐怖、犯罪の道徳的異常性などには関心がなかった。心理学や暴力、オカルトや猟奇は避けて通った。

彼は少数の熱烈な愛好者のために純粋な知的パズルの精粋を提供したのだ。聖職者として常に人間の魂に向き合っていた彼にとって、探偵小説は人間性から離れられる休息の場でもあったのだろう。

6　本書について

（本書の犯人、プロット等にふれていますので、未読の方はご注意ください。）

『サイロの死体』は今回が初訳だが、戦前に一度翻訳が企画されたことがある。昭和十年代初めの翻訳ブームの一時期、春秋社から『駈落ごっこ』のタイトルで刊行が予告されたが（訳者の予定は音楽評論家の大田黒元雄(18)）、未刊に終わった。実現したとしても抄訳であったろうから、本書の複雑なプロットがどれだけ正確に表現されたかは疑問だが、もし刊行されていれば、同じ頃に井上良夫の訳（これも抄訳）で出た『陸橋殺人事件』よりは好評を得られたのではなかろうか。いささか掴みどころのない『陸橋』よりも、はるかに分かりやすい内容だからである。

「ガチガチの本格」という言い方がある。生一本の本格とでもいうか、探偵小説的技巧が十全に駆使された純粋な謎解き小説に対するファンからのホメ言葉だが、本書はそのガチガチの本格といってよい作品である。息苦しいまでに考え抜かれ、練り上げられたプロット。稚気満々の大胆なトリック。数え切れないほどの手がかり。『陸橋殺人事件』のイメージしかなかった読者は、ノックスがこれほど本格らしい本格作品を書いていたことを知って驚かれたのではないだろうか。コレデモカ、コレデモカとばかりに探偵小説的趣向が詰め込まれたこの作品であれば、江戸川乱歩もきっと満足したことだろう。

『陸橋』は愛すべきユニークな作品ではあるが、これをノックスの代表作とするのはあたらない。探偵作家としてのノックスの本領は、第二作以降のブリードン物においてこそ発揮されているのである。その中でも本書はとりわけ内容充実した一篇であり、これこそ代表作というにふさわしい。

ブリードン物は、『陸橋』と対比することによってその特色が明らかになる。(『陸橋』の本質は先述のとおりユーモア小説と考えるが、比較の都合上ここでは探偵小説としての側面にのみ着目する。)まず、探偵役の違いがある。『三つの栓』で初登場したマイルズ・ブリードンは、「不本意ながらの探偵」として紹介される。本書でもたびたびその言葉が出るように、彼は自分の仕事を卑劣なスパイと認識しており、何の因果でこんなことをしなければならないのかとボヤきながら探偵仕事に従事するのである。(この探偵の人物造形は当時においてまったく新しい。)モーダント・リーヴズがとにかく探偵をやりたくてたまらなかったのとは対照的である。

この探偵の積極性と消極性の違いによって、『陸橋』がストーリー中心であるのに対して、ブリードン物はプロット中心の小説になっている。(ここでストーリーとは物語の表面において本のページの順序に進行する筋、プロットとは本の終わりで明らかにされる事件の真相をなす筋を意味している。)ストーリーの推進者は探偵であり、プロットの推進者は犯人だからである。『陸橋』では単純なプロットを探偵が複雑にしているが、ブリードン物では、探偵は入り組んだプロットの解説者にすぎない。

実際、ブリードン物五作を通じて最大の特色というのは、各作品のプロットが非常に複雑であるとともに、それが実に巧妙に組み立てられていることである。表面のストーリーはどちらかというと平板であり、人によっては退屈を覚えかねないが、その裏側には、もつれ合い絡まり合うプロットの躍動があるのだ。だから、ノックスの小説はむしろ再読したときの方が面白い。ストーリーの背後にプロットが透けて見えるようになるからだ。

プロットの複雑さでは、本書はシリーズ一、二を争う。うまく要約できるかどうか心許ないが、以下にまとめてみよう。

○ハリフォード夫人は、保険金目当てに、夫を殺すことにした。
○夫が昼間サイロに落としたパイプを探しに行ってガスにやられた、という筋書きで事故死にみせかけることにし、偽の手がかり（葉巻の吸いさし、温度計、紙帽子、三叉）を用意した。
○殺人とアリバイ工作の機会を得るために駈け落ちレースを利用することにし、次のプランを立てた。
・ゲームの一部と思わせて夫に自動車の荷物鞄にもぐり込ませ、皆の目と鼻の先で、鞄を（自動車のエンジンの力で滑車を動かして）サイロの上の荷台まで持ち上げる。そのまま放置しておけば夫は窒息死する。
・一方、自分は本物の「駈け落ち」相手であるワースリーとレースに出かけ、アリバイを確保した後、邸に戻ってから死体をサイロの中に落とし込む。
○また、殺人が疑われた場合に備えて、パーティーの客を身代わりの犯人候補者でかためておき、さらに、レースの前にトラードの車に細工して故障するようにしておいた。
○準備は万全のはずだったが、猿のいたずらで夫とワースリーにあてた伝言メモが入れ替わるという事故が起き、夫の代わりに誤ってワースリーを殺してしまった。夫人は途中で事態をさとったが、絞首刑にならないためには、そのままゲームを続けるほかなかった。
○翌朝、夫人は庭にまいておいた夫を指し示す手がかりを、ワースリーを指し示すものに修正した。
○夫人は改めて夫殺しを図り、自動車の排気ガスをホースで車内に導いている途中、事故死した。

枝葉を刈り込んで整理すれば、ざっと以上のようなことになるが、みせかけの計略と真の計略、予期せぬ偶然などが絡まり合い、メイン・プロットだけでも相当に込み入った筋になっている。小説ではさらにトラードとフィリス・モレルの「もう一つの駈け落ち」やワースリーの暗号日記の一件などもはさまってくるし、全体を通じて、計画されたこと、実際に起きたこと、その外観、その解釈が錯綜して容易に話のシッポをつかませない。

複雑さは通常それ自体では何のとりえにもならず、探偵小説ではむしろ欠点になることの方が多いが、本書の場合は、「複雑な仕掛けは一度うまくいかなくなると修正できない」というテーマを表現するためにプロット全体が「複雑な仕掛け」とならざるを得ないし、そこに「真の計略を隠す最上の偽装はみせかけの計略にある」というアイデアだとか、「人間の手によらない」偶然の利用、衆人監視下（読者を含めて！）の殺人という趣向などがふんだんに盛り込まれ、それらがきわめて巧みに構成されているので、その複雑さが非常に魅力をもったものとなっている。

しかし一方では、そのことが解明の論理の不十分さという弱点をもたらしてもいる。これだけ複雑な真相を推理で解き明かしていくのは至難のわざだからである。ブリードンは日記の手がかりから推理をおし進めていってはいるが、謎解きのプロセスが明快であるとはいえない。かんじんの部分は、ペイシェンスをやる過程でのひらめきに頼らざるを得ないのである。これは他の作品の場合にも同様で、名探偵としてのブリードンの印象を希薄なものにしている。

個々の探偵小説的技巧についてみると、まず、サイロでの殺人のトリックは大胆かつ巧妙で、あっと言わせるものがある。この発想は作中で言及があるとおりシェイクスピアに由来するのだろうが、いかにもノックス、いかにも黄金時代という感じで、本格ファンの喜ぶ顔が目に浮かぶようである。もう一つ、脇筋ではあるが大聖堂の町でトラードがリーランドの尾行をまく場面の、サンドイッチマンに扮しての脱出トリックも面白い。チェスタトン風というよりは乱歩風、というのは小林晋氏の評だが、このまま短篇にでも仕立てられそうだ。

手がかり索引の趣向については先にもふれたが、細かく見ていくと索引をつけられる箇所はまだまだある。こうした手がかりのキメの細かさというのもノックス作品の一つの特長で、それはまた丹念にプロットが組み立てられていることの証しでもある。ノックスの場合、他の作家以上に具体的なモノを推理の材料に取り上げることが多いが、これは彼がとりわけ愛読したホームズ物の影響ではないかという気がする。中で一つ特殊な手がかりとして、ハリフォード夫人の雀蜂のエピソードがある。キャラクターにはついぞ関心を示さなかったノックスだが、ここでは外面からの人物描写を試みて成功している。

その他、夫人が駈け落ちレースで当たりくじを引き当てた手口だとか、最高最低温度計の指標の解釈だとか、召使連中が集団でモーターボート遊びに繰り出した理由だとか、日記帳から破られた二ページをめぐる推理だとか、……細部の面白さで話題にしたい点はいくらでもあるのだが、そろそろ切り上げねばなるまい。

先にガチガチの本格などという言葉を使ったのは、あくまで、これまで見てきたような、この小説の中味を念頭に置いてのことである。だが、注意をその器である文章に向ければ、そんな不粋な言い方をしたことを後悔したくなってくる。常にユーモアをにじませ、時には皮肉をきかせ、あるいは箴言風の言い回しで人を煙に巻く。悠揚迫らぬその文体は、ノックスの作品が湛えている余裕、ないし豊かな時間への郷愁とでもいうべきものの端的な表現である。ゆるやかなテンポに身を浸しながら、その文章の滋味を味わうこともまた、ノックスを読む喜びの大きな部分を占めているはずだ。

本書において悪役と目されるのは、ハリフォード夫人だけではない。ごみ集め競争ゲームであり、駈け落ちレースであり、その他スピードをあげて時代の表層を上すべりしてゆく諸々のものである。「常にスピードが欲しいの」と言う夫人に対し、ワースリーは語る。「人間はかつて神経を休めるために釣りのような、なにかのんびりしたことをしにゆくと思っていた。今や人々は神経を張りつめるようなことをしたがっているようだ――叫び声をあげずにすますために。」

このワースリーのセリフをノックスが（おそらくは自らの思いを託して）書いたのは、三分の二世紀も昔のことである。時代ははるばると下り来たって、スピードの魔は、日々われわれの生活をより気ぜわしいものに変えつつある。こんな時代に人が神経を正常に保つためには、やはり「なにかのんびりしたこと」が必要だ。

のんびりしたこと。――ノックスが残してくれたパズルを解くことも、その一つに数えてよいかもしれない。

（1）「スープの中のストリキニーネ」からの引用は、〈世界ユーモア文学全集〉第4巻『マリナー氏ご紹介／マルタン君物語』（筑摩書房、昭和36年）所収の井上一夫訳による。
（2）DLB *77*: Bernard Benstock & Thomas F. Staley (ed.), *British Mystery Writers, 1920-1939* (Gale, 1989), p.188.
（3）F・セイモア・スミス編 What Shall I Read Next?（1953）及びW・B・スティーヴンスン編 A Reader's Guide: Detective Fiction 改訂版（1958）。
（4）江戸川乱歩が英米の代表的な短篇傑作集15冊の収録作品について頻出度の統計をとった結果によれば、頻度4回以上のものが5篇、頻度3回のものが10篇あり、「密室の行者」はこの10篇の中に含まれている（『続・幻影城』所収の「英米の短篇探偵小説吟味」）。
（5）「読者への挑戦」と並んで黄金時代の本格探偵小説のゲーム的性格を象徴する趣向で、C・デイリー・キングの発明にかかるもの。詳しくは、本全集既刊『空のオベリスト』の浜田知明氏による解説を参照されたい。
（6）Evelyn Waugh, *Ronald Knox* (Chapman & Hall, 1959), p.251.
（7）引用は、J・E・ホルロイド編『シャーロック・ホームズ17の愉しみ』（小林司・東山あかね訳、講談社、昭和55年）による。
（8）江戸川乱歩の井上良夫宛て書簡（昭和18年1月22日付）より。引用は、〈江戸川乱歩全集〉第22巻（講談社、昭和54年）による。

（9）『一九二八年度版探偵小説傑作集』のノックスの序文の中に次の一節が見られる。「近い将来、読者はダブル・トリックの舞台に導かれることになるものと思う。作者は俊敏な読者の目の鋭さを意識して、裏の裏をかくためにプロットを逆まわりさせ、主人公は主人公らしく、悪人はいかにも悪人のように描写する。実際のところ、筆者も以前、司祭が文字どおり潔白であり、腹ぐろそうに見えた男がやはり犯人であったストーリーを書きあげた経験がある。しかし、残念ながら時期が早すぎたからか、世評はかんばしくなくて、非芸術的な作品との非難を受けた。」（引用は、〈EQ〉83年11月号掲載の宇野利泰訳による。）

（10）Joseph Green & Jim Finch, *Sleuths, Sidekicks and Stooges* (Scolar Press, 1997)。同書のノックス作品に関する記述には他にも明白な誤りがあり、著者は実際にノックスを読んでいるのか疑問に思われる。

（11）以下『陸橋殺人事件』からの引用は、創元推理文庫の宇野利泰訳による。

（12）Knox, *The Footsteps at the Lock* (Methuen, 1936), p.81.

（13）引用は、ヨゼフ・シュクヴォレツキー『ノックス師に捧げる10の犯罪』（宮脇孝雄・宮脇裕子訳、早川書房、平成3年）所収の「ノックス師の十戒」による。ただし、ノックスの原文で「戒律」とされる部分（イタリック体により表記）以外は省略している。

（14）〈ミステリマガジン〉99年6月号掲載の「キーティングのセイヤーズ論」（白須清美訳）を参照。

（15）イヴリン・ウォー前掲書、H. R. F. Keating, *Murder Must Appetize* (The Mysterious Press, 1981)、モニカ・グリペンベルク『アガサ・クリスティー』（岩坂彰訳、講談社、平成9年）ほか。

（16）「ブランド回想録」（大村美根子訳、『創元推理3』所収）。同書二四八頁。

（17）ウォー前掲書、一八八─一八九頁。引用は、拙訳による。

（18）大田黒は西洋探偵小説通としても有名で、その造詣の一端を随筆集『大西洋そのほか』（第一書房、昭和7年）に収められた「英米探偵小説案内」にうかがうことができる。これは当時の英米探偵小説壇の主要作家・作品の通観的紹介であり、すべてが著者自身の読書に基づく知見なので、今読んでも十分興味深く、また参考になる点も多い。（既にバークリーにも注目しており、「私はその気の利いた溌剌たる書き振りを好んでいる」などと書いている。）ただし、その時点でノックスはまだあまり読んでいなかったと見えて、「探偵倶楽部」（ディテクション・クラブ）による合作長篇『漂う提督』の参加メンバーの一人として言及があるだけである。

＊

〈著作リスト〉

A 長篇

1 The Viaduct Murder（1925）
『陸橋殺人事件』井上良夫訳（柳香書院〈世界探偵名作全集〉第5巻、昭和11年／ハヤカワ・ミステリ、昭和29年）※八割程度の抄訳
『陸橋殺人事件』宇野利泰訳（創元推理文庫、昭和57年）

2 The Three Taps: A Detective Story Without a Moral（1927）
『密室の百万長者』丸本聡明訳（別冊宝石〈世界探偵小説全集〉第45巻「H・H・ホームズ&R・A・ノックス篇」、昭和36年）
『三つの栓』稲葉由紀訳（東都書房〈世界推理小説大系〉第16巻「コール・ノックス」、昭和39年）
※右二種の訳文は基本的に同一のもの

3 The Footsteps at the Lock（1928）

4 The Body in the Silo（1933）［米題 Settled Out of Court］
『サイロの死体』澄木柚訳（本書）

5 Still Dead（1934）

『まだ死んでいる』橋本福夫訳（ハヤカワ・ミステリ、昭和33年）

『消えた死体』瀬沼茂樹訳（東京創元社〈世界推理小説全集〉第40巻、昭和33年）

6 Double Cross Purposes（1937）

B 合作長篇

1 Behind the Screen（1930）

『屏風のかげに』飛田茂雄訳（中央公論社『ザ・スクープ』所収、昭和58年）

※ディテクション・クラブのメンバーによるリレー長篇。著者の執筆部分は、第六章「パースンズ氏の解釈」（解決篇）。

2 The Floating Admiral（1931）

『漂う提督』中村保男訳（「ミステリマガジン」昭和55年7月号〜9月号／ハヤカワ・ミステリ文庫、昭和56年）

※ディテクション・クラブのメンバーによるリレー長篇。著者の執筆部分は、第八章「39の疑問点」。

C 短篇

1 Solved by Inspection（1931）

「体育館殺人事件」黒沼健訳（「探偵春秋」昭和11年10月号／「トリック」昭和27年12月号）

「密室の予言者」黒沼健訳（「宝石」昭和30年10月号）

「密室の行者」原圭二訳（「新青年」昭和14年5月増刊号）

「密室の行者」中村能三訳（東京創元社〈世界推理小説全集〉第50巻『世界短篇傑作集（一）』、昭和32年／創元推理文庫『世界短編傑作集3』、昭和35年）

「密室の行者」中島河太郎訳（秋田書店〈世界の名作推理全集〉第16巻『列車消失事件（短編傑作集）』、昭和49年　※児童書）

2　The Fallen Idol（1936）

※ディテクション・クラブのメンバーとの共著Six Against the Yardを構成する一篇

3　The Motive（1937）

「動機」妹尾韶夫訳（「宝石」昭和32年8月号）

「動機」風見潤訳（「ミステリマガジン」昭和51年3月号）

「動機」深町眞理子訳（「EQ」昭和63年11月号／『探偵小説十戒』晶文社、平成元年）

4　The Adventure of the First-Class Carriage（1947）

「一等車の秘密」深町眞理子訳（「ミステリマガジン」昭和51年7月号）

※シャーロック・ホームズ物のパスティーシュ

D　評論、エッセイ等

1　Studies in the Literature of Sherlock Holmes（1912）

「『ホームズ物語』についての文学的研究」小林司・東山あかね訳（『シャーロック・ホームズ17の愉しみ』講談社、昭和55年／河出文庫、昭和63年）

2 Introduction to "The Best Detective Stories of the Year 1928"（Detective Story Decalogue）

「ノックスの探偵小説論」井上良夫訳（A1の柳香書院版及びハヤカワ・ミステリ版訳書）※抄訳

「探偵小説十戒」前田絢子訳（『推理小説の詩学』研究社、昭和51年）

「序文／ノックスの十戒」宇野利泰訳（「EQ」昭和58年11月号／『探偵小説十戒』晶文社、平成元年）

3 Detective Stories ※Literary Distractions 所収の講演録

4 G. K. Chesterton ※同右

5 Father Brown ※Literary Distractions 所収のエッセイ。おそらくE3の本の序文と思われる。

E 編纂書

1 The Best Detective Stories of the Year 1928（1929）※ヘンリー・ハリントンとの共編。2も同じ。

『探偵小説十戒』宇野利泰・深町眞理子訳（晶文社、平成元年）※原書収録の20篇のうち13篇にノックスの「動機」を加えて訳出したもの

2 The Best Detective Stories of the Year 1929（1930）

3 Father Brown: Selected Stories（1955）

世界探偵小説全集27
サイロの死体《したい》
二〇〇〇年七月二五日初版第一刷発行
著者——ロナルド・A・ノックス
訳者——澄木柚
発行者——佐藤今朝夫
発行所——株式会社国書刊行会
東京都板橋区志村一—一三—一五　電話〇三—五九七〇—七四二一
印刷所——株式会社キャップス＋株式会社エーヴィスシステムズ
製本所——大口製本印刷株式会社
装丁——坂川事務所
装画——影山徹
編集——藤原編集室
ISBN——4-336-04157-1
●—落丁・乱丁本はおとりかえします

訳者紹介
澄木柚（すみきゆず）
茨城県生まれ。
藤女子短期大学卒業。
翻訳家。

世界探偵小説全集

*31. ジャンピング・ジェニイ　アントニイ・バークリー
32. 自殺じゃない！　シリル・ヘアー
*33. 弁護士、絶体絶命　C・W・グラフトン
*34. 警察官よ、汝を守れ！　ヘンリー・ウエイド
35. 国会議事堂の死体　スタンリー・ハイランド

ミステリーの本棚

* 1. 四人の申し分なき重罪人　G・K・チェスタトン
2. トレント乗り出す　E・C・ベントリー
* 3. 箱ちがい　R・L・スティーヴンスン&L・オズボーン
* 4. 銀の仮面　ヒュー・ウォルポール
* 5. 怪盗ゴダールの冒険　F・I・アンダースン
* 6. 悪党どものお楽しみ　パーシヴァル・ワイルド

*＝未刊・タイトルは仮題です

世界探偵小説全集

16. ハムレット復讐せよ　マイクル・イネス
17. ランプリイ家の殺人　ナイオ・マーシュ
18. ジョン・ブラウンの死体　E・C・R・ロラック
19. 甘い毒　ルーパート・ペニー
20. 薪小屋の秘密　アントニイ・ギルバート
21. 空のオベリスト　C・デイリー・キング
22. チベットから来た男　クライド・B・クレイスン
23. おしゃべり雀の殺人　ダーウィン・L・ティーレット
24. 赤い右手　ジョン・タウンズリー・ロジャーズ
25. 悪魔を呼び起こせ　デレック・スミス
26. 九人と死で十人だ　カーター・ディクスン
27. サイロの死体　ロナルド・A・ノックス
*28. ソルトマーシュの殺人　グラディス・ミッチェル
29. 白鳥の歌　エドマンド・クリスピン
*30. 救いの死　ミルワード・ケネディ

＊＝未刊・タイトルは仮題です

世界探偵小説全集

1. 薔薇荘にて　A・E・W・メイスン
2. 第二の銃声　アントニイ・バークリー
3. Xに対する逮捕状　フィリップ・マクドナルド
4. 一角獣殺人事件　カーター・ディクスン
5. 愛は血を流して横たわる　エドマンド・クリスピン
6. 英国風の殺人　シリル・ヘアー
7. 見えない凶器　ジョン・ロード
8. ロープとリングの事件　レオ・ブルース
9. 天井の足跡　クレイトン・ロースン
10. 眠りをむさぼりすぎた男　クレイグ・ライス
11. 死が二人をわかつまで　ジョン・ディクスン・カー
12. 地下室の殺人　アントニイ・バークリー
13. 推定相続人　ヘンリー・ウエイド
14. 編集室の床に落ちた顔　キャメロン・マケイブ
15. カリブ諸島の手がかり　T・S・ストリブリング